果樹園の守り手

The Orchard Keeper

Cormac McCarthy

コーマック・マッカーシー
訳 山口和彦

春風社

果樹園の守り手

倒木は何本かに切り分けられ、草のうえに雑然と散らばっていた。がっしりした体の男の三本の指には汚れた包帯が巻かれ添え木で固定されていた。いっしょにいるのは黒人と若い男で、三人は木の切り株のまわりに集っていた。がっしりした体の男はのこぎりを脇に置き黒人といっしょに塀の一部だった丸太をつかむとうなり声をあげながら力づくでひっくり返した。男は片膝をつき切り口をじっと見つめた。こっち側を挽くんだ。男は言った。黒人は横挽きのこぎりを拾いあげ、男と二人で再び木を挽きはじめた。しばらく挽いてから男は言った。待て。くそっ、またやっちまった。二人は手を止めてのこぎりの刃を切り口から離し、木に視線を落とした。まったく、そのとおりで。黒人は言った。

若い男は近寄り様子をうかがった。ここだ。男は言った。横から見てみろ。見えるか？ 若い男は目を向けた。このあたりですかね？ 若い男は訊いた。ああ。男は言った。男は歪んだ錬鉄、ずたずたになった塀の断片をつかみ、揺り動かそうとした。だが少しも揺れなかった。木全体に広がっちまってるな。男は言った。これ以上は続けられねえ。楡はのこぎりの天敵ってわけさ。

黒人はこくりとうなずいた。そのとおりで。黒人は言った。まったくそのとおりで。木ぜんぶに広がっちまって。

I

ずいぶんと長い時間その道を通る車はなく、西の空はすでに赤く染まりはじめていたが、道はまだ白く焼けつくように熱かった。男は砂ぼこりのなかをのっそりと歩を進め、ときおり立ちどまり、不格好な鳥のごとく片足立ちで体を上下に揺らすと靴底から飛び出している接着テープの具合を調べた。彼は来た道をまた振り返った。燃え立つ細長いコンクリートが続くそのはるか下方に姿形の定まらない小さな塊があらわれもがくようにこちらに向かってきた。その塊はだんだんとおぼろな姿を露わにし、汚れたガラスを通して見るように奇怪に揺れ動きながら向かってきて、少しの間ピックアップ・トラックに固形化したかと思うと、あっという間に通り過ぎ遠のいてもとの流体に戻った。

その後を追うように男は曲げた親指をあいまいな仕草で振りあげた。風で路肩から舞った砂ぼこりが袖口に入ってきた。

行っちまえ、くそったれが。遠ざかる蜃気楼に向かって言った。それから煙草を取り出し、残りの本数を数えただけでもとに戻した。男は太陽の方に顔を向けた。暗くなったら仕事も終わりってわけだな。男はつぶやいた。あたりは風もなく静まりかえっていた。ほこりまみれの新聞紙やキャンディーの包み紙が道端に生えた茶色の雑草の列をかすする音すらしなかった。

しばらく進むと給油所の明かりが見え、建物がいくつかあった。道が分岐していてここでは車も速度を落とすだろう。一台のトレイラー・トラックに向けて親指をさっと突き出したが、砂ぼこりと新聞紙を吸い上げながら耳障りな金属音とともに走り去った。そのトラックがはるか前方の木々をねじらんばかりに走っていくのが見えた。

あんたはイエス・キリストすら拾わないんだろうよ。男はそうつぶやくと髪の毛を指で整えた。給油所にたどりつくと水をたっぷりと飲み煙草を一本吸った。それから隣接している食料品店にふらっと足を踏み入れると、滑るような靴音を立てながら箱や缶がいくつも並んだ通路を行ったり来たりしてポケットいっぱいに小物――棒状の砂糖菓子、鉛筆、接着テープ――を詰めこんだ。トイレット・ペーパーの段ボール箱の後ろから出てくると店主がこちらをじっと見ているのが分かった。

そうそう、あれは置いてないかい――そう言いながら目の端ですばやく品物を視界に捉えた――タイヤの空気入れは？

お菓子の棚にはありゃしませんぜ。店主は言った。

男は無造作に積まれたパンや菓子の山に視線を落とした。これらひそかに死に通じる代物はハエの糞の染みが点々とついたセロハン紙に包まれていた。

こっちですぜ――店主が指さしていた。カウンターの隅に置かれた木枠のなかにはいくつものジャッキ、空気入れ、タイヤ工具、変わった形の支柱用掘削具がひとつ入っていた。

ああ見させてもらうよ。そう言うと、男はしばらくの間その木枠のなかをがちゃがちゃとひっかき回した。

こいつらは俺が探してた空気入れじゃないね。店主にそう言うと、男はドアの方に向かった。

どんな種類のやつなんです？　店主が訊いた。空気入れなんか一種類しか知りませんがね。

いいや、そんなことないよ。男はそう答え、考えをめぐらせた。ドアの近くで立ち止まり、下唇をこすりながら、なんとか新種のタイヤ用空気入れを考案しようとした。なんていうか、最近の空気入れはこんな風に両手で上げ下げする（空気を入れる動作をする）必要がなくてレバーのハンドルのようなやつをこんな風に（片手で空気を入れる動作をする）動かすのさ。

本当ですかい。店主は言った。

本当さ。男は言った。使うのもずいぶん楽なのさ。

お客さんどんな車に乗ってるんです？　店主は興味を示した。

俺の車かい？　えーと、新型のフォードさ。V型八気筒エンジン搭載の三四年型のピカピカの新車さ。

まあ……いや。今回がはじめてなのさ。タイヤのトラブルが起きたのは……さて、もう……あ、そうだ、アトランタまではどのくらいだい？

座るだけでもうびっくり……

なのにタイヤがしょっちゅうトラブルを起こすんですかい？

一七マイルですよ。

じゃあ、すぐに出たほうがよさそうだ。それじゃまた。

いいんですかね。店主は言った。タイヤがパンクしたら大ごとですぜ。どんな空気入れでもあるに越したことはないと思いますがね。

しかし男は網扉をバタンと閉じて外に出た。店のポーチに立ちあたりの様子から時刻を推測した。太陽はすでに沈んでいた。コオロギが鳴き夜鷹の一群が燻ぶる西の空からあらわれた。夜鷹は先の尖った翼で空の高みを飛び、夕闇をかき乱した。

車が一台給油所に停まっていた。男はしばしの間店主への文句をぶつぶつ言い、もと来たところに引き返すと水をもう一飲みした。それからポケットから砂糖菓子棒を取り出しむしゃむしゃと食べはじめた。

数分後車の男が手洗いから出てきて前を通り過ぎ、車の方に向かった。

やあちょっと。男は声をかけた。町の方に行くのかい?

車の男は立ち止まりあたりを見回してから、石油用のドラム缶に寄りかかる男に目を留めた。

ああ。車の男は言った。乗っていきたいのかい?

そうしてもらえるとありがたいな。そう言いながら、足はすでにじりじりと車の男の方に向かっていた。娘が入院して今晩中に会いに行かなきゃならないんでね……

入院? どこの病院だい? 車の男は訊いた。

えーと、アトランタさ。あそこのでっかい病院……

なるほど。男は言った。まあ、俺はオーステル[*1]までは行くがね。

その町までどのくらいだい？
九マイルさ。
じゃあ、そこまでお供させていただくってわけにはいかないかい？
ああ喜んで。車の男は言った。

アトランタに入るときに標識フェンス上部の文字が眼に入った。ノックスヴィル 一九七マイル。これから向かう町の名前。もし誰かに名前を聞かれていたら男は本名のケネス・ラトナー以外の名前なら手当たりしだいに使ったことだろう。

テネシー州ノックスヴィルの東側に山脈の起点がある。アパラチア山脈の小さな尾根が点在し何層にも連なる山々に沿うように道はくねくねと曲がりながら走る。最初の山がレッド・マウンテンである。よく晴れた日に眺めることができる山頂から冷たく青い水が流れる分水界の光景は遙かなる約束の地を想わせる。
夏の終わりには慈悲なき蒼空のもと山は焼ける。果樹園道路の地面はれんが炉の粉のように赤い。ひ

＊1　オーステル：ジョージア州アトランタ近郊の町。

とすくいの土を手にすることもできない。谷の斜面を昇ってくる熱風は鼻につく息のようで、唐綿、囲われた豚、腐りかけの草木の臭気をあたりに充満させる。道路沿いにある赤土の土手の上では忍冬（スイカズラ）が枯れ、乾燥した豌豆（エンドウ）の蔓（ツル）が砂まみれになる。七月の終わりまでには玉蜀黍（トウモロコシ）畑は干上がり、茎は何かに打ち負かされたように傾く。すべての植物が色彩と水分を失う。終わりなき小さな地殻変動によって土はひび割れ、石灰岩が浸食された土地の至るところに横たわるさまは、日にさらされたイルカの群れが灰色の空気溝のある背中を丸めて地獄の空に向けているように見える。

比較的涼しい材木用の林では、ポッサム葡萄やマスカット葡萄が人をあざ笑うかのような繁殖力で生い茂る。その林の地面は——苔をつけた古い材木が散らばり、奇妙で厳（いか）めしい毒茸（ドクタケ）が羊歯（シダ）や蔓植物の隙間をふさぎ、上体を曲げて繊細な肝臓色のひだを露わにしている——始原の趣を湛（たた）え、蒸気を発する石炭紀の沼では古代生物の蜥蜴（トカゲ）が眠っているのかと思いきやひそかに動き回っている。

山の上では石灰岩がでこぼこの急斜面に沿って棚に置かれたように点々と続き、ヒッコリーやオーク、ユリノキの根が地面を荒々しくつかんでいる。それらの木々はたまたまそこに種が落ちたことで割り当てられてしまった危うい傾斜に抗って踏ん張っていた。

壁のごとくそそり立つ山の西側にレッド・ブランチという地域がある。マリオン・シルダーが生まれた一九一三年当時のその地域は今とは全然違っていたし、シルダーが学校を中退し大工の見習いとして短期間インクリーズ・ティプトンのもとで働いていた一九二九年当時も今とは全然違っていた。ティプトンは地域を仕切る一族の長でその財産は盆地中のありえない場所に安普請で建てられた多くのおんぼろ小屋にまで及んでいた。そのおんぼろ小屋の群れは便秘のために動けない孵化中の巨大生物みたいに溝で仕切られた土地の上にしゃがみこみ、あたかも洪水が引いてしまったために一時的かつ偶発的にその場にとどめ置かれてしまったかのようだった。小屋が建てられる速さはその種の建物につきものの腐食が進む速さと大して違いはなかった。屋根にきちんと釘が打たれる前に建物の土台に腐植土がこびりついた。小屋の側面には泥がはい上がりペンキの白が切り込みを入れたように垂れていた。おそろしい疫病が小屋をひとつまたひとつと襲ったかのように見えた。

おんぼろ小屋を借りていたのは痩せ細り目がくぼんだ皮膚の黒い人々で、メランジェン族[*2]ではなくどの部族とも特定できなかったが、とにかく子供が次から次へと生まれるので命のすべてが惨めな家系を作り出すために捧げられているかのようだった。彼らはおそろしい災厄の犠牲者よろしく、裸足でぼろ服を着てポーチの端で一度に何時間も座りつづけ、希望とも驚嘆とも絶望ともつかぬ表情で荒廃した土地の向こうをじっと見つめていた。妨げるものをもたない渡り鳥のようにこの土地にやってきてはすぐ去っていくのだが、後に続く一族は前の一族の複製であり変わるのは郵便受けの名前だけで、その新

---

*2 メランジェン：テネシー州北東部山岳地に住む、ヨーロッパ系、アフリカ系、ネイティヴ・アメリカンの血を汲む部族。その民族的・文化的・言語的起源については諸説ある。

しい名前はべとついた台の上にペンキでなぐり書きされ前の住人の痕跡をもとの無名性のなかへと消し去るのだった。

マリオン・シルダーがハンマーとのこぎりを使って働いたのはその年の九月の終わりまでで、仕事を辞めたときには母屋板や軒桁の渡し方に習熟し、貯めた金で服を何着かとミネソタから通信販売で三〇ドルのブーツを取り寄せて買い、姿を消した。その後五年間は行方知れずだった。故郷を離れてどんな商売に手を染めるようになったにせよ、つなぎ服を身につけ、ハンマーを振り回すことはなかった。

その当時緑蠅酒場という酒場が山あいにあった。箱形の建物は正面が高くトタン屋根は後方に傾き垂直の崖の縁まで設えられた複数の柱が支える足場のうえに立っていた。正面のドアは道路の目の前にあった。建物の一角は低地から飛び出るように生えた松の木に杭打ちされていた——風が強い夜には低地は通風筒の役目をはたし、気流を盆地から山あいへと上昇させた。風が強い夜に酒場に集まった人々は酔ってワルツを踊る床を踏みしめ、よろめき、大きなうめき声をあげながらのたうちまわった。建物全体が狂ったように片側に傾き地面に突っ込みそうになることもしばしばあった。酒飲みたちは動きをとめ、グラスの液体は揺れ、建物の骨組みが激しく震え、ほうきやボトルが床に落ちるのだが、次第に酒場は体勢を立て直し糸を巻くようにゆっくりと平衡状態を取り戻す。それから酒飲みたちはグラスを高く掲げ、会話が再開するのだった。この場所の奇妙さについてひそひそ話が交わされるのは建物の外でだけだった。船乗りたちにとって古びた船がそうであるように、この酒場は酒飲みたちにとって生気の源だった。酒場が生みだす雰囲気は人がめったにもつことのできない種類の誇り、酒場が今にも崩壊するかもしれないという事実に大いに依拠する連帯感とでもいうべきものだった。建物がかしぎ、酷使された木材が絶え間なく発する小さな泣き声は海の上にいるかのような幻想を生み出し、激しく揺れた後にはあごひげの航海士が天井のハッチをさっと通り抜け索具の安全確認を報告するさまが見られるのではないかと半ば期待してしまうほどだった。

酒場のなかには立派なカウンターがあった。一九一九年にノックスヴィルのとあるサロンから廃品回収されたもので、マホガニー製と称されていたそのカウンターはクリーニング屋とアイスクリーム売りの屋台で使われた後、レッド・ブランチから数マイル離れたノックスヴィル通りに面した地下墓地施設でも使われていたがその地下墓地施設は汚職やら不正のために早々に経営が立ちゆかなくなった。カウンターのつくりは両側に配置された白い大理石のドーリス式支柱をのぞいて質素だった。スツールはひとつもなかったし、正面の高い位置に足かけ用の横木がふたつの車輪の間に無造作にわたされていた。部屋のなかには四つか五つのテーブルがばらばらに置かれ、付き添うように年季の入った椅子と牛乳瓶用ケースが寄せ集められ、不安定なキャンプ用折りたたみ椅子もひとつあった。夜な夜な酒場を閉める時間になると店主は裏手の戸をあけその日のごみをまとめて口をひらいた淵に放り投げると、はるか下でグラスとグラスがぶつかる音に耳をかたむけた。集積した廃物は滝をくだるように流れ、匍匐し、大きくなり、名状しがたい多種多様性の深みへと落ちていった。

三月終わりの夕暮れ時に酒飲みたちは曲線道路をなぞるように向かってくるまばゆい明かりに目をしばたき、黒光りするフォードのクーペが道路の反対側に止まるのを目にした。ピカピカの新車だった。数分後に酒場の戸口を入ってきたマリオン・シルダーはきらびやかに着飾っていて、灰色のキャバジンのコートに、ナイフの刃のようにアイロンがけされたズボン、軍服風に背中に三つ折りがあるシャツに身をつつみ、腰に鞭先ほどの幅の革ひもを巻いていた。口には細い両切り葉巻をくわえていた。カウンターに向かい部屋を横切る後頭部には日焼けした肌と髪の生え際の間に傷のような切れ目が目立っていた。

カウンターで石目模様の山羊革の靴の片方を足掛け横木にひょいと置き、ポケットから片手いっぱいのドル銀貨を出して目の前に几帳面に積み重ねた。ケイブがレジの近くのスツールに腰かけていた。シルダーは少しのあいだ硬貨を見つめていたが、ほどなく顔を上げた。

さあ、ケイブ。シルダーは言った。一杯やるかい？

ええ、だんな。スツールから下りながらケイブは言った。なれなれしくケイブなんて呼びやがって。ケイブは思った。ケイブは男の顔をよく見てみた。失踪した少年の顔が生霊のようにカウンターに立つ男の表情に重なって見えた。もしかして、シルダーか？　ケイブは訊いた。シルダーなのか……シルダーなんだな？

いったいどこのどいつだと思ったんだい？　シルダーは訊いた。こりゃ驚いた。ケイブは言った。まさか……いったいどこをほっつき歩いてたんだ？　おい、バド！　おいったら。この兄ちゃん覚えてるだろ。いやあ、驚いた。

バドは足を引きずりながらやってきてシルダーの顔を下からのぞきこみ、にやっと笑い相づちを打った。

さあ、酔っ払いたちに酒をふるまってくれ。シルダーは言った。

了解。ケイブは言った。でも誰にだい？

シルダーは煙草の煙が充満した薄暗い部屋全体を身ぶりで示した。あいつらみんな酔っ払いだろ。

もちろん。間違いない。ケイブは目をきょろきょろさせ、さてどうしたものかと迷っていたが、それから急にその小部屋に向かって大声をあげた。みんな聞いてくれ！　酔っ払いみんなにマリオン・シルダーが一杯ごちそうしてくれるぞ。欲しければこっちで注文してくれ。

・・・

街道までやってくるとラトナーは立ち止まりマッチを擦ってむこうずねの具合を調べた。ぱっと燃えた小さな明かりのなかで片脚の深い傷はわき出たタールのように見えた。三本の細い血の線がズボンにできた黒い染みの部分から滴り、三角州を形成し、ふたたびひとつになっていた。一本の細い血の線が険しい崖をおりるように靴下のなかに流れていた。ラトナーはマッチを手から離すと火傷した親指を口のなかにつっこんだ。

傷が裂けたその片脚のほかにはひじの皮膚が擦りむけひどくヒリヒリしていた。低くはられた有刺鉄線が不運の原因だった。乾燥した草を片手いっぱいにひきむしり、もみくちゃにしてからマッチで火をつけた。草は一瞬にしてパチパチと音を立てて燃えた。彼はふたたびズボンをまくって脚の具合をみてから掌で血をぬぐい出血の程度をたしかめた。一安心すると、ねばねばするズボンの生地を傷の上にもどし前ポケットから札入れをとりだした。それから炎の方に札入れを向けながら折りまげられた薄い札束をひきだし数えた。そのあと札入れを引き裂き、カードやら写真やらをばらまいた。ひとつひとつ用心深く調べ使えなくなった札入れのなかに何も残っていないことを確認すると、それら全部を蹴散らし金をポケットにたくしこんだ。草はすでに小さな球状の燃えかすと化していたものの、依然として細く熱い針金のように赤く輝いていた。道のはるか向こうでは夜が明けるきざしの薄明かりが暗闇のなかに漂っていた。アトランタを出たのは一〇時だったな……とするとまだ夜中の一二時も回ってないな。いまいちど足を軽くたたき、親指をしゃぶり、ラトナーは明かりが見える方向に歩きだした。

ジムのナイトクラブ。ネオンが黄緑色に光っていた。ラトナーは猫のように数台の車のあいだをうろつき回り、車内の暗闇をしげしげと覗きこみつつも、片方の視線はたえずそのドアの方に向けていた。そこでは黄色い明かりのなかを無数の虫たちが渦を巻きながらせわしなく活動していた。最後の無人の車を通りすぎそのドアのところにやってくると明かりで溝のように傷が裂けた脚の具合をみてから中に入った。

・・・

あの小さなクーペはいつもおかしな時間にシルダーの家を出入りしていた。あるいは昼間の暑い盛りに家の前で場違いに輝きながら停車していたが、それは筋肉を光らせ、落ち着かない表情をしながら待つ綱につながれた競争馬を想わせた。土曜日の夕方になるとシルダーは町に向かって道端を歩く新しいつなぎの作業ズボンをはいた少年たちを車で拾った。狩りが終わった朝方に猟犬たちを集めるのに似ていた——少年たちは不格好に車に乗り込み、厳粛な面持ちで座席に座ると、車が速度をあげるまでしゃがれ声でひそひそと言葉を交わしていた。シルダーは少年たちの息を首筋に感じた——木枠のなかで身動きできない鶏のように後部座席に座る少年たちはシルダーの肩越しに前方をまじまじと見つめていた。長い沈黙のなかで少年たちが見ていたのは市街地に到着する前の最後の長い直線道路で速度計の針がゆるやかなアーチ状の目盛りをこえてしばらく八〇マイル表示をいったり来たりする様子だった。ひとりが思いきって質問することもあった。シルダーはいつも嘘をついた。製造した会社だってこの車がどのくらいスピードが出るのか分からないのさ。シルダーは言った。連中の計画じゃサハラ砂漠に一台運んで走らせてみるって話だぜ。

　ゲイ通りかマーケット通りでシルダーは車を縁石に寄せ叫ぶのだった。終点だ！　車からサーカスの道化のように少年たちが飛び出すのが見える——五人、六人、なんと八人のときもあるが、全員そろって見世物に向かっていく。農家の少年たちだが、農家といってもあるのはしなびたトマトと食欲の激しい豚のつがいくらいだった。バックミラーで少年たちが走り去る車を見ているのが見えるが、少年たちは奇妙な鳥の群れのように歩道でひょこひょこと動いていた。

日曜日にはノックスヴィルのビール酒場は閉まり、安息日の静寂のなか入口のガラス窓は薄暗く物音ひとつしなかった。シルダーは大勢の人間が結集している山に向かうがそこは市民法であれ宗教法であれ法の支配の及ばない領域だった。


使い走りのジャックの口は青く、舌はチャウチャウ犬のように青黒かった。緑蠅酒場の戸口近くのテーブルでブラックベリー・ワインをリニメント剤の瓶からすすっていた。

どこに置いてきたんだ？　シルダーが訊いていた。

あああ。ジャックはのどを鳴らしながら言った。あっちの山の上よ。

お前が今いるのは山の上だがね。シルダーは言った。

あっちの山だよ。ジャックが語気を強めて言った。ヘンソン・ヴァリー道だよ。

ヘンダーソン・ヴァリー道？　どのあたりだ？

山のてっぺんだよ。言ったろ……

本当のこと言っていると思うか？　ジューンが訊いた。

シルダーはジューンを見てから使い走りに視線を移した。ジャックはシャツのポケットに入っていた大きく縁起の悪そうな葉巻煙草をじっと見つめ酔っ払い特有の一心不乱さで回しながら舌の上に持っていった。ああ。シルダーは言った。本当だろうな。

まったく威勢のいいこった。今度は葉巻を持った手を前に伸ばしてジャックは言った。葉巻の下には唾液の環が幾重にも重なりあっていた。まったく威勢のいいこった。

車のヘッドライトのまばゆい黄色の光に捕らえられた娘たちの表情は瞬間的に身動きできなくなった野生動物を想わせた。鹿の表情に近い。驚きのなかに凍りつきながらも今にも逃げ出そうと身構えていた。シルダーの運転する車はそのまま通り過ぎ山道をのぼっていった。

止まってやらねえのか？　ジューンが訊いた。

戻ってくるさ。シルダーは言った。奴らの背後から、同じ方向に行きますって感じでな。奴ら道を間違えたわけじゃあるまい。セヴィアヴィルの方に向かうにしても三〇マイル近くあるからな。

車の座席の隙間にはウィスキー入りのガラス瓶が心地よさそうに収まっていた。シルダーはブリキの蓋が回され金切り声をあげる音が聞こえると瓶を求めてジューンの方に手を差し出した。蛾の群れがフロントガラスの前で白く浮き立ち、白熱し、雲母の粉を散らすようにガラスを汚した。蚋（ブヨ）のバレエ団がヘッドライトの光の筋のなかで激しく舞っていた。シルダーは一口飲むと瓶を返した。黒いボンネットの下ではモーターがやかましく燃焼していた。

シルダーはティプトン老人の言葉を思い起こした。ピストンをそんな角度で動かすのは——尻の側をおろすと老人は表現していた——低能だ。片側が擦り減っちまうだろ。ピストンってのはきちんと上下に動かさなきゃだめなんだ。通りを見りゃ間違ったやり方でやってるやつらばっかりだ。老人は言った。だからお前だけが間違ってるってわけじゃないんだがな。

車は採石場で折り返し山道をひっそりと下っていった。タイヤがひび割れたアスファルトでやわらかい摩擦音を立てた。ヘッドライトの光に照らされると娘たちは牛のように側溝の方ににじり寄った。シルダーはクーペをゆっくりと横に停めた。

やあ。ジューンは車の窓のすぐ外にいる娘の耳に向けて言った。君たち、乗ってくかい？

もうひとりの娘はその横に立っていた。二人は顔を見合わせ最初の娘が答えた。ありがとう、でも大丈夫。少年が娘たちの後ろでしりごみしていた。シルダーはジューンの肩越しにその少年が自分たちでも娘たちでもなく車を見ているのが分かった。

どこまで行くんだい？　ジューンが訊いた。

娘たちは再び視線をかわした。今度は背の高い方が口を開いた。私たちこの道をちょっと下るだけよ。

娘は説明した。

そのちょっとをいっしょに行きましょって言ってやれよ。シルダーがそれとなく言った。

何ですって？　背の低いほうが言った。そのとき少年が口を挟んだが二人は振りむきにらみつけた。

ノックスヴィルまでどのくらいですか？　少年がたずねた。

ノックスヴィル？　ジューンは信じられないといった仕草をみせた。ノックスヴィルだって？　ノックスヴィルまで歩くなんて正気の沙汰じゃないね。少なく見積もっても二〇マイルはあるよ――だろ、マリオン？

旅行者たちは思わずうめき声を発した。シルダーはすでに車からおりようとしていた。

ほら。ジューンも車をおりながら言った。ここに乗りな。俺たちもノックスヴィルにいくところだから喜んでお連れするよ。

シルダーは車に乗り込む際にひとりひとりに歓迎の笑みを示し車内灯のもとで表情を確認した。

シルダーの運転する車はホッパー道――急な分岐道――にブレーキを踏むことなく入っていった。シルダーとジューン・ティプトンの間に座っている小さい方の娘は車が舗装道路をはずれ真っ暗闇に突入すると何度かキャッと悲鳴をあげたがそのたびにさっと手を口にあてて声を抑えた。ヘッドランプは低地の側面に屹立する木立の上をたたくように光を放っていた。下の道でクーペの車体は沈み、一瞬しゃがんだような体勢になったが、ふたたび飛び跳ね斜行しながら地をはうように進んでいった。排気弁からはうなるようにガスが排出され砂利が茂みのなかでぶどう弾のようにはね返っていた。

後部座席の娘はすすり泣きのような音を立てていた。数分のあいだ誰もしゃべらなかったがやがて小さい方が言った。どこに向かってるの？

それはお楽しみの……

町さ。ジューンが口をはさんだ。町に行くのさ。これが近道なんだ。ジューンは娘がシルダーの方にずっと体を寄せているなと思った。自分の方を向いて話をしていてもそうだった。計器盤の照明で緑色の燐光を発するシルダーの手がチョークを引くのが見えた。

最初の橋にさしかかると間もなくエンジンがバチバチと音を出しはじめ娘もそれに気づいた。道はふたたび上りになりシルダーはエンジンを一、二度ふかし車体を揺らしてからギアを二速に入れた。娘は脚を動かさなかった。シルダーは目の端で娘を見ていた。娘は座席に前のめりに座り外の見慣れない夜景に目を凝らしていた。一匹の蛾が窓ガラスから飛び入り、娘の頬をさっとかすめた。シルダーはクランク・ハンドルを手動で一回転させ窓を閉めた。車がふたたび激しく揺れると娘はたじろいで何か問題なのかと訊いてきた。

シルダーはジェネレーターの水が切れたんだと説明しはじめたが考えていたのは後部座席の少年のことだった。少年は黙り込んでいた。同じく後部座席に座っている背の高い方の娘は前傾姿勢でジューン・ティプトンの襟首のあたりで呼吸をし疲労困憊した目で窓ガラスをじっと見つめていたがその様子はまるで通りすぎる黒い夜へと飛び込もうかと思い悩んでいるかのようだった。

ベーパーロックだ。[*3] シルダーはしばらくしてから言った。この坂道のせいでオーバーヒートしたんだ。車をとめて冷やさなくちゃな。

背の低い方の娘はシルダーの方を見たが、何も言わずにまた視線をそらした。幻影のようなウサギが一匹、ヘッドランプの光のなかで身動きできなくなり片方の白い眼を回していたが、ほどなく走り去った。ジューンが低い声で話しかけていたが、娘は前方をじっと見つめたまま何も言わなかった。後部座席の娘は背にもたれ、同じく押し黙っていた。バックミラーに熊のごとく黒くくしゃくしゃの頭の半分のシルエットが見えた。その臭いに気づいたのはそのときだった。車のスピードを落とすと尿の生温かく黴臭く甘酸っぱい臭いが空気中を漂った。

車は松の木立の下の最後のカーブで急旋回し、オリーブの枝黒人バプティスト教会[*4]の前に乱暴に止まった。シルダーはエンジンを切った。はい到着。シルダーは言った。

ドアを開け車を降りようとしたときシルダーは少女の手が自分の脚に置かれるのを感じた。シルダーは動きを止め、顔を向けた。

あいつはいやよ。娘は言った。もうひとりの奴は。

＊3　ベーパーロック：加熱された気泡により燃料通路がふさがれる現象。自動車ではブレーキの使い過ぎなどにより、ブレーキ配管内に気泡（蒸気＝vapor）が発生し、アイドリング不調や加速不良が引き起こされる。

＊4　オリーブの枝黒人バプティスト教会：オリーブはノアが放った鳩がオリーブの葉をたずさえて帰ってきた逸話（創世記）から平和の象徴とされる。

そうなのかい。シルダーは言った。いいだろう、ついてきな。
シルダーはヘッドライトを消し二人は暗闇のなか存在自体を消すように立ち去った。
マリオン。ジューンがしわがれ声でささやいた。おい、マリオン？

アーサー・オウィンビーはポーチから彼らの乗った車が通りすぎるのを見ていたが今度は車が止まった道の方向からドアがバタンとしまるのが聞こえてきた。雨が降り出していた。森にかかる靄が黄色く明滅した。暖かい夜の空気を伝わってくる声がぼんやりと聞こえてきた。片足でポーチの角の柱を軽く蹴りながら古い民謡の拍子を刻んだ。屋根のへり下からは星の動きが見えた。今宵は流れ星が無数に落ちてくる。流れ星はそびえ立つレッド・マウンテンの頂を集中攻撃していた。雨は完全無欠の空から降ってくる。娘の笑い声が路上に響く。老人はかつて日曜日の朝に妻が馬車の高い座席に座っていたときのことを思い起こした。引革を結びつける横木をはずしているときに驢馬が耳元で放屁した。二本指であばら骨をぎゅっと押し込んでも驢馬は身じろぎひとつしなかった。老人にとってはずいぶん遅い時間になっていた。長い時間ポーチで外の様子を眺めていた。老人はまどろんだ。
少年は道をやってきたときに山腹にたつその家を見上げた。薄暗く、うち捨てられているように見えた。少年には老人が見えなかったし老人は眠りに落ちていた。

二人がノックスヴィルを後にしたのは夜明け近くだった。東の空が冷たく淡い灰色に変わりつつあった。

あの女どこに連れてったんだ？　シルダーは訊いた。

ジューンは車の日除け板に挟まった煙草に手を伸ばした。ひどいブスだった。ジューンは言った。あの女俺に何て言ったと思う？

何だよ。シルダーはにやにやしながら訊いた。

今まで絡んだ（ニードル）男の中で俺が一番ハンサムだってよ。絡んだ（ニードル）だってよ。勘弁してくれ。

どこでやったんだ？

なんだって？

どこに女を連れてったんだよ。お前たち教会から戻ってきたが俺はお前たちが来るのが聞こえなかったからな。いったいどこへ行ったんだ？

ああ。裏屋だよ。

裏屋？

便所のことだよ。

シルダーはジューンをじっと見ていた。驚きのあまり信じられないという気持ちと受け入れようという意志と信用したいという願望がしばらく宙づりになり、その光景を想像できなかった。シルダーはさらにたずねた。

立ったままやったのか?

いや、なんというか……女が座って後ろにもたれて俺が……いや女が……。だがそれはジューンの描写力では伝えられなかったし、シルダーの想像力でも不十分だった。

要するに——シルダーは間をおいて事実をまとめようとした——お前が女とやったのは黒人用の便所で、座ったのが……

何だよ。少なくとも俺は教会なんかに女を連れ込まなかったぜ。ジューンは口をはさんだ。

クーペはよろめきながら路肩にとまり、シルダーは笑いをおさえきれずにドアに体をぶつけた。しばらくしてから笑いをおさえて言った。

もしかしてあの女……

ああそうさ、畜生。あいつはあっちだったよ。

うひゃひゃー! シルダーは大声をあげながらドアから転げ落ちると朝の湿った草のうえに横たわりひくひくと体を震わした。

その場所は薄暗くどこか納屋のようだった。磨かれたダンスフロアの奥の方にはジュークボックスとカウンターの明かりが反射していた。カウンターの後ろに長い鏡があり、積み上げられたグラス上に器用に置かれていて戸枠のなかに影絵のように映る自分の姿をみて男はびっくりした。男はわずかに足を引きずりながらフロアを横切ると、カウンターの隅のスツールに難儀そうに腰かけた。

バーテンダーはキャプテン椅子に座って雑誌を読んでいた。それから注意深く雑誌をとじるとのろのろと男が座っているところへやってきた。

ビール。ラトナーは言った。待ちきれない様子で下唇を舌なめずりした。バーテンダーは樽のところにいきジョッキにビールをそそぎ、棒で泡を払いおとしてから持ってきた。ラトナーはジョッキに手を伸ばしカウンターの上で傾けながら顔をうずめた。上唇と下唇が白くて太った蛭のようにジョッキのふちを探しだし吸いついた。その間に黄灰色の肌のしたでのどの筋がぴくぴくと動き、ビールを体内へと汲みいれた。あらかた飲んでしまうと、ジョッキを傾け最後の一滴まで飲みほしてから、バーテンダーの方にすべらせて返した。バーテンダーは、豚の交尾を見るように、魅了されながらも嫌悪しながらラトナーを観察していた。

ああ、たまらん。もう一杯いただくとしようか。

一〇セントいただけますかね。バーテンダーは言った。

ラトナーはポケットをまさぐり一〇セント硬貨を取り出した。はいよ。ラトナーは言った。

バーテンダーは用心しながらジョッキを取りビールを注いだ。

ラトナーが家を出てから一年がたっていた。メアリヴィルからレッド・ブランチに移り、妻と息子といっしょに打ち捨てられた丸木小屋で暮らしはじめたが、その四日後にポケットに二六ドルを入れて立ち去った。そしてL&N鉄道[*5]の空荷の冷蔵貨車に乗り、ひとりで南を目指した。緑蠅酒場の一件は彼にとって思いがけない幸運だった。

ケイブが夜のごみを掃きだす裏手の戸はかつて建物全体を囲むポーチにつながっていた。ポーチは床板からつながる梁で支えられ、その下に角度をつけられたツーバイフォーの木材によって質素に補強されていた。夏の夕刻になると酒飲みたちはこの酒場に集まり、椅子か酒のケースを持ってきて腰をおろすか止まり木に止まる鳥のように幅のせまい手すりに危なっかしく座るのだった。この酒飲みの避難所を崩壊させたのは手を組んだ天候と白蟻だった。一九三三年、ある暑い夏の夜のこと、エフ・ホビーが緑蠅酒場にやってきた。この放蕩息子の帰還（蒸留酒の不法所持のためピートロス[*6]にあるブラッシー・マウンテン州刑務所で一八カ月服役）を耳にした多くの支持者が結集した。ひとりまたひとりと裏手のドアを通り奥のポーチに居場所を定めた。ホビーはちょっとした人気者で人々が知らない話を次から次へと語った。かみさんが家で使っているスープだし用の骨をフェンナー夫人に貸したら、夫人が豌豆（エンドウ）の調理で使って台無しにしちまったとホビーがしゃべっていたとき何かが割れるかわいた音が床のどこからか聞こえてきた。熱気が充満した、穏やかな風のない夜で、その音はどこか不吉な響きをともなっていた。話は一瞬中断したが、ほどなく再開した。

ラトナーは周囲の様子をうかがいながらドアを通り裏手のポーチにやってきて、あたかも知り合いがいるかのように、酒飲み全員の背後に向かって控えめに会釈をしたが、会釈の向かう先は酒飲みたちが座っている手すりを越え、意味ありげに暗闇のなかに宙づりになった。ラトナーは戸枠に寄りかかりボトルを口に持っていったが、目は酒飲みたちの間を移ろうか閉じかけるか自分だけが交信できる暗闇のなかに存在する誰か、傍観者であり、よそ者である、彼自身にそっとほほ笑んでくれる誰かを再び探し求めた。酒飲みたちのおしゃべりは波が引くように静かになったが、ラトナーが意見も言わないし質問もしないのでしばらくすると酒飲みたちは彼を無視した。ラトナーは戸口を離れポーチの端の方の手すりに腰をおろした。

釘が引き抜かれるように軋る音が長々と響き再び木材が破裂するすさまじい音が聞こえた。それに続く水を打ったように静まりかえった沈黙のなかで酒飲みたちは不安げにお互いの顔を次から次に見合った。数人が立ち上がりうろうろしはじめたが、まだ声を発する者はいなかった。だが彼らはすでに唯一の出口である幅の狭い戸を視界に収め、頭のなかでは人間の数ではなくその総重量を測り、交通専門家のような関心をもってドアまで行くスピードと混雑の度合いを計算していた。

＊5　L&N鉄道会社（The Louisville and Nashville Railroad）：アメリカ南西部に鉄道網を所有していた会社。
＊6　ピートロス：テネシー州モーガン郡にある町。かつては炭鉱町だった。

三回目のすさまじい音とともに床の一部が目にみえて傾いた。

おい、みんな。エフは立ち上がって声を出した。俺が思うにこの床は……。エフが言ったのはそれだけ、あるいは少なくとも他の者に聞こえたのはそれだけだった。酒飲みたちが一本の糸に連なる無数のあやつり人形がぐいっと引かれるようにドアの方に殺到する間、退去の騒々しさよりも大きな音でライフルが発砲されたように梁がはじけ、ボキッボキッと連続して折れると、床は長くうねる波のようになだれた。

皆が一斉にドアに押し寄せたため楔(くさび)で留められたように身動きができなくなった。それと同時にポーチの一番端がたわみ、美しいとも言えなくもない弧を描きながら建物からぶらさがった。

このときドアに密集する男たちの群れからひとりまたひとりと嘆きの声も出せないまま揺れるポーチの傾斜に吸い込まれていき、缶や瓶が飛び跳ねる空間で勢いは増し、最後には荒々しい悲鳴をあげながら酒飲みたちは眼下の穴へと落ちていった。手すりをつかんだ何人かは猛烈な勢いで夜の闇のなかへ落ちていく者たちをひきつった表情で見ていた。

建物の内部からはケイブらがドア付近で身もだえしている者たちの塊をほどこうとしたが結局、視界に入る腕か脚をつかんで引っぱり上げるという手段に出るほかなかった。そうして引き上げられ救出された者たちは靴を片方、あるいは両方とも失っていたり、ズボンをはいていなかったりした。ホビーもそうだったように、シャツの半分以外は何も身に着けていない者もいた。ほどなく戸枠が壁の大部分とともに内側に崩壊し人々は押し合いへし合いしながら木材が砕け飛ぶ内部へとなだれ込んだ。

　ぶらぶらと下方に揺れ動いていたポーチは、しばしの間ツーバイシックスの木材ひとつだけの力に支えられていたがやがてその木材もぼきっと折れ全体がすさまじい破裂音とともに倒壊した。手すりにしがみついていた者は手の力をゆるめ、枝から振りはらわれたカブトムシのようにぱらぱらと飛び降り、そして建物の残骸は破滅を描く静止画がゆっくり動くように投げ出され轟音とともに崖下へ落ちていった。

　中は今にも暴動がはじまりそうに騒然としていた。心をかき乱され、服をはぎ取られ、ぼろぼろになり、恐怖におののく男たちが荒々しく呼吸をし、パニックを抑制する汗を滴らせ、行き場のない憤りをつのらせていた。落下した者たちは次々に血と土塊で赤く染まった体で入口のドアから入ってきたがその様子はサーベルだけで決死の戦いに挑み打ち負かされた敗残兵といった風情だった。下から這い上がってきた者たちの力が結集されると二組の徒党が出来上がりまもなく始まった壮絶な殴り合いは明け方近くまで続いた。

　ケネス・ラトナーは酒場の下方にあるブラックベリーの藪のなかに腰をおろし手の切り傷の手当てをし物思いにふけりながら犠牲者たちが殴り合ったり悪態をつきあったりするのに耳を傾けていた。誰かがもってきたライトの光がブラックベリーのやぶの向こうを揺れ動き、あたりをなめるように照らしていた。ラトナーはポケットからハンカチを取りだすと手に巻きつけ、歯で引っぱり結び目を作った。それからあたりに注意しながら道に出ると家の方に向かいはじめた。何組かの男たちが手提げランプを持ちしわがれ声で話しながら山を登ってきて災厄の現場へと走っていった。

仕事が見つかった。ラトナーは妻に言った。

ありがたいこと。妻は言った。場所はどこ？

サウス・カロライナのグリーンヴィルだ。そう言うとラトナーは金を見せた。これは列車の運賃用だ。しかしその三一ドルのうちから五ドルを妻に渡し一家で店へ出かけた。息子にオレンジ・ジュースを買い、抱き上げて箱の上にのせてやると子供は両手でジュースを持ちながら座り、あたりを見回した。エラー夫人が勘定をしていた。

あのコイ・ティプトンが今朝やってきたんだが脱穀機のなかに落ちでもしたあんばいだったねえ。ズボンをなくした奴が三人か四人いるってさ——まったくどうしたらそんなことになるのかこの目で見たかったよ——それと助けに崖を下りて行ったらどうやら連中を殴って札入れを盗んでった奴がいたっていう話じゃないか。エラー夫人は揺り椅子に斜めに座り、教会のパンフレットをうちわにしてゆっくりとあおいでいた。泥棒も酒飲みも同類ってことだね。エラー夫人は言った。当然の報いを受けたってわけだ。

ミルドレッド・ラトナーは右に左にパン棚のパンをつまんで歩いた。罰当たりの馬鹿どもがお咎めなしでやり過ごせると思ったその時さ、神さまが天罰を下すのは。彼女は言った。神様は時機をうかがっているだけなのさ。

ケネス・ラトナーは痛む脚をさすり足首を回した。真夜中を過ぎ客がどんどん入ってきた。バーテンダーは雑誌を脇にどけカウンターのなかをせわしく動き回り新参客のグラスを次々に満たしていた。ラトナーはビールを最後の一滴まで飲み干すとグラスをカウンターの上に置いた。よお、あんた。ラトナーは大声でバーテンダーを呼んだ。こっちにももう一杯くれよ。よお、あんた。

土曜日の午後になると、マリオン・シルダーは糊をつけたカーキ服かつなぎ服を着て意気揚々と店にやってきてガラスの陳列ケースに行き靴下をエラー氏に指し示すのだった。エラー氏がカウンターの上に箱を置くとシルダーは靴下を一組手に取って言う。これはいくらだい？

二五セントだよ。エラー氏は言う。値段はずっと同じ二五セントだよ。全部二五セントで、他のはないよ。

シルダーはカウンターのガラスの上で二五セント硬貨をくるくると回してから、靴下を持ってストーブの前の牛乳ケースに腰かける。シルダーは一連の動作をひとつひとつゆっくりと行う。片方の靴と靴下を脱いで裸足をぶらぶらさせながら手を伸ばしてストーブの扉を開けると、慎重に押さえて、靴下を投げ入れる。それから買ったばかりの靴下をはき、靴ひもを結び、もう一方の足にとりかかる。その大きな足のつま先は切断され爪がない。今のシルダーは肥料工場で働いていた。昼時になるとカフェで定食のランチを食べた。三〇セントのサービス料理で口蓋に糊のようにくっつく白パンが三枚、真ん中に親指の痕をつけろう紙の上にのせられていた。豆と豚肉料理の脂はジャガイモの上からかけられたぎとぎとの肉汁へと流れ入り、コーヒーには油脂がビーズ状に浮いていたが、実際のところすべてが脂ぎっていてあたかもそこに食べにくる客全員が嚥下障害を患い飲み込むための筋肉が萎縮しているとでも言わんばかりだった。夕方にシルダーは帰宅し、クーペを駐車してから瘤（こぶ）ばかりで葉のない楢（ナラ）の木にずっと古いタイヤがかかっているでこぼこした土の庭を横切り、ペンキの塗られていない家屋のなかに入っていった。

一時間もたたないうちに、シルダーは体を洗い髪をとかして家を出て、のどかに鳴くコオロギの声を車の排気弁の開放音でかき消し、注意して傷んだ車寄せを進んでから街道を走り去った。

向かう先はハッピー・ホロー（幸福谷）あるいはマカナリー・フラッツ。[*7] あるいはミーズ・クオリー（ミードの採石場）あるいはペニーロイヤル。粗製石炭油の明かりに黄色く照らされ密造酒の甘くかび臭いにおいがこもる蒸留小屋。

酒を飲みながら、卑猥な冗談で口説く相手は捨て子よろしく町のはずれをうろつく、ふしだらな田舎娘たち。シルダーの好みは体の均整がとれていない娘たち。レザ。白いライル糸の制服を着て、太ももが石油のドラム缶ほどもある。痩せすぎの娘。名前は分からないが、骨ばった臀部が彼の脚に食いこむ。ためしに指を湿らせその汚れた首筋に白い縞を一本描いてみる。

緑蠅酒場に出向いて気心の知れた酒飲みたちと馬鹿騒ぎをする夜もあった。金を持ったこの息子は平和の象徴であるオリーブの枝ではなく硬貨と紙幣を持って故郷に戻ってきたのであり、繁栄の時代、金さえ払えば堂々と酒が飲めるユートピアの到来を皆に知らしめる存在だった。

＊7　マカナリー・フラッツ：マッカーシーの半自伝的小説『サトゥリー』の主要舞台のひとつで、当時は低所得層の住居に加え、違法酒場や売春宿が軒を連ねていた。

現在の稼ぎは一週間に一八ドルで生活もままならなかったが、シルダーは一夜にしてそれを使い切ってしまうのだった。八月で二一歳になった。

次の金曜日に肥料工場での仕事を失った。アーロン・コナツァーが喧嘩をふっかけてきたのでシルダーは応酬したが、コナツァーを嫌いだったわけではなく、怒りを感じたわけでもなく、ただその場を収めてやり過ごすためだった。コナツァーは工場内では唯一シルダーと同じくらいの体格の持ち主で挑発する機会をずっとうかがっていた。

シルダーが片膝をつきながら両腕を首まわりに固定するとコナツァーの荒い呼吸が止まるのが分かった。その発送室では物音ひとつしておらずシルダーが顔を上げたときには二人を取り囲むように立っていた男たちの視線が自分を通り越して何か別のものに注がれているのが見えた。振り返るまでもなくペトリー氏がその円に加わっているのが分かった。二人にやめろと声をかけてしかるべき積み下ろし担当の作業長も、現場監督でさえも、そうはしなかった。シルダーはコナツァーを放し立ち上がった。コナツァーも起き上がると、声の出ない雄鶏のように首すじを伸ばし、何事もなかったかのように両手をズボンの後ろのポケットに入れた。

シルダーは細く流れる鼻血をなめ塩気と金属質を味わうと、その年配の男が発する言葉を拝聴しようと振り向いた。だがペトリー氏は革靴の真四角のきびすをさっとかえすともったいぶった足取りで通路を戻っていった。その足音は発送室に積まれた袋の山の間でうつろに反響した。

喧嘩を観戦しようと集まった三、四人の男たちは黙って散っていった。荷台の下に巣をつくるネズミほどには厚かましくはなかったので、彼らは悪臭を放つ暗い通路へと消えるか逃げ込むかしていった。シルダーとコナツァーは少しの間、荒い息づかいでお互いをにらんだまま立っていた。やがてコナツァーが顔を横に向け唾をはき、肩越しの流し目でシルダーを一瞥してから積み下ろし場に向かってゆっくりと歩いていった。

作業長が終業時刻の直前にやってきてシルダーに言った。お前さんに味方してやったんだが、どうにも奴さん、聞く耳をもたなくてな。作業長は言った。

シルダーは怪しいもんだと思ったがそれはどうもとつぶやき事務所の方に向かった。

どこに行くんだ？　作業長が訊いた。

給料をもらいに。

ほら。作業長は言った。シルダーは振り返った。封筒が差し出されていた。

シルダーはモンクの店に行き、六時か七時までビールを飲んで家に帰った。八時前に彼は厚紙でできた古い小型スーツケースに服を何着か詰めてから小型クーペのハンドルの前に座っていた。車のヘッドライドが照らし出すのは目の前に広がる夜と、リールに巻かれたテープのように足下に滑る一二九号と番号づけされたアスファルトの細い線だった。シルダーはチョウテの町はずれの食堂に立ち寄り、コーヒーカップで生温かいビールを二杯飲み煙草を買った。山道は狭い砂利道でカーブではタイヤを横すべりさせて走った。一度、道の向こうにボブキャットがライトに目を光らせ長い脚を伸ばして立っているのが見えたが、ボブキャットはじきに身をかがめ、道沿いの土手の見えない鉄条網の上を軽やかに飛び越えていった。何マイルにもわたって明かりもなく人の住む家もない高地が続き、道はフクロウの木々、コウモリの洞窟、魔女の集会所がある暗い森を通りぐるぐると回った。

シルダーはひっきりなしに煙草を吸った。古い煙草から新しい煙草に火を移すためにクランクを回してフロントガラスを閉じ、結びつく二本の煙草の光によってガラス面に橙色に浮かびあがる鼻口の影を見つめると光の先端は煙を吐き出すときには消えていったが再びフロントガラスを開け湿った空気が車内に入ると夜の暗闇にどういうわけか出てきてしまった太陽のように黒いグラス面をゆっくりと上昇し、それから役目を終えた吸い殻は赤い弧を描き車の側面を流れ去った。ブレアーズヴィルでガソリンを満タンにしてから後は止まることなく車を走らせた。平地に出ると川面に映る山の黒い影を月が取り巻くように動き、鎖模様を描きながら早瀬を照らし、光輝く蛇の群れが音を響かせながら岩を越え川上に向かい急進しているのが見えた。フロントガラスの下の空気は冷たい湿気を帯びていた。

アトランタに着いたのは真夜中を少し過ぎた頃だったが市内には入らなかった。シルダーは市街地までわずかのところにあるロードハウス*8に車を止めるとしばらくの間車内に座ってまぶたを閉じたり開けたりして目を休めた。建物の前には他にも車が三、四台並び、ネオンのなかでぼんやりと光を放っていた。

シルダーは蛾が群れた黄色の軒燈の下を通り中に入った。バー・カウンターの鏡に映った踊る客たちの頭上にうつろで不吉な自分自身の姿が見えひどく疲れていることが分かった。壁際に並ぶテーブル席に沿ってカウンターまで行きウィスキーのショットを注文してストレートで四杯飲んだ。気分がよくなりはじめた。五杯目を前にして座っているとダンス・フロアからグラスの割れる音が聞こえ振り向くと二人の男がそれぞれにボトルを握りしめ相手を警戒しつつ円を描くように動いているのが見えた。そのときカウンターの隅から大きな人物がぬーっと現れ集まったやじ馬たちを無造作に押しのけ、交戦中の二人の腰ベルトをそれぞれ片手でつかむと戸口まで七面鳥(ターキー)を歩かせるようにして進んだ。二人は何の抵抗もできずに、手にボトルをぶら下げたまま足をじたばたしていたが、まもなく店の外へ追い出された。

ひゃー！　あいつらターキー・トロット[*9]してやがるぜ。バー・カウンターに座っていた男が大声で言った。用心棒はうんざりした様子でフロアを戻ってきて、にこりともせずに、もとの影のなかに消えていった。シルダーはウィスキーをひと息に飲みほし、しばらくの間揺れうごくいくつもの顔を見ていたが、ほろ酔い気分になっているわけではなく、ただ疲労の波が自分の内側から流れ出ていくように感

＊8　ロードハウス：郊外の幹線道路沿いのナイトクラブ、酒場、安ホテル。
＊9　ターキー・トロット：テンポの速いラグタイム音楽にのり、二人組で輪になって踊るダンス。七面鳥の動きを表現するのが特徴。二〇世紀初頭に流行した。

じていた。さっきまで無性に腹が立っていたこともすっかり忘れていた。数分後にその場を立ち去ったのだが、なぜここに来たのか、どこに行くつもりだったのか、外気のなかに歩きだしながら分からなくなっていた。ルイジアナかどこかに行くつもりだったのか。失業日は一九三三年一二月五日だった。

夜のしじまの砂利道を歩いていくと、地面のくぼみに少し足をとられた。車までやってくるとドアを開けた。

車内灯ではなく、その男の顔から発せられた燐光のせいで、シルダーの体は凍りつき、とっさに手で開いたドアがかき乱した空気を払った。虚ろで無意味な表情でこちらを見つめているその顔を見てシルダーは理由や説明ではなく、座っている男の存在を自分の経験にそくして少しでも合理的に解釈できる糸口を欲した。ドアを開けるという行為によって車内灯が点灯するのと同時にあたかもあの世から召喚されたかのように男は現前したのだった。

顔の下半分にひろがるその口はゆっくりとチーズをかむように言葉を発した。ノックスヴィルの方へ行くのかい？

——普通より一オクターヴ高く、懇願するような調子の声だった。

シルダーはなんとかドアをつかむと長く息を吐きだした。一体全体俺の車のなかで何してやがる。シルダーは言い立てた。座っている男から感じる不快さがあまりに強烈だったため力尽くでどけようと手を伸ばす気にもなれなかった。まるで肩の上に落とされた鳥の糞を手で取るのがはばかれるみたいだった。

その口は閉じる気配がないまま言った。ナンバー・プレートにブラウント郡ってあるのを見て——実は俺の出もそうでね。メアリヴィルだよ。あんたがそっちの方向に行くんじゃないかと思って。足がどうしてもいるんだよ……具合が悪くて。男は鼻につく調子で話し、シルダーの腹に話しかけるように視線はベルトの部分に注がれていた。この招かれざる客を厄介払いするようにシルダーに警告したのは虫の知らせではなく悪が実在しているという心の奥に生じた揺るぎない気づきだったが、ハンドルの前に位置してしまったその男から自分の所有権を守ることが絶対的に必要だった。

具合が悪いのは分かった。シルダーは言った。ただそこからケツをどかしな。

恩にきるよ、相棒。男はそう言うと、自動推進の機材を使わない滑車で坂を下る物体のように反対側のドアの方に体を滑らせた。そして助手席に鎮座した。

シルダーはうんざりして車の屋根に頭をもたせかけた。男が自分の言ったことを誤解したわけではないことは分かっていた。

あんたが同郷の人間をがっかりさせる人間じゃないってことは分かっていたよ。その声が言った。メアリヴィルの出なのかい？　俺が住んでいるのは町はずれで、フロリディ通りの……

シルダーは腰をかがめ、首回りの毛を逆立たせながら車に乗り込んだ。シルダーは男を見た。力尽くで追い出さなきゃならんようだな。そう静かに言ったものの、意を決して男に触れることはできなかった。鍵をスイッチに入れエンジンを始動させた。自分の体から汚れを洗い流してしまいたい気分だった。

ほんとにいい車だ。男がほめていた。

轍がついた車寄せの道で小さなクーペを転回し舗装された道に出しながらシルダーは考えた。口数が減らない奴だな。言いたいことがたんまりありそうだ。

シルダーの考えを裏付けるように男が話をはじめた。ほんと助かるよ、相棒。こんな夜中に乗せてくれる車を見つけるのはたいへんなんだ。

もう朝だけどな。変速ギアを乱暴に二速に入れながらシルダーはつぶやいた。

——たいして車通りがあるわけじゃないし、拾ってくれる奴もめったにいないときちゃあ……

ああ、変速するんじゃなかった。目の端に男の膝が見え、シルダーは背筋を伸ばした。男は半ば横向きになりシルダーを見ていた。

——おふくろの病気も良くなくて……

シルダーの手はハンドルから変速レバーにさっと移動し、鳥のように静止した。速度計の針はエンジン音の高鳴りとともに上昇した。

——医療費はばかにならないし……

シルダーの左足はクラッチペダルを踏みこんだ。今だ。お椀形に丸めた手の下で勢いよく引かれた変速ギアが振動した。そこには少し前まで男の膝があった。

——だからほんとに感謝するよ……男は淡々としゃべり続け、家でくつろぐように足を組み、わずかに体を揺らしていた。

シルダーはひじをドア枠にかけて、吹きすさぶ風、むきだしの排気弁がたてる一定のリズムやタイヤの下を走る油まみれの黒い道の悲鳴に耳を傾け、男の声が耳に入らないようにつとめた。

通り過ぎる車は一台もなかった。シルダーは恍惚として運転した。終わりがなく逃れることもできない声によって引きこまれた一種の忘我状態、何かに備えるための感覚の麻痺状態……だが何に備えるというのか？　シルダーは背筋を伸ばした。男はシルダーに視線を送り続けていたが、じかに見ているというわけでもなかった。

この野郎。はるばるアトランタまで運転してきたというのにその唯一の目的がこの男を拾ってメアリヴィルまで連れ帰ることに思えてきた。背中が痛んだ。俺はどうかしちまったに違いない。ポケットの煙草に手を伸ばしながらシルダーは思った。とにかくこいつといっしょだと気が狂いそうだ。箱から煙草を一本抜き取り、右手の親指と人差し指の間でゆっくりと回しながら口元にもっていった。左手で煙草の箱を持ちながらハンドル上部を操作しようとした。これじゃだめだ、指が届かねえ。口に煙草を届け終えた右手は箱をしまうために左手の方にゆっくりと動いた。右手がハンドルまであと半分の距離というところで、不意にはっきりと、期待に満ちた声が言った。

あのさ、よかったら一本もらえるかね……（前のめりになって、もう手を伸ばしている）……さっき切らしちまったばかりで……

シルダーは苦笑いをし腕を伸ばして男の方に煙草の箱を差し出した。いいとも、ほら。シルダーは言った。しばらく待つと、かさかさという紙の音が聞こえ、男が煙草を取った。男がぐずぐずしながら視線をこちらに向けているのが分かった。それからようやく箱が返ってきた。

助かるよ、相棒。男は言った。

シルダーは様子をうかがった。男はそれ以上何も言わなかった。男もこちらの様子をうかがっているようだった。シルダーは苦労してマッチ箱を取り出した。片方の膝をハンドルの下につけて操作しながら慎重に箱からマッチ棒を一本つまみだして擦った。両手で炎を覆い煙草に火をつけると、消えかけのマッチを肘越しに開いたウィンドウィング後ろのスリップストリームに落とし、再びハンドルを握り、ゆったりと煙をはきだしてマッチ箱をポケットにしまった。シルダーは様子をうかがった。

なあ、相棒、ちょっとそれを貸して……いや、どうも、ありがとよ。

マッチが擦られポンと火がついた。フロントガラスに映るほとばしる炎の上で橙色と黒に染まった男の顔から読み取れることはないかとシルダーは思案した。男の顔はほの暗い灯りに照らされた銅板の聖像の顔か仮面のようで、曖昧でも不可解でもなくただ単に意味や表情が欠落していた。つかの間シルダーの視線は道とフロントガラスに映る男の目の間を行き来したが男の目はフロントガラスのなかでシルダーを見ていた。シルダーが視線を男に戻す際に二人がお椀状の光越しに対峙する様子は部族間会議の一時だけ焚火越しに向かい合った敵対関係にある族長同士のようだった。やがて男の口が煙草をくわえたまま、鯉のようにすぼみ、炎は吹き消された。
煙草を吸う二人のまわりで夜の熱い空気がシロップのように重く動いた。道が流れていく暗いフロントガラスのなかでは計器盤のうす緑色の照明の上で二人の煙草の火が遠くからの信号のように上下していた。

シルダーはゲインズヴィルで必要のないガソリン補給のために車を停め、鍵を持って便所に行った。男は車の中に座ったままだった。便所でシルダーは煙草に火をつけ、長い時間をかけて吸い終わると吸い殻を便器の中に投げ入れた。冷たい水を顔にかけてから再び外に出て眠そうな目をした店員に金を支払い車に乗り込んだ。男はさっき残してきた時と同じ姿勢で座っていた。吸ったばかりの煙草の煙の跡が湿った空気のなかにくっきりと残っていた。

夜が明けた。低くたちこめた靄で野原は煙り、木々は骨のように白い。灰色の灌木は朝の湿気で金属のように固く見える。フロントガラスの表面を水滴がいくつも流れたのでシルダーはワイパーを作動した。男の両腕が祝福を与えるようにゆっくりと下され手の甲でガラスをふくのを見たその瞬間、右の後輪がうつろな爆裂音を発してパンクし車は震えながら止まった。

後になってシルダーは男がジャッキ・ハンドルを使って自分を仕留める唯一の機会を逸したことが分かった。車の下からジャッキをはずしトランクに戻すように自らの手で渡すまで男は待ちかまえていたのだ。もうひとつ後で分かったのはシルダーがかがんでホイールキャップを手の付け根でたたきリムに戻すのにかかる時間を何分の一秒かだけ男が誤算したということだった。実際にシルダーにはジャッキが見えなかったし、何の警告も感じていなかったからか、体を反転させ立ち上がりはじめた後にジャッキはシルダーの肩を砕き体を車体の横にたたきつけたのだった。何かが顔のすぐ横を通り車体のクォーターパネル[*10]を激しく打った——シルダーはそのことも覚えていたが、その何かがジャッキの土台だったことを知ったのは後になってからだった。二回目の攻撃に対しては頭をさげてかわしたというわけではなく、クーペのドアの下に滑り込んだだけだった。男はジャッキを横に振って——このときシルダーは男の姿を視界に捉えていた——車体の金属にぎざぎざの穴をあけた。シルダーは頭をドアにもたせ地面に座ったままで、怒りの感情はまだ湧かずただ驚きのあまり、上から自分を見ている人物に目を向けながら、傷つけられた翼のように腕を前後に動かしていた。しかし男がジャッキの柄をドアの穴から抜いたときシルダーは、自分の動きがにぶいと感じながらも、腕を伸ばしてジャッキに手をかけそのままゆっくりと五本の指を閉じた。男はシルダーを見下ろしていたが、車のエナメル塗料の光沢と道路の青白い砂塵の空間に集積した光が徐々にみなぎるなかで肉体が奇形化するように男の顔に恐怖が刻まれ象(かたど)られるのが見えた。何秒間か二人はそのままの姿勢で、シルダーは座ったまま、男は立ったまま、ジャッキを一方から一方へ渡す動作が中断されたかのように、ジャッキの両端をそれぞれにつかんでいた。それからシルダーは時間そのものが尽きていくかのように夢遊病者のごとく緩慢な動作で立ち上がると、男が身を翻すのが見えたが、その姿は水の中でもがいているというよりも強い悪意をもった液体のなかでもがいているといった様子で、動作は苦しげで鈍重だった。ジャッキは比重の均衡が失われたことでしかるべき角度に傾き、シルダーの手からも離れ道の上に鈍くはね返り、その間シルダーの鉛のような腕はぎこちなく弧を描きながら上がり指先はむき出しになった猫の爪のように丸まって悪夢の中で逃げようと力なくもがく男のチーズのような首の肉に食い込んだ。

自分で前方に倒れこんだのか男に引き倒されたのかは分からなかった。いずれにせよ二人は道に横たわり、顔を土に埋めた男の上にシルダーが乗るという恰好で、息を整える愛人たちのようにしばらくの間動かなかった。肩のなかにある何かが息を吸うたびに分岐し肺に下りてきて呼吸が苦しくなった。シルダーは一方の手で男の首をつかんだまま前のめりになり耳元でささやいた。

この野郎、なんかしゃべったらどうなんだ？　さっきまでさんざん御託を並べてたくせによ。

シルダーは男の頭を激しく揺すったが男は両手で頭をかかえたままで道の小石についての思索にふ

＊10　クォーター・パネル：乗用車の車体パネルの一部で、ドアとボンネットに挟まれた箇所、および、ドアとトランクに挟まれた箇所のいずれか、または両方を指す。

けっているように見えた。シルダーは力をゆるめた手を男の首のひだをたどりのど元に移動させた。男はしばらくじっとしていたが、不意に体を横に動かし、シルダーの顔につばを吐き、自由になろうと身をよじらせた。シルダーもそれに合わせて体をよじり一方の腕をロープの一部のように砕けた肩からぶらさげたまま、仰向けになった男が身動きできないように跨がった。シルダーは前に進み片脚を男の頭の後ろに入れ、大柄な看護婦が負傷者にするようにその頭を少し持ちあげた。それから男の頭を脚の屈曲部に戻し、腕をまっすぐに伸ばすと、男の首元に全体重をかけ力の限り押さえつけた。肉のたるんだ顔が二、三度ゆがんだが、恐怖を湛えたゴムのような表情はあいかわらずで、言葉も発せず理解もしていないという具合で、シルダーはそれが自分の行為がもたらしたものではなく男のいつもの表情なのだと感じた。つなぎの関節がないあごは臓物のかたまりのように上下し、シルダーの手のひだには溶解した忌まわしい汚物がべっとりと幾重にも垂れ落ちていた。男が自分に咬みつこうとしていると思いあたったのはこの時でその所作があまりに滑稽だったので思わず鼻笑いが出た。それから男の両手がシルダーの腕に置かれ、膨れた指が手や手首をはってきたがそれはかつて見た、目が開いていないピンク色のフクロウネズミの赤子の一群を思い起こさせた。

シルダーはそのまま長い時間男を押さえつけていた。まるで根太を押しつぶしてる感じだな。シルダーは思った。しばらくして男は何かを言おうとしていたが声は発せずに、ごぼごぼという音だけが聞こえた。シルダーは催眠術にかかったように男を注視し、まばたきも舌の動きも見逃さなかった。それから手の力をゆるめると男の目が見開いた。

　頼む。男は喘ぎ声で言った。ジーザス、頼むから放してくれ。

　シルダーは顔を男の顔に近づけ低い声で言った。キリスト様（ジーザス）よりも近くにいる奴に助けを求めろよ。

　それから自分の肩に目をやった。そして男が見ているのも分かった。男ののど笛に親指を食い込ませると乾いた藺草（イグサ）のように裂けるのを感じた。男は手をあげ目を閉じたままシルダーの顔や胸のあたりをたたきはじめた。シルダーも目を閉じ顔を肩にうずめ男の攻撃から身を守った。攻撃は激しくなり、ゆっくりになり、やがてぴたっと止まった。シルダーが再び目を開けたとき、男の目はフクロウのようにこちらを見つめていたが、開いた口からは舌先が少し突き出ていた。手と指先から力を抜くと、かぎつめの形に収縮し、死んだ蜘蛛のように見えた。シルダーは手を開こうとしたがうまく開かなかった。男の方を再び見てみると時間が戻りはじめ、加速し、すべての時計が正しく動き出した。

　男が死んでからおそらく一五分が経過していた。シルダーは車までよろめきながら歩きランニングボードに腰かけ、赤く染まった丘陵の上に昇る不自然にどっしりとした黄銅色の太陽の目を瞬きもせずに見つめていたがほどなく気を失った。

　朝になった。シルダーは道の砂塵に頬をうずめながら赤子のごとく狭い視野であたりを見た。ジャッキが倒木のように大きくぼんやりと見え向こうにあおむけで眠りに入った巨人のような男の姿が見えた。

道に転がった石の影が長く伸び早起きの鳥たちが動き回っていた。
シルダーが姫蜀黍（ヒメモロコシ）と蔦漆（ツタウルシ）のなかへと重い死体を引きずりはじめると背後の曲線道路からエンジン音が聞こえてきた。いったん立ち止まり、それから方向転換しクーペの車内に戻ろうと片手で死体を引きずりながら走ろうとしたが途中でつまずき、とても無理だ、やっちまったと思った。それで車に近づくとドアを開けもせずに死体をドサッと落とした。それから死体の上にしゃがみ、ランニングボードの下を支えにつかみながら死体の両脇に自分の両足を入れこみ車体の下へと滑らせ死体の四分の三が入ったちょうどそのとき一台のトラックが向こうのカーブを曲がりやってきたのでシルダーはなんとか立ち上がろうとした。

　太陽は高く昇っていた。開けた土地の一帯には、沼のガスが水蒸気のなかに上がるように松の並木がスカーフ状に薄霧を発散し、鴉（カラス）が何羽かやかましく朝の挨拶を交わしていた。シルダーは急いで車の下から出て、トラックが横につけたときには立ち上がりぶらぶらしながらつま先で死体を引きずった跡を消していた。車が停まることは分かっていたし自分は最善のことをしたと考えはじめていた。下手（へた）をすれば車中の死体を見られただろうし、彼らは助けを強く申し出るだろう。もし奴の……いや俺の腕はどうなんだ。シルダーは頭を横に強く振った。停車したトラックから見ている二つの顔がぼやけ、下に視線を移すと腕の大きな血の染みが乾いてシャツの前面をも黒く汚しているのが見え、そのまま意気消沈して見つめているとトラックから声が聞こえてきた。

何か手助けできるかい？

シルダーは一瞬、壊れた肩に激痛が走り顔をあげることができなかったがその痛みはトラックの運転席から発せられたその問いかけによって解き放たれたかのようで、皮肉なかたちでもたらされた痛みは和らがなかった。しばらくして顔をあげると同情するように好奇心を示す穏やかな目が複数見えた。その穏やかさは自分の血なまぐさいものの見方をもってしてもかき乱すことができない穏やかさだった。

車は反対車線にいて、シルダーからは車の傾斜するタートルデッキの向こうに二人の姿が見えた。俺たちはと声を発しながらシルダーは思った――向こうからは奴の体は見えていない。とはいえこの後どうなるのかについては頭が回らなかったしその後の顛末を想像することもできなかった。シルダーはその場しのぎに撤することにした――奴らがトラックから下りてくることは避けられない。俺たちちょっと車のトラブルで。シルダーは言った。ああ、ともかく出てくるだろうな。こういう奴らは何でも首をつっこまなきゃ気が済まないんだからな。

トラック両側の錆びた翼のようなドアが同時に開き緩衝材を施していない窓ガラスがガタガタと音を立てた。二人は男とその息子で、男はがっしりした体格で顔は赤く、肌にはしわがよっていて、息子は背が高く細身だが父親にそっくりだった。ぎこちない動作で車の後部をまわってやってくる二人は不動不変の忍耐力を湛えていた。シルダーはゆっくりと振り向きながら、現場を一瞥し、他人がそれをどう見るか想像してみた――車の下からしかつめらしく脚が突き出ていて、車体にはクォーター・パネルとドアに穴があき、ジャッキの土台が当たった部分はえぐれジャッキは道に転がっている……

けがはひどいのかい？　男が訊いた。

いや。シルダーはうなるように言った。男はシルダーの背後を見ていた。

何があったんだい？

車体が落ちてきて。シルダーは言った。ジャッキが役立たずで俺が車の下にいたときに外れやがって。

シルダーはジャッキのハンドルを蹴とばした。

男は横たわったジャッキに視線を移した。そりゃ危なかったな。男は言った。いやはや。こいつも弾の入った銃みたいに危なっかしいからな。ちゃんと手入れしておいた方がいい。あんたの相棒は大丈夫なんかい？　男はそう言うと上を向いた足の方をあごで示した。

ああ。シルダーは心のなかで思った。今、奴はどんな具合だ。それから男に向かって言った。奴なら大丈夫。車体が落ちたときマフラーを切ったから。ケーブルをつなぎ直したら終わりさ。男が死体のまわりをうろつきはじめたので、シルダーは立ちはだかって言った。あのさ、ひとつ頼みがあるんだ。

何だい？

くさい尻をどけて消えてくれ。内心そう思った。シルダーは言った――トップトンまで連れてってもらえるとありがたいんだが。医者に行きたいんでね。腕の出血がひどくて。

いいとも。男は言った。そうした方がいい。ずいぶん酷いみたいだからな。さあ行こう。

三人でトラックに向かって歩きはじめた。シルダーは親子の後ろをついていった。トラックのところまでくると、男が運転席に乗り込むまで待ち、片膝を地面につき死体に向かって大声で言った。

いいか、この人たちにトップトンの病院まで連れてってもらうからな。終わったら来てくれよ……なんだ、もう終わったのか？　シルダーは立ち上がり運転席に座っている男の方を向いた。すでにエンジンはかかっていた。ああちょっと。シルダーは言った。修理が終わりそうだから、自分たちで行くことにするよ。もう大丈夫だから行ってくれ……。そう言いながらシルダーは考えていた。**行ってくれ、頼むから行ってくれ。**

そうかい。男は（目を見開いて、黙ったまま、トラックに乗り込もうとしている）息子の方に体を傾けながら言った。本当にもう大丈夫なのかい？

大丈夫だよ。シルダーはそう言いながらすでに二人に手を振っていた。恩にきるよ。

どうってことないさ。男は言った。男の顔が元の位置に戻ると息子はこくりとうなずいた。ギアの入れ換えで車は軋りエンジンが止まると、あたりは突如として一日のはじまりの静謐につつまれた。

シルダーはその場に立ち竦んだまま車の起動装置が立てる苦しげな音を聞いていた。そして考えていた――ああ、なんてこった。こうなるのは分かってたんだ。この野郎ども、ただじゃ行かねえって……

しかしトラックは出発した。エンジンが二、三回咳こみ、ガタガタしてから低音でうなった。ギアが再び軋りトラックは後輪で砂ぼこりをまき散らして動きはじめると瞬く間にカーブの向こうに走り去った。

奴ら、あの穴は見なかったよな。シルダーは言った。見なかったに違いないさ。それからふと思った——仮に見たとしてもできたばかりの穴だってことには気づかなかっただろうよ。

シルダーは踵を返して車の反対側に向かったが、よろめき、後部バンパーをたぐり、予備用タイヤに負傷した肩をぶつけトランクに倒れこんだ。そこで朦朧としながらしばらく座りこんでいるとまた意識を失いそうになった。

ここからずらからなきゃな。シルダーは頭を振りよたよたと立ち上がった。クーペの冷たい車体に片手をついて体を固定し、何とか反対側まで歩いていきブロガンをはいた足を見下ろしてしゃがみ込んだ。しばしその作業靴にむかって悪態をつくと、片方のすり減ったヒールの部分をつかみランニングボードに片足を突っ張りながら死体を引き出しはじめた。頭が出てきたときには見まいとしたが、すぐに意を翻しまじまじと見つめた。両目が眼窩から飛び出し、不気味な驚きの表情を浮かべ、あいかわらず舌を突き出していた。シルダーは車の後ろまで死体を引っ張っていき、シャツの襟に手を入れて体ごと持ち上げると、トランクの中にすばやく投げ入れた。両脚だけがバンパーの上に垂れ下がっていたがすぐさまたたみ入れた。それからジャッキを回収しトランクの中に投げ入れ、バックドアをしめると、運転席につけたままにしていた鍵を取ってトランクをロックした。

夜になった。山腹の谷では冷気のなかで猟犬が鳴き声を響かせ挽歌を奏でていた。リスが弧を描きながら羽毛のように音を立てずに木から木へと飛び移る下では老人が朽ちた丸太に座り、両足で休みなく蔦漆を踏みつけながら、スカウトとバスターが眼下に広がる平野の暗闇を駆ける音、小川をひっそりと渡るときにたてるちゃぷちゃぷちゃぷという音、小枝が跳ね葉がざわめく秘密めいた音に耳を傾けていた――それらは四分の一マイルも下から耳元に届いた。それから獲物を駆り立てる長くしわがれた呼び声が再び聞こえてきた。

鍵を回し、取っ手をつかみ、バックドアを上げたとき、それに続く悪臭の放出を予期していなかったので、シルダーはあふれ出てきたその腐臭をまともに浴びた。後ろに下がる時間さえなかった。みぞおちから嘔吐物がこみあげ、草の茂みや若木の間をよたよたと歩きながら吐き出し、ひざまずいて渇いた発作のような責め苦にあえいだ。しばらくすると発作は止まった。口のなかに胆汁の酸味を感じ、頭がふらふらするので長い間そこに座りこんでいたが、その間も車に戻ってやるべきことをやるんだと自分を鼓舞した。シルダーは立ち上がり煙草を一本吸った。

忍冬の匂いが冷気の上昇気流に乗って山に立ち込めた。アオガエルやコオロギの群れが鳴いていた。夜鷹が一羽いた。不意に猟犬が獲物を木の上に追い込む吠え声が聞こえてきた。肩が再びズキズキと痛みだしギブスが腕に食い込みはじめた。まだ深呼吸をすることはできなかった。シルダーは車の方向に戻りはじめた。木の幹や枝の暗い影の向こうに見えるフォード車の輪郭は何かを食んでいる夜行性の動物のようで、その形状は巨漢の牛を想わせた。リア・バンパーのところでためしに臭いを嗅いでから意を決して悪臭を放つ暗闇に歩を進め、男の片脚を片手でしっかりと握った。顔を背けながら後方に下がると、死体は耳ざわりな音を立て引きずられそれから地面にドサッと落ちた。車を離れ雑木林の端に沿って死体を引きずり、三十ヤード以上進んだところで止まって休んだ。死体は軽くなったように感じられた。だがその穴までの残りの距離を休むことなく引きずっていくと息があがった。静かに草むらに倒れ込み、肩の痛みがおさまるのを待ちながらも男の脚から手を放さなかったのは、一度放してしまえば二度と触ることはできなくなると思ったからだった。息が整ってきたので少し体を起こすと肩の痛みはそれほどでもなく、腐臭を放つ肉体を握る自分の手だけに意識を集中した。それから立ち上がり、ヒステリーを起こしたように奇声を発しながら、死体を引きずり穴のへりまで大股で三歩移動した――このくそったれ。この腐れ野郎め。

脚から手を放し死体の脇腹に自分の片脚を据えて乱暴に穴のへりから押し出すと、両腕が抵抗するかのようにわずかにはためいてから死体は穴底にたまった泥水のなかに落下した。

車で山を下りる際には二度轍をはずれ、二度目には車は漆(ウルシ)の群生地を突っ切りバンパーにはさまった一本の漆の枝を部隊旗よろしくはためかせた。一本の枝が鞭のように車の窓から飛び入り頬を切った。

主幹道路で一台の車が追い越していくまでバックドアが開いていることに気づかなかった。急に減速するはめになってようやくバックミラーに車のライトが映っていなかったことに気づいた。

丸太に座りながら老人は遠ざかる車のヘッドライトが木立の間を照らすのを見ていた。それが見えなくなると上着からパイプを取り出し、煙草の葉を詰め火をつけた。犬たちはしばらく前に獲物を木に追いこんでいたので吠え声はもう切迫していなかった。老人は煙草を吸い終わると、パイプを丸太の上でたたいて灰を落としてから難儀して腰をあげ、それから首から皮ひもでぶら下がったごつごつした角笛をつまんだ。東の空低く雲間から緋色の月が昇りはじめた。作り笑いの形をした月はジプシーの浅黒い耳につけられた貝殻のイヤリングの破片のようだった。老人は角笛を高く掲げた。角笛の音は山の斜面から斜面へと反響し、夜の鳥を静止させ、小川のカエルを黙らせ、谷間の向こうで消えいりそうになりながらも長い時間空気を震わす鐘のごとく澄んだ音色で響き続けた。その後に夜を満たしたのはロンド風に反復される猟犬たちの吠え声で、犬の亡霊が自身の消滅を嘆く痛ましい吠え声だった。低地の上方にいたスカウトとバスターは鋭い吠え声をあげると川に向かって再び下りはじめた。老人は角笛を下ろして含み笑いをうかべると谷の川床に向かい、枯れ木に囲まれた階段状の傾斜域を下りるときには足を交互に出すことに細心の注意をはらった。ヒッコリーの枝を切りそのまわりを八角形に削った杖の上半分には妖術の彫刻――大鼻の月や更新世の奇妙な魚の群れ――が施されていた。昇る太陽の光にあたったその杖は半分に切られた林檎の断面のように白く鮮やかに輝いた。

緑蝿酒場が焼失したのは一九三六年一二月二一日のことで夜更けの気温は低かったがかなりの数の群衆が集まった。ケイブは現金保管箱をなんとか持ち出すことができ最後には逃げる客たちに店の酒を好きなように持ち出していいという許可をだしたので、火熱のなかで酒のボトルが次々に手渡され、火事はどこか祝祭めくこととなった。しかししばらくすると建物の後ろの壁が完全にくずれ、轟音とともに渦を巻くように崖下に落ちていった。それから屋根の棟木が崩壊し、内側に折れ曲がったトタンの先端はホイルのように壁からめくれあがった。このときまでに建物全体を飲み込んだ炎は蒸気機関車の汽笛のような音を立てながら夜の闇へと立ち昇り、うなる上昇気流で半分焼けた厚板をいくつものすごい速さで回転しながら吹き飛ばし、厚板は闇に映える赤いリボンみたいな火の粉をしたがえ崖や道路の上にたたきつけられた。二手に分かれて北側と南側の安全な場所に逃げざるをえなくなった野次馬たちの顔は熱の輪につつまれ、オレンジ色のエナメルを塗った南瓜（カボチャ）ちょうちんを想わせた。建物の支柱は崩れ外装面がシューッという音とともに道の反対側に滑っていき、錨がわりになっていた松の樹幹で緩慢に跳躍し、ぐちゃぐちゃに積み重なった柱にのしかかり崖に達した。続いて床がゆがみ、骨組み全体、天井、壁が思いもよらない角度で見事に折り曲げられ真っ逆さまに崖下に落下していった。

火は燃え続け、下に散らばった大量のガラスはあまりの高熱のために溶解し板状の層を生成したがそこにはうねりや溝ができ、黒く固められたがれきが散りばめられ、ボトルの蓋（ふた）がマリーンガラス風にはめ込まれた。それはかつて酒場があった目印として、古代に起きたはかり知れない現象のように谷間の急勾配を流れ落ちた痕跡として今でも残っている。

桃の低く広がる大枝の下にかがんだ老人は午前中の日光が山頂に鎮座する金属タンクにまばゆく反射するのを見た。老人はすでに桃の果実をいくつか見つけていた。もっとも二〇年も前に果樹園は打ち捨てられていたのであり、それ以前は果実はたわわに実るものの摘み取る者がいない夜になると重さに耐えきれなくなった枝がボキボキ折れる音が遠くの嵐のうなりのように谷間に響いていた。老人がそのように当時のことを記憶しているのは、嵐をこよなく愛していたからだった。

タンクは高い脚の上に設えられフェンスに囲まれていた。老人がその赤い標識について考えを巡らすのは今日に限ったことではなかった。ときおり桃を一口分切って口に運んだ。桃は小さく固かったが老人の歯は丈夫だった。老人は片足を枝にかけるとナイフをすり減ったブロガンのつま先にあててゆっくり研ぎはじめた。それから腕の毛の一部をつばで湿らせてナイフの切れ具合を試した。納得がいくと桃をもうひとつ取り出して皮をむきはじめた。

この桃を食べおわるとナイフの刃を上着の袖口でふき、折りたたんでポケットにしまい、だぶだぶの袖口で口をぬぐった。それから枝から足をおろし、果樹園の廃墟に歩を進め、灰色の古枝の間を抜け、ときおり立ち止まり谷間を見下ろし、黒くうねる畑や陽光のなかで明滅する屋根を見た。道に出ると右に曲がった。ブロガンは赤土の上でパタパタと小さな音を立て、でこぼこのひざ当てを施したズボンはそれ自身の意志と目的を持つかのごとくせわしなく動き老人を駆り立てた。

朝日に照らされた果樹園の道は赤く静かに山裾から曲がりくねっていた。沿道に陰をつくる林檎の木々はふしくれだって腐食しているが、今もなお誰かに管理されているという風情で、根元には雑草がまったく生えていなかった。山の上方には一本の脇道が陰もまばらな木立を通り、轍（わだち）には髪の毛のようにほっそりとした草が生えている。脇道は殺虫剤用の穴がある場所に続いていた。穴は地面に設置されたコンクリート槽で以前は殺虫剤を混ぜ合わせるのに使われていた。この六年間、この穴は老人が守護する霊廟と化していた。通り過ぎながら老人はあの時のことを思い出した——ガロン用手桶を持って登ってくると、自分の腰ほどの背丈もない男の子と女の子が曲がり道をやってきた。老人を見ると二人は立ち止まった。老人は手桶をもったまま近づいていったが、二人が体を震わせ、目を見開き、走ってきたために呼吸を乱しているのが分かるまでしばらく時間がかかった。二人が今にも駆け出しそうな様子だったので老人は微笑み、声をかけた。やあ、いい天気じゃな。二人は道の上で、野生動物みたいにいつでも逃げられるように体のバランスを取りながら身構えていた。女の子の脚には茨（イバラ）のかき傷が走り二人の口元はベリーで汚れていた。老人が横を通りすぎるとき女の子がぐずりはじめ、男の子は静かにしろと言わんばかりに握っていた女の子の手をぐいと引いたが、男の子はつなぎのズボンに縞柄のジャージのシャツという恰好でじっと立ったままだった。それから二人は道の端に寄って体の向きを変え、老人が通りすぎるのを見ていた。

老人は通りすぎる間際に半ば振り返り言った——うまいベリーのありかを見つけたんじゃな？

男の子はその時はじめて老人の姿が目に入ったかのように見上げると何か言ったがその声はしわがれ

ていて聞き取れなかった。女の子は我慢しきれず声をあげて泣きはじめた。老人は言った――

おやおや、この娘はどうしたんじゃな？　大丈夫かい、お嬢ちゃん？　ベリーの桶をなくしたんかな？　老人はそんな風に二人に話しかけた。しばらくすると少年の方も少しめそめそしながら穴のことについてしゃべりはじめた。穴というのが何のことかしばらく分からなかったが思い当たると老人は言った。

じゃあ、わしをそこに連れていって見せてくれんか。何であれたいしたこととは思えんが。男の子と女の子がそこに戻りたくないことは明らかだったが、三人は道を登りはじめ、いよいよ殺虫剤用の穴に近づく段になって男の子が立ち止まった。男の子はずっと女の子の手を握っていたがもう泣いてはおらずただ老人を見ていた。男の子は自分は行きたくないが、老人には行って見てきてほしいと言った。老人は二人にそれでいいからここで待っているように言った。

最初に見えたのは二つのベリーの桶で、ひとつはひっくり返りブラックベリーが草地にこぼれていた。その数フィート向こうにコンクリートの穴がありそこにたどり着く前にすでにすえた臭い――酸敗した牛乳のような――が漂ってきた。穴のひび割れた縁に立ちなかにたまった水を見下ろすと、緑の苔が浮かんだ水面は静かに光を反射していた。一角からは何本かの棒とブラシが突き出ていた。臭いは強烈になったがそれ以外はとくに変わったところはなかった。老人は穴の縁に沿って歩いた。傾斜地の林檎の木々の間でカケスが何羽か騒々しく鳴きながら体を光らせていた。昼が近づき暑さが増してきた。穴のまわりを半周する間、老人は砂でざらついた幅の狭いコンクリートの上を進む自分の足を見ていた。そして元の位置に戻ってくると再び眼下の水を一瞥した。その瞬間その物体が自分に飛びかかってくるように見えた。緑色の顔は意地の悪い表情を浮かべ腐敗した輝く水の中から浮き上がってきた。眼窩には目玉がなく肉のない緑色の顔面は歯をむき出し、黒い髪の毛は海藻のように漂っていた。

老人は一瞬穴の縁でよろめき低いうめき声を出しながらよたよたとその場を離れ両腕を木の枝にかけると吐き気を抑えようとした。引き返してそれをもう一度見ようという気にはならなかった。老人はベリーの桶を手に取り道に戻ったが、子供たちは去ってしまった後だった。どうやって二人を呼んだらいいのかも分からなかった。しばらくして老人は大声で言った。おおい！　ベリー桶を取ってきてやったぞ……

風が林檎の葉を揺らし、ノスリの影が道の上をすべるように移動し野バラの生け垣のところで分裂した。子供たちはどこかへ行ってしまった。老人は道を少し登り、それからくだって戻ってきたが、二人の痕跡はなかった。

三日後に老人が戻ってきたときもそれはそのままで、誰かがやってきた様子もなかった。老人はポケットナイフで切断した小ぶりのヒマラヤ杉でそれを覆い隠した。

それは今も同じ場所で、季節や年月の移り変わりに耐えていた。老人は道を進み、焦げた地面をそぞろ歩いた。

太陽は空高く昇っていて、植物は朝の光をふんだんに浴び、浮遊生物が黄金色の水面にあふれていた。春も終盤にさしかかっていたが道のうえの土以外は乾燥しておらず、道の両脇に生い茂った葉はまだ夏の赤い雲母の装いを身につけていなかった。早朝の静寂のなかですべての音は距離に関係なく透きとおって聞こえてきた――谷間にいる犬の吠え声、飛翔する鷹の鋭い高音のさえずり、道端の蜥蜴（トカゲ）が落ち葉のなかをあわてて走る音。漆の木立は突風にはためき、森ではツグミの瑞々しい鳴き声が……

老人は山脚に沿う脇道を進んだ。黄水仙（キズイセン）を切って道を開いた先には木間に張った大きな蜘蛛の巣が板ガラスの連なりのように露に濡れ輝き、老人が湿った息で蜘蛛の巣を落とすと蜘蛛は壊されてぶらさがった糸の上を逃げ回った。谷間を一望する草の生えていない高い塚の上に出ると老人は立ち止まり山頂に到達して奇妙な景色をはじめて目撃した人間のように谷間を観察した。松やヒマラヤ杉の深緑色の列が左手の山裾に向かって積み重なり道が通るところで途切れている。その向こうには畑や木造の豚小屋があり、壊れた屋根板がこぼれ落ちるように垂れ、入植者が住んだ丸木小屋の廃墟を想わせる。広葉樹の葉の向こうに教会の亜鉛色の屋根がわずかにきらめき外壁に継がれた下見板は長い年月の間にスズメバチの巣のような灰色に化していた。はるか遠くには縁飾りのように紫色に連なるグレートスモーキー山脈がそびえている。

もう少し若かったら山に移り住むんじゃがな。老人は思った。水のきれいな小川を探して暖炉つきの丸太小屋を建てるんじゃ。山のミツバチは黒蜂蜜をつくってくれるじゃろ。誰にも気兼ねせんですむのがいい。

老人は急勾配を下りはじめた。――そうすりゃ人付きあいもなにもなかろう。

道は山の南面に沿って続き街道にぶつかっていた。砂利道が急勾配で左手の低地に向かって伸びていた。老人はこの道を進み、冷たい水が滴る樹木の生い茂った斜面を下りた。半マイルほど進むと道は上りになり、森林地を通りさらに玉蜀黍畑を抜けていった。玉蜀黍畑では鳩のつがいがパッと飛び立ち翼をはためかせながら小川の方に飛んでいった。畑の先には道から離れたところに小さな掘っ建て小屋がありその木摺りは片方にねじ曲がった髪の毛のようで、青みがかった灰色に変色していた。この小屋こそが老人が帰る家で、いま老人は水桶を運ぶ担い棒のように杖を両肩にかけ、両手をぶらぶらさせていた。

家の前に広がる丘の斜面にはありとあらゆるものが捨てられていた。樽の箍、だめになった斧の頭、金網の断片、陶器の破片……幾多の古風な小物が墜落したように泥のなかに埋まっていた。老人が使わなくなった黒い豚釜はすっかり錆ついていた。ポーチの一番下の段は失われていたので、老人は杖を使って上がらなければならなかった。ポーチの屋根下で陰になった床は菌類の緑色に染まっていて、その床の上に老人は疲れて座りこみ、もたれながら脚を投げ出し服の襟を開いた。空気はじめじめして冷たかった。家の北側は木立の斜面に面しているため裏庭の雪は他の場所よりも長い間残っていた。

春になると山並は緑に燃え、空の下で低くうねった。春はだんだんに現れるのではなかった。春はある朝突如としてそこに存在するのであり空気にはその匂いが充満していた。老人は豊かな土の匂いを嗅ぎ、過ぎ去った遠い春、遠い年月に思いを馳(は)せた。人間はにおいを記憶するものだと老人は漠然と考えた……目に見えるものを記憶するのと違うやり方で。いまだにマスクラットの放つにおいを思い出すことができたが実際に嗅いだことはこの四〇年間なかった。あの独特な甘いにおいをはじめて嗅いだときの状況もはっきりと記憶していた。四〇年以上前のある朝、ショート・クリークを下流に向かって進んでいた。広葉箱柳(ヒロハハコヤナギ)は白く空気は冷たく川は蒸気を発していた。猟の時期が終わりに近づいた初春のこと、オレンジ色の毛並みの、家猫ほどの大きさの年老いたマスクラットを捕えた。空気は麝香の臭いに満ちていて当時は何か別のものを連想したが、それが何であるのかは分からなかった。

　老人はうとうとし、それから長い時間眠った。午後も遅い時刻になり夕雲が山あいに積み重なりはじめ新鮮な風がポーチを吹き抜け軒下に垂れている瓢箪(ヒョウタン)をやさしく揺らした。

　老人は雨が降りはじめる前に目を覚ました。風は時間の経過とともに冷たくなり、老人の顔や額に浮かぶ玉のような汗に吹きつけていた。老人は体を起こすと首筋を手でもんだ。つがいのマネシツグミが高い楓(カエデ)の木々の間で追いかけっこをしていたが、あたりはしんとしていた。しばらくすると、午後の黄金色に染まった緑の熱のなかで、最初の雨のしずくがびっくりしたように家の周りにたまった泥のうえで黒く跳ねはじめた。平べったい影がうねるように庭や道をこえて広がり、緊急の用事を足すように山の斜面を登っていった。雨脚が強くなり、遠方では強風も加わって川向こうの木々を黄緑がかった銀色に染めた。老人は雨が野を越えて前進し、草が雨の下で揺り動かされ、道の石が黒く染まるのを眺めてから庭の土に視線を移した。一陣の雨風が頬をぬらし屋根が踊るように揺れる音が聞こえた。

ポーチの屋根に針金で縛られた一本の雨樋がいっぱいなると、雨水は半透明の扇状に流れ落ち機織りをしているかのように目の前がふさがった。雨はしぶきをあげながら中に入りこみポーチの床に黒い境界線を引いた。老人は煙草を取り出すと手は震えたが、しっかりと完璧に煙草を巻いた。風は止んでいて彼は頭を緑色の厚板に寄りかからせ湿気に満ちて青色に映える空気のなかを蒸気が立ちのぼっていくのを眺めた。しばらくすると雨は弱まりはじめあたりは暗くなり、山の上の空はほのかな灰色の薄い礁を除いて黒かったがほどなくその灰色の部分も黒く染まり夜が訪れ、遠くで雷が断続的に鳴り響いた。寒気を感じて家の中に入ろうとしたとき何かが山の上で砕ける鋭い音が聞こえすかさず見上げると山頂にある円形の金属タンクが明るく照らされ、まばゆい光輪のなかで打ち震えるのが目に入った。爪で粘板岩を掻くような音がして老人は身を震わせまばたきをし少しの間白く熱く燃えるタンクの像が眼球の水晶体に残っていたが、目を見開くと消えた。木々の間をすべる雨の音とともに老人は視界の失われた闇の中に立っていて、屋根から細く滴り落ちる雨水が水たまりにはね返った。顔の正面で手を振ってみたが何も見えなかった。

老人は直立姿勢のまま目をしばたたいた。山のはるか後方で雷の細い筋が短く光を放った。家の隅の柱とポーチが暗黒の中からだんだんに形を成しはじめるとポーチの端を越えてぬっと姿を現した猟犬の姿が見えた。犬は鼻をフンフンいわせ、耳をパタパタ動かし、悪臭を放つ皮膚から雨水を振り落とそうとして首輪をジャラジャラ鳴らした。足の爪で厚板にバチバチと音を立てながら猟犬は老人に近づき、ズボンの臭いを嗅いだ。

どこに行ってたんじゃ、年寄り犬が。老人は言った。犬が老人の脚に体をなすりつけはじめると足で追い払った。あっちへ行け、スカウト。スカウトは少し離れ地面に寝そべった。老人はうなじをかき、伸びをしてから小屋の中に入った。

小屋の中は黴臭く、湿気が多く地下室のようだった。老人は手探りで角のテーブルまで歩き石炭油のランプをつけると、暗闇に隠れていたおんぼろの家具が黄色の明かりに浮かび上がった。それから台所に行きランプをつけ、コンロの上の加温器から豆の皿と玉蜀黍パンの平鍋を取った。テーブルにつくとそれらを冷たいまま食べ、食べ終わるとビスケットをひとつかみし外に出て犬の方に放り投げた。雨はもうほとんどあがっていた。犬はビスケットをあっという間に平らげると老人の姿を探して視線を上げた。網扉がバタンとしまり、ポーチの床を照らす明かりの範囲が狭まり留め金のカチッという音とともに消えた。老人はもう姿を現さなかった。犬は前足の上に頭部をのせしわのよった悲しげな目で夜の闇をじっと見つめた。

ワンパス猫[*11]に夢をかき乱され老人はぐっすりと眠ることができなくなった。老人は怪物猫の群れが夜やってきて自分の弱々しい息を吸い取ってしまうことを恐れた。一度目を覚ますと猫が一匹窓の外からのぞいていて、眠っている姿をずっと見られていたのが分かった。その後しばらくは猟銃に弾を詰めベッド脇の床の上で寝ていたが今は横になって猫たちの鳴き声に耳をそばだてるだけになった。鳴き声が聞こえはじめるのはたいてい夜更けで長い時間目を覚まして聞いていると、じわっと耳なりがしてくるのだった。それから細く震える悲痛な遠吠えが山の上の暗い谷間から聞こえてくる。以前は窓に駆け寄り丘陵地帯に目を凝らすのを習慣にしていてフォークド・クリークの上方に見える峰と峰の間の鞍部にある松の林の輪郭がゴシック風の尖塔をもつ巨大な聖堂のように現れるのを眺めた……しかし今老人は灰色の毛布にくるまって横になり耳をそばだてるだけだった。夜はあまり眠れず昼に椅子の上で、あるいは丸太や木に寄りかかったり、ポーチで大の字になったりしながら眠るので体の節々や骨が痛んだ。

タッカリーチー[*12]に住んでいた少年時代丸太小屋に元奴隷の黒人女が住んでいた。女自身が言ったことだが、女がタッカリーチーにやってきたのは他に黒人がおらず土地の動きや意味するところを感じることができるからだった。首にはクリスマスローズの小袋をさげていた。一度女に道で出くわしたとき彼はさほど恐怖を感じなかった——なんといっても彼はとても若かった。そんなこんながあって女は彼の舌の裏にノコギリソウのエキスを三滴たらし千里眼を得られるようにまじないの言葉を唱えることになった。女は夜の山にはワンパス猫という怪物猫がうろついていると話した。怪物猫は燃えるような大きな目をしていて雪のなかにも足跡を残さないが、夏の日の夕刻にはその鳴き声をはっきりと耳にすることができるのだと。

怪物猫の痕跡は見つからないかもしれないが、千里眼を持てば普通の人間が読めないようなものも読むことができるようになると女は言った。

このことを話すと母親は彼の額の前で十字を切り長い時間をかけ熱心に祈った。

老人は仰向けのまま胸郭の奥で高鳴る心臓の音に耳をすませ、ゆったりと規則的に呼吸をした。過ぎ去ったばかりのこの冬がはじまる前の秋のある晩老人は目を覚まし怪物猫の姿を目撃した。生涯で二度目のことで、窓の淡い色のなかに黒く映った顔面には逆さにしたカモメの翼のような白い斑点があった。窓枠の中が真っ黒になり部屋も黒に満ち、白い斑点がおぼろに大きく浮き上がった。腕を伸ばし猟銃の銃身をつかみ回転させ、親指で撃鉄を起こしたところで銃を落としてしまった。部屋全体が爆発したみたいだった……覚えているのは銃口からオレンジ色の炎がぱらつき燃えた火薬の臭いが鼻をつき、耳鳴りがしてはね返ってきた銃床が当たって腕を痛めたことだった。立ち上がりテーブルまでよろよろと歩き、熱い銃身を持って銃を引きずり、マッチを見つけて擦り手提げランプをつけた。それから窓辺に行

＊11　ワンパス猫：東テネシーを中心とする民間伝承で、獰猛なクーガーの変種のような怪物猫。死を司る霊であり、その鳴き声を聞くと近しい者が三日以内に死ぬとする伝承もある。
＊12　タッカリーチー：テネシー州タウンセンド市の地名。世界的に有名な洞窟がある。

くと、壁の上方でランプの細い影が揺れ動き、明かりは低い天井を照らして蜘蛛の巣を白く染めた。老人はランプを高く掲げた。窓の上の壁板はぱっくりと裂け蜂蜜色に変色していた。老人はベッドのそばに猟銃を置くことはやめテーブルの後ろの隅に置くことにした。

老人は長い時間眠れないまま横になっていた。一度川と野原の向こうからかすかに鳴き声が聞こえたような気がしたが、確信はもてなかった。道を一台の車が通り過ぎたのでいぶかしく感じたがやがてまどろんだ。コオロギはすでに鳴きやんでいた。

女の首の腱の溝は深く、青灰色だった。ぺらぺらの皮膚の下にあるはしご状の骨は返し縫いの列のように服の胸元へとくだっている。針仕事に視線を落としつつ、唾を飲み込むときに瞬きするさまはヒキガエルに似ていた。瞼（まぶた）には胡桃（クルミ）の殻のようなしわが寄っていた。葦色の髪の毛はぎゅっとまとめられて、頭部は亜鉛の針金でできたヘルメットのようだ。椅子はゆらゆらと揺れている。スカートの環状の装飾ひだは折り重なったカーテンのように椅子の横からそっと床に垂れさがっている。女は火のない暖炉の前に座り毛織物の切れはしでつくったシャツのボタン穴を縫っていた。渦巻の装飾と金めっきを施した額縁からケネス・ラトナー大尉がはつらつとした表情で外地帽を右の眉毛につくほど威勢よくかぶり、縞が二重に入った記章を明かりに反射させていた。兵士であり、父であり、幽霊でもあるこの男が二人に視線を送っていた。

ランプを両脇にひとつずつ並べ女はいかめしい表情を浮かべていた。ロザリオを爪繰り祈りを唱える修道女の風情だ。しばらくして少年がトタン屋根の付いた下屋の台所からその様子を見ていた。風が吹きはじめて雨がトタン屋根を打ちつける音は長い時間をかけて絹が裂かれる音だった。少年は雑誌のページをめくっていたが何度も読んでいたのでもはや紙面を見ていなかった――実際に見ていたのはランプの炎が揺らめき、ストーブまわりの光沢のある鉄部が孔雀のような青銅色と赤褐色を帯び、青紫色に変わり、渦巻き状から先端状の炎へと模様を変える様子だった。少年は形の歪んだそのストーブに置かれたグラスと青色の広口瓶の上で手を振った。

台所にいれば暖炉のマントル上の男に見られることもなかった。しばらくすると少年は雑誌を置き椅子の上で体の向きを変え、背もたれに両肘を置いて座り雷を見ようと窓の外に目を向けた。ウィンクル低地のはるか向こうから夏の夜の稲妻のかすかな破裂音が聞こえた。雷光はなく、あるのは雨と風だけだった。

少年は父親のことを覚えていると思っていた。だがもしかすると母親の話を聞いてそう思い込んでいるだけなのかもしれなかった……ある男のことは覚えているが、それが父親なのかどこかの別の男なのかは判然としなかった。父親は三人でメアリヴィルを出て以来戻ってこなかった。少年はその時のこと、住む場所を変えたときのことははっきりと覚えていた。

それは丸木でつくられた家屋だった。丸木は手作業で角が出され隙間を泥土で埋められ、屋根裏の重い梁は木製の止め釘(くぎ)で固定されていた。屋根裏には織機が置いてあったが少しずつ薪(たきぎ)として燃やされていった。織機は粗切りの木材でつくられた大きな代物でほこりにまみれた当時でも黄色く映え新品然としていた。屋根の梁も同様に新しく目に映った。その夏梁の板の上にスズメバチが巣をつくった。スズメバチが巣作りに使ったのはおなじみの乾燥した天候のために合い釘が縮んで落下してできた木工ぎりの穴だったがその会い釘は暑い屋根裏部屋に落ちると少年の寝床の脇をうなりながら通り過ぎガラスの一隅が失われた窓から陽光のなかに飛び出していった。幅広の厚板のなかにはジガバチの巣が積み重なっていたがある日少年の母親が巣を全部掻きだしてしまうと蜂の他にキクイムシやフナクイムシもいた。その虫たちを目にしたことはなかったが存在することを少年が知っていたのは、床の上や軒下すぐの木材の上に柔らかな円錐形の木粉が堆積し、その木粉が蜘蛛の巣の上でほこりと混じりあい木綿のような厚い黄色のシーツを広げていたからだった。

その家屋は背丈が高く窓がほとんどない簡素なつくりだった。郡で一番古い建物だという者もいた。こけら板の屋根は黒ずんでひび割れていたものの、大部分は雨風や時の移ろいに耐えているように見えた。腐朽し弓なりに曲がった屋根の現状ははるか昔の火事の犠牲者を想わせたが、家屋が難を逃れたのはきちんと検査され乾燥した木材を使って丈夫に建てられていたからだった。たるんで膨らんだこけら板は家屋の両端の粘土と川岩でできた煙突だけに支えられているように見えたが、建物自体は頑強でどんな強い風が吹いてもきしむことはなかった。

彼らはその家屋のための税金を支払ってはいなかった。というのも郡の裁判所の記録ではその家屋は存在していなかったし、彼らの所有物でもなかったからだ。家屋にも土地にも賃貸料を支払っていなかったが、その一方あるいは両方の財産権を主張する者もその家と同じように記録上は存在しなかった。彼らが金を支払うのは週に三回、牛乳配達のついでに水を運んでくれるオリヴァー・ヘンダーソンに対してだけだった。

裏庭に無造作に生い茂った雑草や西播蜀黍(セイバンモロコシ)に隠れた井戸はずいぶん前から壁の岩が崩れ干上がった底に幾重にも積み重っていてその隙間には運悪く埋葬されてしまったウサギ、フクロウネズミ、猫などさまざまな四肢動物の骨が挟まっていた。

少年は井戸の底の実態を知っていたわけではなく、想像していただけだったのはある春の日に井戸の底にいる子ウサギを見つけたとき怖くて下に降りることができなかったからだ。そのかわり毎日子ウサギのために緑の葉物を持っていって井戸の穴に落としてやった。ある日庭で育ったキャベツの葉をひとつかみしハラハラと落としたときのことを少年は覚えていた。何枚かの葉が体を覆うように落ちても子ウサギは身動きひとつしなかった。少年はその場を離れたがその後もずっと井戸の底の岩の間でレタスに覆われながら横たわる子ウサギを目にすることになった。

母親は針仕事を終えるとランプをひとつ暖炉の上に置き手にしたシャツを胸に当てながらその明かりを見つめていた。しばらくの間その姿勢で立っていたが振り向くと少年が肩越しに自分を見ていることが分かった。明かりが二人の体をほのかに照らしていたが幅の狭い戸をはさんだ空間は暗かった。少年の方からは母親の目が見えなかったし自分が何か別のものを見ていたことを思い出し少年は窓の外の雨の方に視線を戻した。

お前。母親は言った。

うん。

もう寝なさい。

うん。少年は繰り返したが動こうとはしなかった。

ベッドが雨で濡れたわけじゃないんだろ？

濡れてないよ。

ひょっとすると濡れているかもしれなかった。これまでも雨が降れば風がなくても濡れていた。ベッドは黴臭かったが濡れると臭いはましになったし毛布をかけて寝るのにちょうどよい冷やかさだった。この年、この夏、少年は台所の外のポーチに寝場所を移動した。ベッドを運び出したのはある日曜日の夕方に母親が教会に出かけ帰宅するまでの間のことだった。母親が帰宅しドアのところで立ち止まったときには少年は深い寝息をたてていた。しばらくして台所から母親が洗い物をしながら鼻歌を歌うのが聞こえてきたが、母親はベッドがポーチに移動していることについては何も言わず少年がポーチの隅からどけていた瓶や缶の箱を二つ外に運び出させただけだった。差掛け屋根のポーチは腰の高さから上が網戸で仕切られていた。ベッドに横になると庭のオークの木のどんぐりさえ目と鼻の先に見えた。夜には背の高い痩せた猟犬がやってきて仕切り戸からのぞいてくることもありそんな時少年は猟犬に話しかけるのだが、猟犬は肩を角張らせうつろな目で身動きもせずに立ったままで、その後猟犬が立ち去る段になると庭の土を踏みつける音や首輪の音が聞こえてくるのだった。

少年はベッドをポーチの隅から中側に引き、シーツの裏表を逆にし枕の感触を確かめた。それから枕をひっくり返し脇に抱えていた毛布をベッドの上にかけると中にもぐった。その夏の最後の夜だった。水が落ちる音や雨がトタンの上を流れ雨樋を伝う金属音、突風が打ちつける雨音やふくらんだ網戸の隙間から顔に吹きつける霧雨を感じながら少年は眠りに落ちた。オークの木々は休みなく揺れ動いていた。やさしく諭すように、静かにしなさいと……

朝方には雨は上がっていて空気と霧は冷たかった。少年は思わずほほ笑んだ。待ち望んだ季節が到来したのであり彼は気候と季節の変遷で時間をはかることにしていたからだ。まだ暑い日もあったが問題ではなかった。午前中にはカケスがブラック・オークに陣取りムクドリモドキも戻ってきて、鳥の群れが木々を湾曲させ、羽根を黒い金属色に光らせながら、錆びた楽器で演奏されるスウィングのような耳障りな音楽を奏でていた。群れが地上に降り庭が一面黒く染まると、少年は走っていって両手をパンと鳴らし鳥たちが太陽に向かっていっせいに飛び立つのを眺めた。羽ばたきながら甲高い鳴き声をあげる鳥の群れは翼で上昇気流を起こし木の葉や堆積物を空中に舞い上がらせた。

九月の前半が過ぎても気候は変わらず霜もまだ降りていなかった。腕に浮き上がった静脈を押さえ拳をつき挙げると柔らかな脈管に血が流れるのを感じた。

少年が急かすと時間は少し進むような気がした。母親は二日間で庭に生え残っている植物を缶詰にし、風邪をひかないうちにベッドを屋根裏部屋に戻すようにしつこく言った。雨が降り血のように赤い水たまりができたある日の午後、一フィートほどの深さの水に浸かった柳の根元でバスを捕まえ臓物を取り除き鼓動し続ける小さな心臓を掌に置いた。

ベッドはまだポーチにあった。夜になると少年は家にいるのに耐えられなかった。夕食をすますと外出し、就寝時間になって帰ってきた――そして母親が寝つくとすぐにまた外に出て、暗い夜道を歩き、いくつもの丸太小屋や家屋の横を歩いた。窓明かりに黄色く映し出された人々は音もたてず謎めいた動きをしていた……

ある晩野原を横切っているときに二人の人物が草の上でもがき合っている場に遭遇した。裸の肌の色は白く、半月の光のなかで岸に打ち上げられた魚のように半狂乱に動いていた。少年は立ち止まらずに進んでいった。二人は少年に気づかなかった。舗装された道路に着くと少年は駆け出し、アスファルトを靴で高らかに鳴らし、靴底が熱くなり足の裏がひりひりするまで、胸が苦しくなるまで走った。スタイフェル家の家畜囲いの分岐道の下手に大きなユリノキがあった。刈り込まれた草の斜面を這って登り、ユリノキの幹の陰に罪人のように身を潜め、炭のにおいがこもった空気を深く吸い込んだ。

少年は長い時間そこに座り、丘の向こうの灯りがひとつまたひとつと消えるのをじっと見ていた。音がよく響く夜の空気を伝って人の話し声が間近に切迫して聞こえてきた。ドアがひとりでに閉まる音や笑い声……部族会議のための焚火が消され、野営の者たちが眠りにつく……洞窟のなかでは松明(たいまつ)の明かりが灯され悪霊や黒魔術師の一団が物憂げに乾燥した古代の骨を鳴らしている。

そいつを探し出すんだよ。お前が大人になったらね。お前の父さんを奪った男を見つけ出すんだよ。

(忘れちゃいけない――老け込んだ獰猛な顔が甘酸っぱい臭いをただよわせながら少年の顔の近くに突き付けられる……)

どうやったらいいの？　少年は泣き出していた。

父さんが知っているさ。父さんは教会の集まりにはめったに顔を出さなかったけど神様を恐れる男だったからね……神様が道をお示しくださるよ。神様は信じる者をお見捨てにはならない。お祈りさえすれば道は分かるようにできてるんだ。神様……神様に誓いな。

腕が痛んで麻痺してきたが……強くつかむ母親の手の震えを感じ……誓うよ、と少年は言った。

忘れないね。

忘れないよ。

お前が生きている限りだよ。

僕が生きている限り。

約束だよ。母親は言った。

生きている限り……

母さんも忘れないからね。そう言いながら母親は今一度少年の腕をきつくつかみ、大きな顔を近づけた。これで忘れないだろうね。母親はささやいた。

生きている限り……

少年は忘れなかった。暗闇のどこかからバンジョーの音色が聞こえてくる。かりそめの和音……何かのメッセージ……どんな便りなのか？　再燃した昔の恋、病気、泣く子供。家々には沈黙が降りている。

安らぎの時。夜が終わっても十分に休んだと感じることができない者たちにとっても。それから沈黙の時。充満した琥珀色の温もりのなかに音楽が流入した無数の夢と、ぼんやりと静かに横たわる炉床の上の死。朝が来る気配は地の果てにもなく、少年は疲れていた。悲しみに暮れるように草の頭を垂れさせた露が家路につく少年の後を追い家の戸に印をつけた。

陽気は変わらなかったが、雨が降った。昼にはどんよりと靄がたちこめ夜には木々から水が滴り落ちた。池に釣り用のボトルがいくつも浮かべられたある朝にボトルが水面を漂うのを見ながら少年は北側の石灰岩の岩棚から餌釣りをしていた。しばらくしてひとりの男が霧のなかからボートを漕いでやってきてピクッと動きながら水面を進むボトルを止め糸を上げ魚を釣り上げた。男が少年を見てこくりとうなずくと少年もうなずき返した。男が乗ったボートは池の北端で旋回し南へ戻っていき、ポールが船尾の板を打つ音以外あたりは静けさにつつまれていた。

少年は居ても立ってても居られなかった。日は短くなり寒気がやってきた。ベッドはまだポーチに置いてあり少年は庭の木々が日ごと葉を落とすのを見守り、目覚めると太陽が山あいに大きな楔(くさび)よろしく鎮座し楓(カエデ)の木々が赤く染まった世界があった。毛布にくるまって寝そべりながら空気の匂いを嗅いでみた。水分と煙の混じったしまりのないそよ風が網戸を通り抜けて入ってきたがまだ新しい季節の報せはなかった。

少年は待った。血がじわっと滲み出るような十一月を注視し、ヒキガエルみたいに不活発で眠たげな目をしながら、おあずけを食った猫のように神経を尖らせた。

ある日の夕方買い物から戻るときに少年は道で少女に会った。少女は少年にほほえみながらこんにちはと言った。うなずき道を進む少年の背後で少女とその女友達がくすくす笑うのが聞こえた。少女に会ったのは夏の終わり以来だった。

少年はソーンダーズ家の牧草地を横切り小川に向かっていた。浮浪者が使う敷物のように見える自家製の麻袋の引綱を肩にかけていた。声をかけられるまで少女の姿は見えていなかった。少女は杭の上部をつかんだ両手の上に顎を載せ杭に寄りかかっていた。尋常ならざる忍耐力で何日も立ったまま少年が通りかかるのを待っていたかのようだった。

ここの所有者で僕を追い出そうっていうんじゃないな。たしかに背は大きいけど大人じゃない。そう考えて少年はこんにちはと返した。

あなたの名前はジョン・ウェスリーでしょ?

はい、そうです。そう少年は言いそうになったが実際に発した言葉は違った。うん、そうだよ。

少女は杭から離れると少年の方にのろのろと、もったいぶって歩いてきた。綿のプリント地の服を着てハウスコート風にボタンをとめていた。腹部をゆったりと覆った生地は丸みを帯びた胸部でピンと張りボタンの隙間から白い肌とピンク色の絹がはみ出ていた。草を一本抜いて噛みはじめた少女は、流し目で見ながら少年の前に立ち、腰を突き出す格好で片脚に重心をかけていた。何してるの？　少女が訊いた。

ぶらぶらしているだけだよ。少年は答えた。

ぶらぶら？

そうさ。それだけだよ。

少女は上履きの足先で石をそっと動かした。誰とぶらぶらしてるの？

いや、誰もいない。僕ひとりさ。

少女の胸の先端はコインみたいに服の上に浮き出ていた。少年がそれを見ているのを少女は見ていた。ひとりでぶらぶらするなんて駄目って言うでしょ。口元にわずかな笑みを浮かべいたずらっぽく目を細めながら少女は言った。

誰がそんなこと言うのさ？

私よ。それと牧師さんも言うわ。

もう行かなくちゃ。少年は言った。

あなたまだひとりでぶらぶらするつもり？

少年が歩きだすと少女は横にぴったりついてきた。どこに行くの？　少女は訊いた。

池だよ。少年は言った。

何しにいくの?

魚さ。

魚。魚釣り? でも釣り竿がないじゃない。

池の近くに置いてあるんだ。少年は言った。隠してあるんだ。

釣り竿を持ち歩かないの?

いや。

少女はくすくす笑った。

二人は並んでゆっくりと歩いた。少年の歩調はいつもよりずっと遅かった。少女がしばらくの間何も言わないので少年はどこに行くのか訊いてみた。

私? どこにも行かないわよ。ぶらぶらするだけよ。

誰とぶらぶらするわけ?

プッ。少女は吹き出した。そんなこと知りたいの?

いや。君が誰とぶらぶらしようが僕には関係ないさ。

少年は歩きながらときどき木の上や空を見上げた。

その中に魚がいるの?

何?

少女は麻袋の引網を指さしていた。それ。少女は言った。

ああ、これ。違うよ。これは引網。池に着く前にこの引網で小魚を捕まえなくちゃいけないんだ。

少女はずっとついてきた。川のなかを引網の棒を突きつつ上流に向かいながら少年は少女が土手の上を並行して歩きときどき立ち止まりこちらの様子をうかがっているのが分かった。忍冬がまばらになった場所で少女は土手を下りてきて靴をぬぎ少年が通り過ぎるのを見はからってつま先で水を蹴った。振り返ってみると少女はひざまで水に浸かりスカートを上げ腰の位置でブルマー型ズボンのなかにたくし込みその太腿は押し寄せる茶色の水との対照で信じられないほど白く見えた。少女はよろめき、胸を揺らしながら川の中を歩いてきた。少年に追いつくと水をはねかけた。少女は言った。

私の名前知りたい？

まあ。少年は言った。何て名前？

あなたに何の関係があって？

別に関係はないけど、ただ……

じゃあ、何で訊いたの？

それは君が……僕は別に関係なんか……。少年は言葉につまった。そっちから聞いてきたんじゃ……

ワニータ。少女は言った。教えてあげる。ワニータ・ティプトンよ。家はあっち。少女があいまいに指し示したのは小川の向こう側、夏の終わりの収穫が終わった玉蜀黍畑の方角で、そこには胡桃(クルミ)の木立に囲まれた緑のトタン屋根のあばら家があった。少年はうなずくと引網で作業を再開した。持っているうきの数は十分ではなかったし、ハヤはどんどん引網の後ろに逃げていった。ベルトに付けた缶のなかには六匹ほどが入っていた。

こんなことが好きなのね？　少女が背後から聞いてきた。

少年は振り返り少女を見た。岩の上に両足を揃えて立っていた。服の後ろは下がっていて黒く濡れていた。

蛭（ヒル）がついてるよ。少年は言った。

何がついてるって？

蛭だよ。脚に蛭がついてるよ。

少女は視線を落とした。蛭の居場所を見つけるまでに時間はかからなかった。ひざのすぐ下に太った茶色の蛭がはりつき濡れたすねの上にピンクの血の線が流れていた。少女は手を口にあて蛭を見ながら立ちつくしていた。池の蛭には及ばないが小川の蛭にしてはかなりの大きさだった。しばらくしても蛭をじっと見ているだけの少女に少年は声をかけた。

取らないの？

その言葉で少女は我に返った。少女は顔をあげて少年を見た。その顔が真っ赤になった。何よ。少女は言った。何やってるの……あなた……信じられない。

何だって。僕がつけたわけじゃないぞ。

取ってよ！　もう何よ……お願いだからはやく取って？

少年は水を跳ねながら少女の方に移動した。腰の半分まで水につかりながら岩の上に立つ少女を見上げるとスカートをブルマーの中にたくし込み露わになった太ももが見えた。少年は蛭をつかむと、視線をまた上げるべきかどうか迷ったが、めまいで頭がクラクラしたので、蛭を引きはがすと少女の背後の土手に弾き飛ばした。少年は言った。裸足で川を歩いちゃだめだよ。

少年は瞬間的に少女のことはもう怖くないと感じた。記憶に残っているのはその後走ったことだけだった。大きく広がった肉体とブルマー。どうやったのか、少女は水のなかで少年の襟首の両脇を足ではさみ、少年は身を振りほどき破れたシャツのまま水を切りながら歩き川岸に上がるとソーンダーズ家の牧草地を横切った。缶から水とハヤがこぼれ手には引網を滑稽に握り靴のなかでは水がビシャビシャと音を立てていたが、とにかく走った。

少女がもう一人の少女に何か言うと二人はまたくすくすと笑った。少年は空高くは昇らない十月の太陽がもたらす冷気のなかで顔を赤く染めながら、パンを手に家路についた。ポーチを通って家のなかに入るときベッドがそこにないことに気がついた。母親は台所にいた。少年はテーブルの上にパンを置くと屋根裏部屋に上がった。階段板にうつろな足音を響かせながら傾斜した軒下の蜘蛛の巣だらけの薄暗がりに入ると新しいシーツが敷かれたベッドがあった。

この時期になると早朝に冷たく旋回する厚い霧が池をつつみ、どこからともなく亡霊のような鴨の鳴き声が聞こえてくる。日の出の時間には丘陵地帯全体が水晶のように白く輝き空気中にストーブの煙とそのにおいが満ちた。少し時間がたつと今度は外の焚火の煙とにおいが立ち込め焚火にかけられた釜のまわりには木製の長へらを持った女たちがショールとボンネットを身に着けた地の妖精を想わせる姿で集まり、分け前にあずかるのを待つ。初霜が降りてからの数日は霧が深い寒い日が続き豚がうるさく鳴き時おり遠くの雁(ガン)の群れの鳴き声が響く。南に向かって飛ぶ細いV字形の雁の群れは地平線で一直線になり彼方に消えていく。少年は薪を割りに朝早く外に出て、凍った蜂蜜のように朝露に光る松の薪の山に新しい薪を積み上げていった。一心不乱に薪を割りそれで何日もが過ぎていった。ストーブ用の薪が庭を埋め尽くし屋根にまで届いてしまうほど少年はたっぷりと時間をかけて薪を割った。

父さんが生きていればお前も苦労せずに済んだのにねえ。ある晩、母親は言った。父さんは戦争で負傷して頭の中のどこかにプラチナ板が入ってたっていうのに――政府の身体障害保険の受取りを断ったのさ。自尊心が高いんだねえ。誰からの施しも受け取ろうとしないのさ。たとえ政府からでもね。父さんは与える側だったのさ。父さんに神のご加護を。

どうだろうかね。少年の方を訝しげに見ながら母親は言った。お前は父さんの半分くらいは価値ある男になるだろうかね。

炎がパチパチと音を立て、ストーブの片側がサクランボ色に染まり古い鉄の割れ目が細身の蜘蛛が脚を伸ばしているように見えた。

椅子の上で静かに揺れる母親は根気を要するつらい試みに従事していて希望だけが役に立つ道具で忍耐すら役に立たないといった様相だった。あたかも不確かな未来のなかで揺り椅子それ自体が浮かびあがり彼女を栄光に向かい運び去るかもしれないといった具合だったが母親は恐ろしいほどに落ちつきはらって座ったまま横木に足をかけ、スカートは体にぴったりとくっついていた。母親は夏の蜂を想わせる高い鼻音で鼻歌を歌っていた。炭がこらえきれず笑うような音を出したが、やさしくふるいにかけられたように静まった。母親の体は揺れていた。そんな風にその年の冬はやってきた。

フロントガラスの上で振れるくたびれたワイパーの間を大量の雨水が流れ、その先に見える黒い舗道では照り返す光のなかで雨が踊っていた。背後ではサイレンが再び鳴り響き、新たな緊急事態が迫っていることをけたたましく告げていた。雨のなかでやるのははじめてだな。シルダーは考えていた。足元のアクセルを強く踏み込むとピンと張ったスピードメーターの針が上昇し時速六〇マイルを超え次のカーブが来たところでアクセルから足を離した。山道を登る前にやんなきゃな。じゃなきゃ、こっちがやられちまう。分岐道が勝負だ。

すぐそばに感じられるほどに稲妻がまばゆく光り、その瞬間側溝や木の下から飛び出した奇妙奇天烈な輪郭が道の上に描きだされた。亡霊のような霧が舗道から悲しげに立ち込め、ボンネットとフロントガラスの上に柳の枝みたいな細い線をつけた。カーブはもうひとつだった。リアウインドは黒いままだったが、ほどなく緩慢で容赦ない車のライトが地を這うように左側の丘の斜面をなぞりながら進行方向を照らし、バンクス松や黄色い小道に広がる眠たげな羊の列を想わせる石灰岩の連なりに光線が当たった。シルダーの車が丘の上まで来たときライトの光は届かなくなりサイレンだけが鳴り響いた。

ここでぐるっと回れそうだな。シルダーは事態を楽観視した。道路は黒い原油の広がりのように見えた。考える時間はなく状況も変わらず、神経と筋肉は準備万端で彼自身は単なる見物人の心境だった。シルダーはその道に時速四〇マイルで進入し、店の四角い窓の目が瞬きするのを見て、ハンドルを左に切り、片手で素早くサイドブレーキをロックした。

それから視界が遮られた。ハンドルを戻したときにはサイドブレーキから手を離していた。もっともサイドブレーキを勢いよく引けなかったので前輪が横滑りし車体は思ったようにターンしなかった。それからブレーキが効き、ヘッドライトの光のなかでたくさんの木々が地の縁へ頭を突っ込むように流れていき、緑色の外壁に板ガラスをはめた店の建物が今度は細長い形で現れるや白くまぶしく光り視界を横切っていった。それからもう一度、木々と店の建物がひとつの細長いぼんやりとした像になり、背後からドサッとうつろな音が響き渇いた木の枝が破裂する音に続いてガラスが粉砕される音が聞こえた。ヘッドライトが再び道路を照らしギアを二速に入れ、タイヤが立てる甲高い音とともに車を前進させたとき、丘を越えてきた巡回パトカーが目の前に現れた。タイヤを軋らせシルダーの車は走り去り、絶妙な技術でパトカーのフェンダーをかすめていった。シルダーの車の背後からにらみつけている店の建物は柱の半分が傾いて窓に突っ込みポーチの片隅がたるみ、打ちつける雨のなかで卑屈な様子で立っていた。

　シルダーはダッシュボードでマッチを擦り煙草に火をつけた。じゃあな（アディオス）、ジョン。シルダーは静かに口ずさんだ――もういやしないよ、運のいいやつじゃないか？　もういやしないよ、ケンタッキーには……。*[13]
シルダーは蛇行する道を進む車の動きにあわせてわずかに体を揺らしていた。

少年が山道でハイタカを見つけたのは八月のことだった。地面に丸まりハヤブサ科特有の小さな翼の一枚を弱々しく揺らしながら悪意も恐怖もなく少年を見ていた——その目にはどこか融通の利かない不屈の決意があった。近づいていくとハイタカは少年の動きを目で追い手を伸ばすと顔を横に背けた。少年がハイタカを拾いあげ掌で温もりと鼓動を感じている間、ハイタカは少年を見ようとも体を動かそうともせず、冷たく光る目は穏やかに谷の彼方を向き、首回りの羽は風になびいていた。少年はハイタカを家に持ち帰り屋根裏部屋の箱の中に入れ肉やバッタを三日間やり続けたが死んでしまった。

土曜日に少年はエラー氏と町に出かけた。片手に鞄を持ち古いトラックの座席に背筋を伸ばして座り牧草地や家屋が次から次へ通り過ぎ最後に店やガソリン・スタンド、川にかかる橋が通り過ぎるのを眺めていると、橋の向こうに暑い朝の空を背景に町が姿を現した。

どうやって戻るんだい？　エラー氏が訊いた。

なんとかします。少年は言った。用事がいくつかあるんです。

少年は車のステップに立ち、ゲイ通りと中央通りの曲がり角の路面に片足を下ろしていた。ほら。エラー氏はそう言いながら、運転席から少年の方に身を乗り出して、下向きに握った手を差し出した。

何ですか？

ほら。

お金ならあります。少年は言った。大丈夫です。

いいから取っとけよ。エラー氏は言った。エラー氏は少年に向けて二五セント硬貨を振り動かした。

背後からクラクションが鳴った。

じゃあ。少年は言った。少年はその二五セント硬貨を受けとった。どうも、それじゃまた。

少年がドアを閉めるとトラックは発進し、エラー氏は去り際に一度手を挙げた。少年は車の後部窓から見えるエラー氏の後頭部に向けて手を振り、通りを横切り郡庁舎に続く歩道を進み、大理石の階段をのぼって中に入った。

ドアを入ってすぐの小さな机に女がひとりいて書類の束で自分をあおいでいた。少年は数分間ロビーを見回していくつものドアの上の掲示を読んでいたがやがて女が用件は何かと訊いてきた。

少年は鞄を持ち上げた。タカの報奨金のことで。少年は言った。

だったら、あっちから入って。

どこですか?

＊13 もういやしないよ……ケンタッキーには：南部黒人民謡由来の曲「のっぽのジョン・グリーン（Long John Green）」（あるいは「ジョンはもういない（Lost John）」など題名複数）の歌詞の一部。従順を装い主人をあざむくトリックスター的な奴隷の物語が出所とされる。

あっちよ——女は廊下の方を指さした。

どうもありがとう。少年は言った。

長いカウンターがありその後ろに並んだ机で別の女たちが仕事をしていた。しばらくの間立ち竦んだままでいるとひとりの女が立ち上がり少年の方にやってきた。何かご用かしら？

少年はカウンターの上にその小さなぼろ鞄を置いた。汗でしわのよった上部から強烈な腐臭が漂った。

その古い建物の黴臭さをはるかに超える悪臭だった。女はその鞄をいぶかしげに見ていたが、その漏れた気体が鼻に達すると、目に警戒の色を浮かべた。それから二本の指でそっと鞄のピンク色の口に触ると、後ろに一歩下がった。少年が鞄を逆さにし艶のある木材のカウンターの上に悪臭を放つその中身を出すと羽根が泉のように広がった。女はさらに一歩後ずさりしてそれを見た。それから、疑うでもなく何かをたずねようとするのですらなく、役人としてのつとめを果たすためだけに言った。

チキンホーク[*14]かしら？

そうです。少年は言った。子供のタカです。

分かったわ。女はさっと後ろを向きヒールの音を響かせながら緑の書類整理キャビネットの列の向こうへ姿を消した。しばらくして女は小さな用紙パッドを手にして戻ってきて、カウンターの遠くで立ち止まりインクスタンドに入った束からペンを取って用紙に書きつけた。少年は待った。書き終わるとパッドから用紙をはがし少年のところに戻ってきて用紙を手渡した。Xの箇所に署名をして。書いたら出納課に持っていってね。廊下の奥よ――女は指し示した。少年は用紙の二行に署名し、ペンを返してその場を離れようとしたがその時女に呼び止められた。

よかったらバッグのなかに戻してもらえないかしら。女は鼻にしわを寄せ不快感を露骨にあらわしながらその小さな鳥を指さして言った。少年は言われたとおりにした。それから片手でやさしく用紙の紙片を持ちインクが渇くように揺らしながら報奨金の受取りに向かった。

少年は開いたドアから出てきた。風が廊下を吹き抜け掲示板に貼られた紙がぶるぶる震え、トチノキの香りが溶け込んだ夏の昼前の生温かい風が石段の上のすすを鎖状に巻き上げていた。少年は几帳面に二度折りたたんだ一ドル紙幣を持っていた。外に出ると手にした紙幣をもう一度折りたたみ、正方形にし、オーバーオールのズボンの銅のリベットがついた懐中時計入れのポケットに入れた。少年はそれを上から軽くたたいて平らにし、すすで汚れた木立、いくつもの記念碑、じっと凝視している銅像の横を通り過ぎ、通りに出た。

音楽隊が演奏をしていて、町の熱気のなかに勇ましいがどこか耳障りな古い賛歌が流れていた。車の列が眠たげに微光を発しながら排気ガスの下に群がり通行の止まった交差点には警官が立ちパレードを見守っていた。

＊14　チキンホーク：ノスリの類の鷹。軍事強硬派だが自分自身は戦闘経験がないタカ派の政治家という意味もある。

少年が通りを渡っているとどこかでドアが開いたかのように音楽が不意に大きくなった。通りの角に着いたとき音楽隊がやってくるのが見え、八人から十人が並びくすんだ栗色の古代ギリシアの重装歩兵隊に似た一隊を形成し、ドリル織りの服が擦り切れ光っているのが遠くからでも分かり、楽器は陽光にぼんやりときらめいていた。一団の先頭では山高帽をかぶりバトンを持ったリーダーと、旗ざおを支える四人の旗手が行進し、旗が旗ざおにものうげに巻きついていた。一団のなかで旗に続くのは風船みたいにひょこひょこと動く二本のチューバで、チューバは前を進む者たちの頭の上を滑稽に飛び跳ねカエルの鳴き声のような音を吐き出し他の楽器が立てるガラガラ音との対位法をかき乱していた。行進者たちの後からのろのろとバスの車両の列がやってきた。窓からいくつもの小旗がひらひらと翻っていた。

少年は押し合う人込みに交じり見物した。皆、夏服を着て汗をかいていた。夏服の形や色は千差万別だったが腋の下の黒い染みだけは一様で、首を伸ばしている者、つま先立ちをしている者、子供を持ち上げている者もいた。熱気におおわれた群衆の前を通過するパレードの人間たちは汗臭く、打ちひしがれた表情をしていた。少年からは近くを通ったチューバ奏者の必死の形相の赤ら顔が見えたが男は楽器がすぼんで仲間の頭の上に垂れないようにするために息を吸入し続けているといった具合だった。パレードはすさまじい音を立てながら通り過ぎその後に数台のバスが続いた。ギアを低速に入れたバスは大儀そうに進み、かすんだ青い球状の煙を吐き出していた。窓はたくさんの飾りリボン、小旗、プラカード、小さな顔で活気づいていた。バスの連なりと同じ長さの紙の横断幕は大きな赤字でキリストの再来や、禁酒を訴え、いついかなる場所でも悪魔が公職に立候補したら反対票をいれよと勧告していた。一台また一台とバスは過ぎ窓からは小さな子供たちの手に握られたさまざまな色の旗が見物客に向かって振られていたが見物客たちは休みなくハンカチで首まわりや顔をぬぐっていた。私のパパを酔っ払いにしないでと書かれた青と黄色のプラカードが負傷した鳥のように通りに落ち、落とした手が車の窓をがしっとつかんだ。次にやってきたバスがそのプラカードを踏みつぶし割り文字の上にタイヤの跡をつけた。

ほどなく不意に音楽が止み不安げに動く群衆と低速でうなるバスだけが取り残された。誰もが困惑して小旗やプラカードの動きも次第に止み、人が死んだかのような雰囲気は最後のバスが行ってしまうまで変わらなかった。バスに乗った子供たちは避難民のようなこわばった表情で窓の外を見ていた。が、やがてバスは橋の上を通り町の外に出て行った。群衆は通りに散らばり通行が再開され、車が動き路面電車がガタガタと通り過ぎた。

少年は歩道に立ったまま蜃気楼で揺らめく街並みを眺めた。新しくガラスとタイルが施された建物の正面の上部は資材が異様にむき出しにされ、風変りで雑多な装飾の柱が何本も立っていた。縦溝が彫られたアラベスク風のアーチとまぐさ、花模様の柱といくらか段のついた破風、足の形に彫られた受材に支えられた張り出し窓、名前のない動物の頭。ポンペイ風の意匠があちらこちらにあった……かぎ爪のグロテスクな怪物像、その建造物の悪事を記念する花輪に囲まれた日付。鳩は建物の上の横桟に一列に並んで居眠りをし舗道からは熱気が波のごとく湧き上がっていた。少年は折りたたんだ一ドル紙幣をもう一度掌でたたきゲイ通りに向かった。ストランド劇場まで来ると足を止め土曜日の連続上演を宣伝する写真をじっと見ながら二五セント硬貨を指でいじった。それから左に曲がりマーケット・スクエアに向かった。曲がり角では男がぼろぼろの聖書を振りかざしながら意味不明の言葉を叫んでいた。男の隣にはアコーディオンを肩にかけた老女が荷馬のように辛抱強く立っていた。少年は見物人がつくる半円の後ろの通り道を渡った。男の叫び声が止みアコーディオンが鳴りはじめ二人は歌を歌った。二人のかん高いしわがれ声は蒸気オルガンみたいにキーキーと音を出すアコーディオンに合わせて悲しげに震えた。

　少年は広場の反対側にある立会所の方に歩いていった。建物の陰には手押し車やトラックの間から木箱に座り目を凝らした茶色の粗野な顔が並んでいた。まぶさしのついたボンネットを目深にかぶった老女たちの顔はドライフルーツのようで、顔面にはココナッツの彫り物みたいな縦じわが刻まれ、歯は鉤のようにとがっていた。後背地からやってきたみすぼらしい身なりの者たちは年代物の車の列から土器を安売りしていた。縁石に斜めに後ろ向きで停めた車の荷台には果物や野菜、卵やベリー、瓶詰の蜂蜜や箱詰めのナッツ、根菜類の束にサッサフラスやヒヨドリバナなどの薬草、売春宿街のごとく並んだ鉢植えの植物や花が置かれていた。安物の履物が汚く積み上げられた陳列窓の近くに服を売る店があり入口の鉄製の棚のなかに古いコートが詰め込まれていた。靴下とストッキングが入った大箱の前を過ぎると食肉市場があり絞首刑に処された悪党たちのようにハムや胸肉がぶらさがっていた。ガラスケースのなかの磁器の盛り皿には白い斑点と旋毛虫がついた肉や水気の多い血のくぼみから粘土色が揺れるレバーの切り身が盛られていた。脳を盛った皿やあちこちに散らばった正体不明の肉片もあった。

つなぎ服を着た男たちや盲目の者たち、車いすに乗ったり松葉杖をついたりしている手足を失った者たちがいる通路には小麦や飼料用の袋が積み重ねられ、疲れ知らずの屋台主たちが鉛筆を持った手を伸ばしていた。屋台や小屋を過ぎた壁の穴の前では量り売りか袋入りの噛み煙草や吸い煙草、小さなブリキ缶にはいった甘口、辛口両方の嗅ぎ煙草、パイプやライター、ポルノ漫画にいたる怪しげな商品も売られていた。何軒かのカフェの前を通り過ぎると、焙煎されたコーヒー豆の香りや揚げた肉の臭い、区別のつかないさまざまな臭いが漂ってきた。

クリスタル劇場の入口のひさしの電球の下では地元の男たちの一団が切符売り場の向こう側を見つめていて、切符売り場には疲れた表情の女が大人二五セント、小人一一セントと書かれた掲示の下に座り、男たちと同じく仕切りパネルの隙間から映画をのぞき見ていた。馬のひづめや砲撃の音が通りに漏れていた。男たちの横からも上からも映画が見えなかったので少年はそのまま広場を進んでいき、木や金属の型がいくつも並んだ窓の前に立ったがそのうちのありきたりな二、三の手道具しか見分けがつかなかった。手を片目の上にかざしガラスに反射する光を遮るとうす暗い店のなかに目当ての品物が壁の釘にかけられているのを見つけた。少年は一ドル紙幣を確認してから店のなかに入った。足音が油を塗った黒い床ににぶく響き、革と鉄、機械油、種子の臭いがこもった空気が流れていた。天井の留め金からぶら下がった奇妙な物体の下を歩き、釘の入った樽の横を過ぎ、カウンターにたどり着いた。目当ての品物はそれ自身の鎖でぶら下がっていて、引き鎖などの馬具、大枠のこぎりや斧の柄にまじり獰猛でいかめしく見えた。店員がひとりカウンターの後ろを通りすぎ手にした真鍮のドアノブを所在なく回している男に応対した。ぶらさがった革帯の下で頭をひょいと下げ、二人はいっしょに店の奥の薄暗がりに消えていった。数分後に白髪の男が通路をやってきてカウンターに寄りかかりながら少年を見下ろした。

お前さん、何か用かい？

あれはいくらですか？　少年は陳列されている商品はこの一品しかないかのように男の背後を漠然と指差した。罠……あそこにある罠ですけど。

男は後ろを振り返った。罠？　鋼の罠のことかい。

そうです。

えっと、そうだな。男は言った。どのサイズだい？

あれです。少年は指さした。一番のやつです。

男はその罠がそこに存在していることにはじめて気づいたかのように鈍い色の金属の型をじっと見、その値段について考えているのではなく、それがどうやってそこにやってきたのかについて困惑している風だった。やや間があって男は分かったと言った。それから罠をひとつカウンターの上におろし、鎖をまっすぐにし、時計か宝石を客に見せるかのように少年に向かい四五度に置いた。

少年はつやのあるなめらかな表面をさわり、皿、引金、あご、ばねを調べた。いくらですか？　少年はもう一度訊いた。

三〇セントだよ。

三〇セント。少年は繰り返した。

一ダース買うなら値引きがあるよ。一ダースで三ドルだよ。

少年は頭のなかで計算してみた。ひとつ二五セントということですね？

えっと。男は言った。一二個で三ドルだから……四つで一ドル……ということは、ひとつ二五セントだ。

あの。少年は言った。一ダース買うつもりはあるんだけどいっぺんに払えないんです。だから今日は四つだけ買って残りは後でってことにしてもらえませんか……？

男は少しの間少年を見て笑みを浮かべた。分かった、そういうことにしよう。男は言った。ただし一ダース全部買うって誓約書にサインしてもらわなにゃならんよ。一ダースの割引価格で四つだけ売ってもいいように。

少年は相づちを打った。

男が体を伸ばしてさらに三つの罠を壁からはずしカウンターの上に置くと、鎖が怒ったみたいにガチャガチャと音を立てた。男はレジの下にもぐると古い注文票を手にし体を起こした。しばらくの間、注文票に何かを書きつけていたがほどなく二枚ひきはがし一枚を少年に手渡した。そこにサインしてくれ。男はペンを差し出していた。

少年はペンを受け取ると書きはじめた。

書く前に読みな。男が注意した。

少年は大きな細い手書きの文字を何とか解読した。

私、以下に署名の者は、これによって、一九四一年一月一日以前にファーム&ホーム・サプライ・ストアよりヴィクター製トラップ（罠）一番を八個購入することに同意します。値段は一個につき二五セント。

署名＿＿＿＿＿＿＿＿

少年は紙の下部分にサインをしペンを返した。

男は署名された紙を受け取るとカーボン紙を少年に渡した。これはお前さんの控えだよ。男は言った。

少年はカーボン紙を受け取り折りたたみ、懐中時計用ポケットから1ドル札を取り出しカウンターの上にそっと置いた。男は紙幣を取りレジの中に入れた。袋に入れてやるからちょっと待ってな。男は言った。

男はロールから茶色の紙を一枚引き出し罠を中に入れて紐で縛った。少年はその包みを手に取り重さを確認した。残りもすぐに買いに来ますから。少年は男に言った。

それから少年はまばゆい陽光のもとへと去り、背の高い人込みに埋もれた。先を急ぐ彼にひとりの老人が笑顔で幸運を祈っていた。

その四つの罠は口を紐で縛られた茶色の袋に入ったまま家の垂木の後ろに押し込まれていた。一一月一五日の朝少年は早く起き屋根裏部屋の冷たい床を歩き手を伸ばして袋を引っ張り出しベッドに戻り腰をおろし、ほこりっぽい袋の上から罠の感触を調べた。それから紐をほどき毛布の上にどさりと落とした。罠をひとつひとつ整えながら親指で下あごをはじくと手のなかで飛び跳ね悪意のある音を響かせて閉まった。しばらくして罠をベッドの上の釘に掛け朝食を食べに階下におりた。

その日は一日中肌を刺す川水の中を歩きながら、乾燥した忍冬の間をつつき、獲物が通った跡や排泄物、土が崩れた箇所や巣穴を探した。水面下の穴を探ろうと手を伸ばしたせいで片方の袖が肘の上まで濡れ水漏れする長靴のつま先は両方ともかじかんだ。家に帰るころに悪寒を感じ体が震えたがとにかく四つの罠は仕掛け終わった。

翌朝差し掛け屋根の下屋を通って戸をそっとしめて家を出たときには、ちょうど東の空に低く陽光がさし、山の背にそって夜が明けようとしていて、山の上の空にはまだ月の輪郭が冷たくかかっていた。オークの木々は黒く飾り気がなく庭の落ち葉には霜が降り足下でか細くにぶい音を立てた。少年はまっすぐに森を抜けてソーンダーズ家の放牧地に向かった。一日の初光に照らされた冷気のなかで青白くかすむ牧草地では枯れた雑草が細い骨みたいに氷に包まれ、散在する岩は霧に覆われ小川の流れる方向を示す柳の木々の向かい側では固い足どりの鴉（カラス）たちがのんびりと歩いていた。フェンスを越えるときに少年は冷たい針金に親指の膜を切られたように感じた。鴉（カラス）たちは翼をかぎ状に広げながら灰色のヒマラヤ杉の木立の方に忍び歩いていった。少年は牧草地を対角線上に歩き、もうひとつフェンスを越え、山のふもとの小川近くまでやってくると、さっきまで鳩が餌にしていた玉蜀黍が無残に食い荒らされ転がっていた。ここまで来ると小川のせせらぎが聞こえてきた。土手をのぼった後はすべり坂で――霜で表面が硬くなりマスクラットのひっかき痕が土の斜面に残っていた――その先の川の中に仕掛けた罠がじっと獲物を待っていた。少年は上流に進み、日々草（ニチニチソウ）が群生しオランダガラシが流れに揺れる石灰岩の棚を越えた。忍冬のトンネルの下では葦や雑草が踏みつけられ絡まって束になった茎が二つ目の罠の上に浮いていた。残りの二つの罠は道路の橋のすぐ下にいっしょに仕掛けてあったがどちらにも毛並みの艶やかなマスクラットはかかっていなかった。小川はほら穴状の緑の石の間を音を立てて流れ、岩に乗りあげ、水面を波立たせ、出目のザリガニが顔をのぞかせている広葉箱柳（ヒロハハコヤナギ）の白い根の下で渦を巻いていた。山の上では太陽が赤くなり、チョウゲンボウは獲物を求めて空高く旋回し、朝の蜘蛛はクルーエル刺繍にいそしんでいた。しかし少年が仕掛けた罠のなかでもがくマスクラットは一匹もいなかった。

　五日後の朝少年は罠をひとつ引っ張り上げ橋の上に持っていった。沈泥の上に何かが踏んだばかりの足跡があったので足跡が出たり入ったりしている浅瀬に罠を仕掛けた。二日後の朝その罠は川のなかに引っぱりこまれていてあごの下部に動物の足の爪が挟まっていた。少年は罠を仕掛け直し懐中電灯を持ちながら日が昇る一時間前まで小川を見張っていた。

乳のごとく青白い光に導かれ老人は小川とその先の山へと続く野原を進み松の影がつくる黒い壁に足を踏み入れなだらかな傾斜をのぼり広葉樹林に入った。ひげをつけたヒッコリーの木々が葡萄の蔓、オーク、水気のない曲がった広葉箱柳（ヒロハハコヤナギ）を引きずるこの場所は小川から四分の一マイルばかり離れたところにあった。蜜蜂が巣くうシナノキは最近切り倒され白い切り株を残していた。小さな鉤型のヒマラヤ杉を過ぎると老人は押し黙った猫よろしく深い闇につつまれた山を登っていった。格子模様の木の葉がそよ風に乗って空を疾走していた。老人は月明りに照らされながら厚く繁った夏キヅタの間を通り風に落とされた果物や石灰岩を踏みつけて進んだ。窪地にある高い断崖の上には三葉虫や魚の骨、大昔の海の遺物である甲殻類に交じり、巨大な石が突き出ていた。

　老人は右に折れる急勾配の道を進み最後の雑木林を抜け、息を切らしながら山道に入った。そこで立ち止まり杖にもたれかかると彼方の山の上に昇ったばかりの月が見えた。月が初光を斜めに放つと山頂は銀が流れるように染められ道の塵（ちり）は雲母みたいに輝いた。左手に半マイル行くと山道が途切れ円形の空き地がありその先にはフェンスとタンクがあった。溶液が棄てられた溜め池に続く道は老人が立つ場所から右手に数ヤードだけ行ったところにあった。静寂のなかで高まる自分の呼吸音が聞こえた。広大な高台に立つ人間がやるように彼方を見晴らすと、空が測り知れない速度で足元に広がり、薄暗がりのなかで金属の箔のようにきらめき、その輝きは徐々に弱まり森の陰へと折り込まれていた。

　遠い昔の夏の夜には近所に住む少年たちといっしょに二マイル先の店へ飴や葉巻を買いに行ったもの

だった。蒸し暑く人気のない道を皆でおしゃべりしたり葉巻を吸ったりしながら帰ってきた。ある夜近道をした家の窓越しに女がベッドに入る前に服をぬぐのが見えた。他の少年たちは裸の女をもう一度見ようと戻ったが彼だけは戻ろうとしなかったので皆にからかわれた。老人は今、昔のその出来事をかすかに後悔しながら思い起こしたが、そんな夜には空気が息のように生暖かく月が生き生きと輝いていたことも思い出された。老人は果樹園の小道に続く道を下りはじめた。もう一度その溜め池を見るためだった。

牛尾菜（シオデ）の草が群生した場所を過ぎ果樹園に足を踏み入れる頃には月が高く昇っていた。小道に落ちたいくつもの黒い枝は紙を広げたように平らに横たわり、赤い水たまりを想わせる月は老人の動きに合わせて動き、水に浸かった斑点のように枝から枝へとすべり、目を向けるとしたり顔の内偵みたいに見返してきた。足は体から分離した見覚えのない物体のごとく前を行き、縞状の影の間をあてどなく進み、風にきしんで折り曲がったライム色の草は時間をかけて割れるガラスのように打ち震え、頭を下げ、青白い光を反射したかと思うと暗闇に身を隠した。コオロギの対旋律のほかには物音ひとつしなかった。

道が曲がり空き地にある溜め池の外郭がおぼろに見える地点で老人は足をとめた。空き地はどこか古代の雰囲気をまとい、霊的で恐ろしい沈黙に満ちていた。老人は自分のなかに何か冷たいものがこみ上げてくるのを感じ引き返そうかと考えた。杖を少し強く握りしばし立ちつくしていたが、意を決して空き地に足を踏み入れると溜め池の縁まで歩き、子供を誘うかのごとく自分自身を奮い立たせ草むらのなかに倒壊した記念建造物のように延びた青灰色のコンクリートの口の上に足を踏み入れ、地面に幾何学的に切り込まれた溜め池の黒い四角形をじっと覗きこんだ。

老人はこの場所を何年も訪れていたが夜に訪れたのははじめだった。冬になると必ず花輪や覆いに使うヒマラヤ杉を切りに来ていた。つやのある繊毛が生えたヒマラヤ杉の小枝は春の間ずっとみずみずしい葉を繁らせ夏の暑さに萎えても形を保ちくすんだ銅色の複製に変化した。その葉をかぐわしい腐植土に変えるのには丸々一年の季節の変化が必要で、腐植土は溜め池に落ちる雨水を吸い込んでできるがそのタンニンのような液体をウラン鉱に似た黒に変えてしまうので老人はこの場所に横たわり蝕まれた骨はとっくに変色してしまっているだろうと想像した。老人は事物をよく観察した。そうすることで季節そのものと季節がもたらす作用を熟知した。今度のクリスマスまでに七本目のヒマラヤ杉を切ることになるだろうがそれで長く続いた通夜も終わるだろうと感じていた。

じっと立ったまま下を見ていると、事態は以前に考えたほどには不気味に思われず、あたりの薄暗闇に守られている感じもあった。暗闇に目が慣れ溜め池の一部がはっきり見えるとコンクリートの端に腰かけ足をぶらつかせた。老人はつなぎ服の折り目からパイプを取りだし、小袋からつまんだ煙草を詰めると火をつけ、たっぷり吹かし、マッチの炎が夜の闇に青白い煙を上げるのを眺めた。マッチの火を溜め池の上にかざし下を凝視したが、ヒマラヤ杉の赤茶色の落ち葉さえも見えないまま火が親指に近づいたので老人はマッチを下に落とした。

何もなかった。死者は立ち上がり去ってしまった。遺体が掘り返されたとしてもそれを嘆く亡霊もいなかった。光が壁の四角形に斜めに差し込み苔や菌類が青白いコンクリートの上に染みをつけているのが見えた。まるで古い地図帳に描かれた陸地のようだった。見えたのはそれだけだった。それから静寂のなか溜め池から一瞬、柔らかく、小さく、試しに撥ねたような水の音が聞こえてきた。

老人は立ち上がり後ずさり、体の向きを変え来た道を急いで引き返した。走っているとも歩いているともいえない、ふらついた足どりで杖を奇妙に振り回しながら。

道に戻ると老人は歩調をゆるめた。息はあがり胸が締め付けられた。

道を少し進み開かれた場所にやってくると老人は光があたった木立の向こうを見下ろした。下流で砕ける滝の流れに似た傾斜地が続き、丸太小屋や家屋からもれる光が針の穴のごとく黄色く小さく見えたが、生命の温もりであるその光は明滅する蛍にまじって途絶えることなく輝いていた。犬が吠えた。老人は道の上で片方のかかとに体重をかけてかがみ、杖を肩にかけて、生温かい砂を指でふるいにかけた。そよ風が谷間からのぼってきた。

右手の山頂には木立が黒く列をなしていた。その一番手前のシルエットを越えて、カーブを曲がる車のタイヤが発する音が長く大きく聞こえてきた。少し後から夜の静寂をつんざくエンジン音も聞こえてきた。車は山道をやってきて、風隙でとぎれとぎれに叫んでいた。車のライトの細い光束が老人のはるか下にあらわれ光の弧を振ると、照らされた木々の後を影が追いかけ道の輪郭を描き、ほどなく黒い小さな車がライトの光を押すように騒々しく走るのが見えた。車は猛スピードで勾配をくだりか細く泣くようにゴム音を発しながら山のふもとの道のカーブで再び暗闇のなかへ滑るように消えていった。

体重をかけた脚が痙攣しはじめたので老人は立ち上がり脚の凝りを取り払おうとした。一方の脚でバランスを取りながら膝の力で体を上下に動かした。それから上半身をぐっと前にかがめてからまた体を起こした。真夜中の山の上で運動をしている一人の老人――そんな風に体を起こすには年をとりすぎていた。バランスを取っている脚は調子のいい方の脚だった。もう一方の脚は何年も前から言うことをきかなくなっていて油の切れた歯車のようにきしんだ。その脚には今も鳥猟用散弾の跡が残っていた。傷は膝から上にいくつもあり(老人は医者が膝から一番遠い位置にある小さな青い穴を指さしたのを覚えていた)、男なら決して撃たれてはいけない部分の近くにもあった。何年か後にその脚は弱りはじめた。頭の方もついでにな。老人はつぶやき、体をまっすぐに起こすと、もう一度谷間を見渡してから道を歩きはじめた。

レッド・ブランチの方角で犬が一匹また吠えた。別の犬が吠え返すと今度は別の犬が続き、吠え声は谷間全体に広がったがほどなく最後の吠え声がこだまのように遠ざかり消えていった。ホッパーや老人が住むフォークド・クリークで吠える犬はいなかった。老人は家の床下で寝ているスカウトのことを考えた。年老いて足を引きずり、毛が半分抜けてしまったみじめな体、むき出しの斑点に蜥蜴(トカゲ)を想わせる固いうろこ状の皮膚。傷を負った腹を手縫いされ耳はずたずたに裂け、眉が垂れさがりすぎて何かを見るときには頭をあげる――そんな風にいつも何かを詮索している様子であたかも目の前にぶら下がった香しい匂い袋を追いかけているように歩く。レッドボーン[*15]としても大型で、若いときは強い犬だったが、もう一七歳になる。子犬のときに壊れた猟銃と交換に老人に引き取られたのだった。

老人はぼんやりと考え事をしながら歩を進め杖を引きずり土に筋をつけ道の終わりの広場にやってきた。その先の円丘は地面から木々が根こそぎ抜かれ雑草すら生えていなかった。その不毛な土地は月光を浴びた海みたいに流動し、冷たい光を放っていた。球根状のその土地には木々が抜かれた跡の穴がいくつもあり月のクレーターのように暗かった。月面を想わせるこの高台に銀色の巨大な肖像よろしく、丸々とした飾り気のない悪意を持ったタンクが立っていた。老人はフェンスの前で足を止め杖を立てかけて鉄条網に指をかけた。囲いのなかでは動くものはなかった。その円蓋の構造物は悦に入って堂々と立ち、まわりの土や石よりも昔から存在しているかのような雰囲気を漂わせていた。むしろ自分が土や石を生んでやったとばかりにそれらの動きを見回しながら立ち、混じり気のない冷光を放ち周囲をどこまでも蔑んでいた。

老人はかなり長い時間、おそらく一時間近くフェンスにぴったりと身をよせていた。ときおりダイヤモンド型の金網を舌でなめる以外は微動だにしなかった。

再び家に戻ったときには月は沈んでいた。老人は山を下りてきたことをすっかり忘れていた。しかし

＊15　レッドボーン：アメリカ原産の赤色の犬。主にアライグマ猟に用いられた。

家がぼんやりと現れ、近づくにつれはっきりと形をとると、自分がかなり長い距離を歩いたことを実感した。あたかも夢遊病者が広大で危険な土地を歩き回り我知らず無事に戻ってきたかのようだった。

老人が歩を進めると膝のあたりを何かの影が渦巻きながら通り過ぎ、音もなく暗闇のなかに飛んでいった。


表側の部屋の一角に古い木製の小型トランクが置いてあった。老人はその上から書類や衣服を片付け、足元の床の上にランプを置いた。それから壊れた掛け金を外しトランクを開けた。中身をかき回し、ときおり手をとめていくつかの物を調べた。重さ二八ポンドほどの真鍮の時計、闘鶏用の金属蹴爪一組、梟(フクロウ)の頭を象った握りが壊れシリンダーが水のなかの樽のように簡単に回る三二口径周縁起爆式リボルバー。古いカタログや目録の束はパラパラと親指でめくってみた。八番径の猟銃の薬莢もあった。ようやく空を飛ぶ鴨の装飾を施した四角い小さな箱が見つかると老人は床のランプの横に置いた。トランクの蓋をバタンとしめるとランプの灯がゆらめき、棺桶の上に出没するという悪霊の黒い影が壁の表面でよろめいた。

老人はランプといっしょにその箱を台所に持っていき、テーブルの上に置いた。抽斗から湾曲した短い肉切り包丁を取り出し刃の切れ味を親指で試すと抽斗を前に引いて手を奥に入れ使い古しの灰色の石鹸石を取り出した。この石鹸石で包丁を研ぎときどき腕の毛にあててからしばらくして満足すると石鹸石をもとの場所に戻し箱を開けた。箱の中には艶のある朱色の筒が一二本入っていてひとつひとつテーブルの上に並べるとくすんだ真鍮の底部がランプの灯に照らされオレンジ色に浮かんだ。老人はひとつを選び包丁を使って包み紙の底部と真鍮の重なりに沿って薄く切り口を入れた。さらにそれを注意深く調べ、切り口を深くし、薬莢を包丁の刃に沿って回転させた。老人はもう一度確認し、うなずく自分の影に向かってうなずくと薬莢を箱のなかに戻した。残りの一一個にも同じ作業を繰り返し、それぞれ箱のなかに戻した。作業を終えると包丁を抽斗のなかに戻し表側の部屋に引き返し一二個の輪切りにされた猟銃の薬莢をひとつひとつ取り出しコートのポケットに入れた。

エフ・ホビーの父親が死んだのはずいぶん昔のことだったのでエフをたいした人物だと考える者もその父親のことは忘れてしまっていた。ウィスキー造りが違法とされる前からウィスキー造りを生業としていた一族で、一族の歴史は神話であり、人々の口から口へ語られる伝説と化していた。一族は増えることも栄えることもなく、ガーランドが最後の生き残りの息子だった。エフはブラッシー・マウンテンの刑務所から出て一年もたたない一九三七年に自動車事故が原因で亡くなった。事故そのもので死んだのではなかった——事故の後三週間は生きていたし自分の足で歩けるようにもなり、本来ならいるはずのない場所に戻ってもいた。その店の客は以前には三〇〇ポンド近くあったエフの体がすっかりしぼんでしまったのを不安げに見た。車にきれいに投げ飛ばされた後その車に体ごとひかれたエフは回復手術の過程で内臓の大部分を取り除かれたのだった。エフは店の客たちにしぼんだ腹に斜めに入った艶やかな赤い傷跡を見せながらオレンジの炭酸飲料をごくごく飲んでいた。

解剖はされたがちゃんと生きてるぜ。エフは言った。それから笑いながら飲み物の箱から降り、炭酸飲料を飲み干すと手を伸ばして瓶を棚に置こうとした。それから瓶が床に落ちて割れ、エフは一度大きくよろめいてからパンが置かれた棚に崩れ、カップケーキやムーンパイ*16が滝水のように落ちるなか床に倒れ込んでしまった。

そんなわけでホビー家はガーランドと母親の二人だけになってしまったが、そこに不運が追い撃ちをかけた。一カ月のうちに運び屋のジャックが逮捕されブラッシーの刑務所に送られ三年の刑期が課されたうえに二人の蒸留所には郡の保安官補らが押し入り置いてあったウィスキーは全部押収されたのであるついでにホビー夫人も連行された。七八歳のホビー夫人も刑務所に送られたが、十二指腸癌を患っているることが分かり家に帰された。

そんなこんなでガーランドはウィスキーを山の上まで運び円丘のすぐ下にある忍冬に囲まれた隠れ家に運ぶことを余儀なくされたのでありそれをマリオン・シルダーが集荷しノックスヴィルまで運んでいた。山の上にタンクが設置されると果樹園の道の途中にゲートができ当局の車両だけが通行を許された――当局の車両はドアに金色の標章があるオリーブ色のトラックで、ゲートの出入りの際には疲労感を湛えた男たちが出てきてせっせと鎖を掛けたり外したりした。シルダーも同じように鎖の環を固定している板のボルトをゆるめたり締めたりし旧型のプリマスでゲートを出入りした。もっとも両者はいつも違う時間に道を使っていたので出くわすことはなかった。

老人がタンクに最初の穴をあけた銃声をシルダーが耳にしたのは朝の四時だった。持っていたウィスキーのケースを落としそうになったが、ほどなく二発目の銃声が聞こえるとケースを注意深く下におろし身動きせずに立ったまま、人の悲鳴や命令の声など――事態を説明してくれるもの――が聞こえてく

＊16　ムーンパイ：アメリカ南部で根強い人気の菓子。丸型のグラハム粉製のクッキーにマシュマロがはさまれている。

るのを待った。あたりは静まり返っていた。一日の最初に不満げに試し鳴きをしていた鳥たちも押し黙っていた。東の空低く街の向こうでは灰色の無情な夜明けが地平線をかじるかのごとく現れようとしていた。シルダーは息をひそめてさらなる銃声に備えて心の準備をした。すでに耳の内側で衝撃音が反響していたところにさらに二発の銃声——等間隔に目的をもって放たれた——が聞こえてきた。シルダーは身を潜めて忍冬の群生地の端を抜け、果樹園脇の空き地を横切り、銃声が聞こえてきた方に向かった。

タンク設備が立つ空き地の端にやってくるとフェンスの鉄条網を通して銃口を突き出している男の姿が見えた。男が発砲すると銃身がぐいと上がり波動が囲いの金網を揺らして伝わった。男の体は発砲の反動でビクッと動き立ちのぼった煙はゆっくりとうねり、湿った空気のなかに消えていった。艶のあるタンクの表面には六つの黒い穴がきれいに空き、斜めによろめく一本の線を描き出していた。その男は銃をたたみ薬莢を取り出した。男が手のなかで薬莢をざっと調べた後、地面の片隅に投げ捨てるのを見、また一日の新たな光のなかで踊る薬莢を見てシルダーはそれがどんな代物かとっさに分かった。それらは薬莢の真鍮の基部だけで、地面に落ちると硬貨のように跳ね回った。

男はさらに二つの薬莢を猟銃の尾筒に入れていたがシルダーにはその様子がはっきりと見えた。くすんだ赤の蝋引き厚紙があらかじめケースから取り出されているのも見えた。男はためらわなかった。銃を持ち上げるとすばやくひと流れの動きで銃尾を体につけた。さらに二発の銃声が静寂をやぶりタンクの下隅に二つの穴が現れた。男はタンクの表面に大きく粗雑にXの文字を描いていた。男は真鍮部分を確認してから再び弾を込めた。

シルダーは隠れた繁みから目を見開いてその様子を見守っていた。ケースに入っていた弾は全部タンクに撃ち込まれ乾いた音を響かせた。撃たれた衝撃でタンクは命あるもののようによろめいて見えた。タンクには身の毛がよだつほど恐ろしいところがあったが他方このノーム[*17]のような老人には弾が無尽蔵にあり疲れ果てて銃を持ち上げられなくなるまでは発砲をやめることはないだろうという印象を持った。シルダーは身を潜めていた場所から後退し車に戻った。陽光が急に照りだし銃声を聞いた警察が調べにくるのではないかと心配にもなってきた。いずれにせよ仕事は遅れていたしこの時間には法に反することのない当局の車両が道を使うかもしれず、たとえ管轄下にある物が狂った老人に猟銃で銃撃される音が響かなくても当局の車両が来るかもしれない時間帯だった。忍冬の間にはウィスキーのケースが六箱残っていたのでシルダーは一度に二箱ずつよろめきながら小走りで運んだ。銃声は止んでいた。車のトランクに荷を積み固定し終えると、運転席に乗り込みエンジンをかけた。雑草地を後にし道に出てから後ろを振り返ると丘の上の車回し場に老人が猟銃を片手に持ち、杖に寄りかかりながら立っているのが見えた。シルダーは頭を低くしてアクセルを思い切り踏み込んだ。

＊17　ノーム：伝説上の地の精、小鬼。老人の姿で地中の宝を守るとされる。あるいはその像。

最初のカーブを曲がり危険がなくなると緊張はほぐれできるだけタイヤ痕を残さないようにゲートまで速度を上げずに運転した。ゲートの鎖と固定板を締め直すと車に戻り、街道に入りノックスヴィルに向かった。小川を越えたあたりでオリーヴ色のトラックとすれ違ったが、運転席の運転手も同乗の男も当局風の深刻な面持ちをし、いくぶん眠たげでとくに急いでいる気配はなかった。にこやかで、非当局風で、目が完全に覚めているマリオン・シルダーは町に向かって車を走らせた。

少年の懐中電灯が草の根や刈り株が生える泥土堤を照らしだし、茶色の忍冬の束が髪の毛を引きずるみたいに水のなかに垂れているのが見えた。緩い流れに逆らい泥が沈んだ小川の底を静かに歩くと、長靴は何かをすするような音を立てた。山の上から下りてくる車の音が聞こえた。排気管をガタガタ鳴らしジグザグの道でタイヤを軋(きし)らせていた。少年は橋のたもとから壌土がコンクリートの壁までせり出している場所まで川を渡った。仕掛けた罠の方に懐中電灯の光を向けると開いたままのあごと皿が見え、すべてが茶色でわずかな水の満ち干きでしわが寄っているように見えた。懐中電灯をポケットに入れ足跡やしっぽの跡が残る土の上に腰を下ろし、かじかんだつま先を小刻みに揺り動かし、マッキノーコートに体を丸くして縮こまり、カップ形に丸めた手のなかにゆっくりと息を吐きだした。それから暗闇のなかで川の水が足元で渦巻きながら流れていくほとんど聞き取れない小さな音に耳をすませながら咳をすると頭上の橋梁にうつろに反響した。

タイヤ音が再び聞こえてきた。さっきより近く、クラッチがつながりエンジンの回転が急激に速くなりギアがトップに入るときの爆発音が聞こえてくるのと同時に山のふもとの最後のカーブから車が走ってきた。少年は力任せにレバーを下向きに押し腕と肩でギアを固定する動作をまねた。車は小川に近づく直線道路を走ってきて少年は振動を感じ、車が頭上を通り過ぎるのを待った。だが車は通り過ぎなかった。エンジンが加速する音が聞こえそれから不意に犬の吠え声のような爆発音がしたかと思うと、すべての音が一瞬で停止した。川の水の音も自分の呼吸音も命あるものすべての音が一瞬にして消失した。

少年の左側に立つ木々が眩い光に照らされかと思うとまた暗くなった。それから枝が乱暴に引き裂かれ、もぎ取られた金属がスレートのように軋(きし)り、鋼鉄のドラムが猛烈に叩かれるような衝撃音がした。それから再度おとずれた静寂のなかでガラスがそぼ降る雨のように割れていく音が聞こえた。脈をうつように打ち寄せる足元の水の流れで少年は車が川に突っ込んだことが分かり懐中電灯をさっと取り出し光を橋に沿って当てた。川原には折られた若木や皮をはぎ取られた幹が標識のように一面を覆っているのが見え、最後に黒く光る車の側面が見えた。ひっくり返った車体はボンネットが斜めに水につかり宙に浮いたタイヤが虚しく回転していた。側面のガラス窓には無数のひびが入り、しずくのついた蜘蛛の巣よろしく懐中電灯の光に照らされていたが、車の中までは見えなかった。水位線がカウルパネルからセンターポストまで斜めに横切り、車は怒りを内に湛えているように見えた。

このときまでに少年は川の中に再び入り、身をかがめながら橋梁の下を這うように進んでいた。長靴の中には水がどっぷり入りもがきながら歩を進めるごとににぶい音を立てて揺れ、少年は橋にぶつからないように頭を低くしながら川岸の傷ついた漆の木の下にたどり着いた。背中に感じる水はアルコールのように冷たかった。少年は考えた。ドアのハンドルは上に引かなきゃならないな。車が川に持ち込んだ低木の枝を縫うように進み、車のそばにやってくるとドアハンドルをつかみ上に思いきり引いてから、全体重をかけて押し戻した。

中で何かが発作的に暴れだしたかのようにドアは急激に外側に開き、少年は木の枝がもつれて浮いた川のなかへ弾き飛ばされた。暗闇に流れる川水が石油のように重くのしかかり、鼻をふさぎ、息をつまらせた。少年は水に流されながらもかじかんだ足でなんとか立ち上がり、咳き込んで川水を吐き出した。目に入った水をぬぐうと光を放つ懐中電灯が河床を下流に向かって流れていくのが見え、水生生物が白熱光を発しながら必死に逃げる姿を想わせた。少年はためらうことなく後を追い、鉛のように重くむこうずねのあたりが不快な長靴で酷寒の水のなかを突き進み、懐中電灯に手を伸ばした。手がコウモリの影のようにアーチ状の光の上にかかったとき、懐中電灯はどういうわけか泥と沈殿物に吸い込まれていった。暗闇に取り残された少年は片足でバランスをとりながら水の中に腕を伸ばし肩まで入れた。手探りでなんとか懐中電灯を探り当て手に取り左右に振った。金属筒の電池の間からかすかに水の音がした。少年はポケットに懐中電灯を突っ込み川水を騒々しく波打たせながら川上の車に戻った。

少年はそのときはじめて腐ったような、吐き気を催させる、あまい臭いに気づいたが、車のすぐそばまで来たときにはその臭いが空気中に充満していたのであらためて嗅いでみるまでもなくウィスキーだと分かった。それから薄暗闇から男の姿が浮かび上がり、逆さまの車の天井に投げ出された上半身が開いた窓の外にあり、片腕がだらりと水のなかに伸びているのが見えた。ウィスキーの鼻につく臭い、古い車の室内装飾のかび臭さ、男の顔面を流れているように見えた血――数々の死のイメージが脳裏に焼きつき、気が動転した少年は繁みを荒々しくかき分けながら、淡いシェルピンクの砂州の光が非現実の世界に差しこむ川岸に向かって走った。

しかし男は死んではいなかった。少年が川岸にたどり着き、朝食抜きの胃を鳴らしながら肩で息をしていると、小川のせせらぎのなかから消え入るような虚ろな声が聞こえてきた。

おい。その声は言った。

少年がとげのある若木をつかみながら振り向くと、眼下の車の残骸のあたりで何かが動くのが視界に入り、車の暗い内部を背に青白い顔が見え、男が両手で体を支えながらこちらを見ているのが分かった。

おい、お前。男は言った。

少年は男を見ながらぐずぐずしていた。ライトの明かりが山影をさっと照らした。一台の車が橋を震わせて通過し、騒音が小川に響いた。ようやく少年は言った。どうしたらいい？

男はうめいた。しばしの沈黙の後に男は言った。くそっ、手をかしてくれ。

うん。少年は言った。少年はもう恐怖を感じておらず、ただただ寒かった。土手の泥を滑り降り川に再び入ると水の中で男と向かい合い身をかがめたが、どう声をかけたらいいのか分からなかった。男の姿がはっきりと見え、頬には血の黒い染みができているのが分かった。男は無理やりにやにや笑いをうかべながら少年を見た。とんだへまをやらかしちまったな。男は言った。

痛みはどう？ ガチガチと音を立てる歯の間から発せられる少年の言葉は発砲された空気銃のように響いた。何か別のことを言いかけたが寒さのせいで言葉が出なくなり、麻痺したあごは白痴みたいに痙攣した。

どうしたらいいかな。男は言った。よし、そらっ……男が伸ばした片手を少年の肩がしっかり支えている間に男は片膝を外に出しその脚で水のなかに降りた。それからもう一方の脚を引き出したが男の顔は苦痛にゆがんでいた。そんな風に川の中に立ったものの、男の手はなお少年の肩にかけられ、さながら父親が息子に何か助言しているかのような格好だった。少年が川岸に向かって歩きだすとその手は一瞬離れた。だが半歩歩いた途端に男はよろめき、捕食性の鳥が獲物を襲うみたいに、その手は飛んで戻り少年の肩をつかみ直した。やれやれ。男は言った。脚が折れちまったようだな。

二人が土手を上りきるにはずいぶん時間がかかった。少年は男を背後から押し上げ、男は木や木の根、枯れ草をたよりに脚を引きずりながら上った。それから川原の端の草の上に腰をおろし朝の冷たい空気のなかに白い羽のような息を吐きだした。薄暗がりのなか川原は波の立っていない灰色の水面のように見えた。水に濡れた少年は寒けがした。全身が水浸しでひどく寒かった。男は手で脚をさすり骨が折れているのかどうか確かめようとしていた。男のズボンは皮膚にはりつき冷たく湿っていた。少年は男の正面に座り肩を抱えながら震え、つま先の感覚がなかった。小刻みに長靴をゆらすと靴下のなかの土砂といっしょに水がガボガボと音を立てた。少年は言った。頭から血がでてるよ。

男は手を頬にすべらせた。

反対側だよ。

顔の反対側を手でぬぐうとべったりと血がつき男はそれをズボンでふき少年の方を向いた。ちょっと頼みをきいてくれないか?

いいよ。少年は言った。

川におりて車の鍵をとってきてくれ。そしたらさっさとこの場を離れよう。

少年は土手下に姿を消した。少年が水をはねる音が聞こえた。まもなく少年は戻ってきて男に鍵を渡した。

ありがとな。男は言った。おい。男は少年の手を取り、掌を上に向けさせた。これはどうしたんだ?

少年は自分の掌を見た。ぎざぎざの黒い線が斜めに入っていた。

今やったのか?　男は訊いた。

少年は手の傷を見て唖然としていた。違うよ。少年は言った。そうじゃないと思う。たぶん川に落ちたときにやったんだ。その前に……

男は鍵をポケットに落とすと自力で立ち上がった。よし、行こう。男は言った。俺たち二人とも傷を縫わなきゃな。少年が道に向かうのを見て男は言い添えた。こっちだ。男は川原の方を身振りで示し、足をひきずりながら歩きはじめた。こりゃまずいな。男はつぶやいた。

少年は男の後について何歩か歩いたが、また小川に下りていった。男は少年が歩いていき、霧のなかに少年の脚が消え、それから全身が消えていくのを見ていた。水の流れる方向をしるす柳の木立に向かって消えていった少年はゆっくりと明ける夜から逃げる亡霊みたいだった。男は少年が本当にそこにいたのか確信が持てなくなった。しばらくして少年が棒を持って戻ってきて男に手渡した。

恩にきるぜ。男は言った。

川原を横切って進み霧の蒸気と光の筋を抜けながら東へ向かう二人は、ハルマゲドンの最後の生き残りのようだった。

道は川の上流に向かい、川原のはずれに沿って続き途絶えていた——そこで川原と川は湾曲しカップ型の山の斜面が二人の右手に浮かび上がり灰色の幻影のような樹間に光の矢が横から差し込んでいた。少年が金網を持ち上げて悪態をつく男の手助けをし、二人はなんとか最後のフェンスをくぐり抜け、川の分岐点にかかる木橋を渡り、家畜脱出防止ゲートからヘンダーソン・ヴァリー道に出た。

少年がゲートを締めると男は言った。この道をいくのはまずいな。明るくなって車は見つかっちまってるかもしれねえしな。

　二人は道を横切り反対側にある急勾配の土の踏み分け道を上りはじめた。ここらで休んでいこう。男は言った。今は男の姿がよく見えるようになっていた。男の顔にはずいぶんと髭が伸びていてかさぶたになった頬の血は黒ずんだ古い陶器のように細かくひび割れていた。棒に体重をかけ息を切らしながらゆっくりと歩を進めるその顔はひきつっていた。男は背が高く尻がしまりポプリンのジャケットをゆったりと羽織っていた。少年は男がそんな薄着でおまけに膝まで濡れているのだからさぞ寒いに違いないと思った。少年自身の足はほとんど感覚がなく、長靴のなかでガタガタと鳴る蹄のようだった。体の震えはずっと止まらなかった。踏み分け道を上って曲がると一軒の家があった。

　戸口に出てきたのは年配の男だった。灰色のぼろぼろの下着の奥の太鼓腹がズボンの腰の上で豚の死骸が入った袋のごとく揺れていた。白い無精ひげを生やした二重あごの肉付きのいい顔から、豚のような目がふたつ、二人をじっと見て瞬きをした。これはこれは。ゆったりと抑揚のない声でその男は言った。さあよかったら入ってくれ。二人は中に入った。杖にたより足を引きずりながら入る男の後に少年は続いた。部屋は暖かく肉を焼くにおいが充満していた。

　おい、かあちゃん。亭主が大声で呼びかけた。飛行機から落っこちた奴が二人来たぜ。

　女が部屋の奥のドアのところに出てきて二人を見た。あらあら。女は言った。女は何か別のことを言おうとしているように見えたが、急に顎を閉じるとさっと姿を消した。

カタログ注文でそろえた陶磁器のランプ、リノリウムの床、ウォーム・モーニングの暖房器具の部屋は心地よく少年は二人の男が立ち話をしている間に暖房の前に座った。二人の男は少年にほとんど注意を払わず少年は二人の様子を眺めていた。負傷した男は腕を振りながらしゃべっていて、もう一方の男は腹と頭を交互に掻きながら話を聞いていてそりゃひどいなとときおり小声で感想を漏らしていた。しばらくすると女が戻ってきて三人を呼び入れコーヒーをすすめた。

台所に移動するときに若い方の男が少年を指さした。こいつは……。そう言うと少年に相づちを打った。

ジョン・ウェスリーです。少年は言った。

ジョン・ウェスリー。これはジューン・ティプトン——それからティプトン夫人だ。

台所に入るときティプトン夫人は少年にうなずいて言った。はじめまして、ジョン・ウェスリー。

皆がテーブルの席につくとジューンが女に言った。ジョン・ウェスリーがマリオンを川から引っ張り出してくれたんだってよ。

女は夫を見てから少年に感謝の眼差しを向けた。マリオンと呼ばれた男はポケットの煙草を探っていた。その通り。あやうく溺れ死ぬところだった。

女はまた微笑んだ。しばらくしてから女は夫に顔を向け言った。マリオンは川で一体何をしていたのかしら？

何もできずに伸びていたんだってよ。ジューンは言った。タイヤがパンクして車ごと川に落ちたんだってさ。

女はまた少年を見て微笑みつつましくコーヒーをすすった。少年は頭を下げて湯気を立てるマグカップに視線を落とした。小さな水滴が暖められた髪の毛から数珠状に伝わり耳たぶから下に落ちた。ずぶ濡れのマッキノーコートを着たままだったので椅子の下のリノリウムの床に水たまりができていた。女は手を伸ばし彼のコートをしぼった。ビチャビチャとおかしな音がした。

あら、たいへん。女は言った。この子びしょ濡れじゃない。肺炎になっちゃうわよ。女はカップを置くとコートを引っ張って脱ぐ手助けをしようとした。コートの重さはそれほどでもなかったが少年の背中は曲がりよろめくように見えた。

少年にコートを脱がせたときには男はコーヒーを飲み終えていた。男は立ち上がるとジューンが連れて行ってくれるなら準備はできていると言った。

二人は女に礼を言い、朝食のすすめを二、三度断り、順番に戸口を通り外に出た。少年は濡れた洗濯物の大きな束のようなマッキノーを腕にかかえていた。二人は車寄せの方を向いて家の背後に停まっていたピックアップ・トラックに乗り込んだ。ジューンは前輪の下にあるブロックを蹴ってから乗り込み車輪が静かに回転しはじめ、徐々にスピードをあげた。ジューンがクラッチを入れるとエンジンは怒ったように活気づき、車は勢いよく道に飛び出した。トラックは左折し山の方に向かい、咳のような騒音を出しよろめきながら進み、薄青い煙がキャブに入り渦巻いた。少年は二人の男の間に座り、膝がシフトレバーに触らないように気をつけていた。床板の欠けた部分を通して灰色の路面が滑るのが見え冷たい風がすっとジーンズの脚に吹きつけていた。

トラックは一マイルほど山を登りさっき出てきた車寄せの道と区別のつかない別の車寄せに入った。ジューンが庭で方向転換させてからトラックを停車させるとマリオンはドアを開けて苦労しながら外に降りた。少年はそのまま待った。

中に入りな。マリオンが声をかけた。少年が横を向いて何か言いかけると背後からジューンが言った。

俺は戻らなきゃなんねえ。

そうか。マリオンは言った。ほんとに助かったよ。ジョン・ウェスリー、お前は中で体を乾かしてけよ。さもないとお前の母ちゃんに皮膚を剥がされて靴革にされちまうぞ。

少年はトラックから降りてドアを閉めた。車は間を置かずに動き出し手を振るジューンを見送ってから少年と男は家の方に歩いていった。あたりはすっかり明るくなり、空気は冷たく煙のにおいがした。女がひとり腕を組み、肩を手でつかみながら戸口に立っていた。女は二人を先に中に入らせ、後ろ手にドアを閉めた。

おはよう。男は陽気に言った。

怪我してるの？　女は訊いた。小柄で金髪そして怒り心頭といった表情を浮かべていた。

朝飯はできてるのかい？　男は思わし気に訊いた。

女は今にも泣き出しそうで顔を曇らせ下顎を震わせていた。ほんとに馬鹿。女は言った。死ななきゃ分かんないの？　今まで死ななかったのが不思議なくらい。神様だってきっと同じ。神様もどうしてあんたみたいなやつに気をかけるのかしらね……。女は不意に言葉を切って少年を見た。少年はまだ水が滴るコートを腕に抱えて立っていた。坊やの方は大丈夫なの。女は少年を指さした。あんたの救世主。怪我はないの？

少年は泥が跳ねた水浸しの体に視線を落とした。水に黒く汚れたジーンズは種子やいがが大量にくっつき、耕作中の珍奇な庭みたいになっていた。ゴム長靴からは小枝や雑草が飛び出していたがそんな状態で歩いてきたせいで足には水膨れができ、くるぶしの腱が引っ張られるのを感じた。片方の靴下は完全に脱げ長靴の先でくちゃくちゃになっていた。救世主だなんてとんでもない。少年は言った。たまたま見つけただけなんです。

少年は視線を上げて男を見た。男はにやにや笑いをしていた。だまされるなよ。男は言った。そいつが車を運転してたんだ。でも怪我はないと思うぜ。俺も怪我はない。脚はダッシュボードとやり合ってあざができただけさ。

あざがあるのはあんたの頭のなかでしょ。女は言った。服をぬいでここに座って。女は男をソファに連れていき靴紐を解きはじめた。

少年は何をしたらいいのか分からずに手持ち無沙汰に立っていた。女は男の靴と靴下を脱がせた。それからベルトを緩めていた。男の方はじっと抵抗もせずに座ったたまま、考えごとをしているようだった。彼女は絶望と孤独が同居したような調子で、馬鹿、馬鹿と言い続けていた。

女は男のズボンを脱がせていた。少年は視線をそらして自分のまわりを見回しはじめた。

いったい何をしてるのかな？　男はわざと卑猥に言った。

立って、馬鹿！

了解。男は言った。この手のお遊びには慣れていないもんでね。

マリオン・シルダー、あんたの馬鹿にはもう耐えられない。分かる？　さっさとズボンを脱いで。早くして。あんたのお母さんも亡くなってせいせいしてるわね。あんたに我慢してよく生きてられたわ……足を上げて。あんたは……ちょっと待って。靴も持ってくるから。女がドアの向こうに姿を消すと、男はズボンの小山の上に足をのせて座ったまま少年に向かって大げさにウィンクした。

女は戻ってくると服を男の膝の上にどさりと置いた――それから男のふくらはぎの横に大きなあざがあるのを見つけた。あざは赤紫色に変色し、むき出しの真っ白な脚に映えていた。女はひざまずき、ぶつぶつ文句を言いながらあざに触った。女はまた部屋を出ていき水が入ったたらいと布巾を持って戻ってくると慎重にあざを水ですすいだ。男はときおりわざとらしく苦痛の悲鳴をあげた。女はもう相手にしなかった。それが終わると女は少年の方を向いた。あなたは大丈夫？　女は訊いた。

なんですか（イエスマム）？

なんですか（イエスマム）、ですって？　女は少年と男を交互に見た。立ったまま死んじまうね。そんな言葉づかいしてると。女は目を細めて少年を見た。皮（シャック）を取ってきなさいよ。

え、どういう意味ですか？

男はソファでククッと笑った。新しいシャツに着がえていた。

ほら、あっちへ行って。女は言った。女は自分の背後を指さした。すぐに替えの服を持ってくるから。

少年はザブザブと滑稽に水の音を出しながら女の横を通った。

その前に長靴を空にしてきて。女は言った。

少年は立ち止まった。

外でね。

少年はまた分かりました（イエスマム）と言いながら外に出た。戻ってくるとき靴下を履いているのが片方の足だけだったので、磨かれていない松材の床に奇妙なふぞろいの足跡が残った。

女が少年に指し示したドアの向こうは寝室で火床つきの暖炉がありかすかに熱を発していた。少年は少しの間暖炉の前に敷かれた小さなぼろの敷物の上に立っていたが、それから前扉を静かに動かした。

その毛布を使って。女が呼びかけた。

少年は濡れた服を脱いで、床の上に几帳面に置かれたマッキノーコートの上に重ね、ベッドの足元から丸められた毛布を手に取り体を包んだ。

窓際に立ちくすんだ朝の景色を見ていると女がシャツとズボンを持って部屋に入ってきて少年に手渡した。それから床から少年の服をすくい上げ部屋を出て行った。少年は体をくるんでいた毛布を取り濡いた服に着替えた。軍隊支給の靴下も一組あり少年はそれを履いてベッドに腰かけながら、このまま床を歩いていいものだろうかと思案した。女が靴を持ってこなかったからだがしばらくして少年は意を決してさっきの部屋に戻った。男は着替えが終わり、頭に包帯を巻き、水の入った鍋に足を入れて座り雑誌を読んでいた。顔を上げるとブカブカのシャツを着て裾を折り返したズボンをはいた少年が立っていた。ズボンの前のボタン穴は腰の位置でサスペンダー横のボタンで締めてたくし上げていた。

ちょっと大きすぎるか？　男は言った。

うん。

マリオンだ。

え？

マリオン・シルダー。俺の名前だ。マリオン・シルダー。

ああ。少年は言った。

よろしくな。

うん。

まあ、椅子に座りな。男は言った。

少年はストーブの横から藤の揺り椅子を引き寄せ、膝に手をのせゆっくりと腰をおろした。男がもたれかかったソファは花柄のカヴァーに覆われた形状が分からない巨大な代物だった。少年の背後の壁には男とその夫人の写真が楕円形の額縁に入っていて、ためらいがちにぼんやりとした笑みを浮かべ部屋を眺めていた。床のあちこちに小さな敷物があり、家具が置かれていた——食器棚、テーブル、椅子がいくつか。部屋の一角の小さな飾りだんすには、銅製の小さな車を上に載せた胡桃(クルミ)材の記念品が置いてあった。

車のなかに何があったか分かるか?

少年は男を見返した。はい……マリオンさん。

そうか。男はそう言うと雑誌に目をやりページをゆっくりとめくっていたが、ほどなく少年に視線を戻した。男はにやっと笑った。しかも上等品だった。男は言った。六〇ガロンはあった。

そのとき女が朝食の準備ができたと二人に告げた。男は雑誌を置いてタオルを手に取り足をふいた。少年は男の左足の親指の先端が欠けているのに気づいた。爪がなく、奇怪な形をしていて、どこか鼻を想わせた。男はそろっとスリッパをはき、ソファーを支えにして立ち上がった。さあ、食いにいこうぜ。男は言った。それからひょこひょこと台所に歩いていった。少年は後ろからついていった。

二人は席について卵とひき割り玉蜀黍、堅パンに豚のヒレ肉、大きなカップに入れたコーヒーの朝食を食べた。コーヒーはブラックで苦かったがテーブルにはミルクも砂糖も置かれていなかった。少年はコーヒーをそっとすすりながら男を見た。女は二人といっしょには食べなかった。テーブルの端をうろうろしながら、卵や堅パンを二人の皿に補充したり、コーヒーをカップに注ぎたしたりしていた。男は食べ終わるまで一言も言葉を発さず時おり少年の方に皿を押しては眉をしかめたり唸ったりしつつ、少年にもっと食べろと促した。男は最後に黒蜜をぬった堅パンを食べてから席を立った。男はしばらくして二組のコートと長靴を持って戻ってくると一組を少年に手渡した。付いてきな。男は言った。面白いものを見せてやるから。少年はコートを羽織り洞穴みたいな形をしたブロガンに足を入れた。それから二人は台所のドアから新たな朝を迎えた世界へ出て行った。空気は湧き水のように冷たく透明で、頭上に聳える山の上からは霧の微粒子が舞い山道に差し込む光は水車用の流水を想わせた。男は少年の前を足を引きずりながら歩き燻製小屋まで来ると曲がった釘を引っ張り、戸はおろか、蝶番も掛け金も錠も全部勢いよく開けて中に入った。入りな。男は言った。少年は男の後に続き、かび臭い薄暗がりに入った。よお、ねえちゃん。男は言った。空気には犬の悪臭が満ちていた。犬が鼻をクンクン鳴らしていた。か細い鳴き声が隅の方から聞こえてきた。体の小さな猟犬が男の膝のあたりで顔を突き出し少年の方を見た。こいつはレディーっていうんだ。男は言った。レディーは少年の膨れたズボンのにおいを嗅いだ。

小屋のなかの様子がはっきりと見えはじめた。梁からつるされた壊れた手提げランプ、散乱した工具類、丸砥石、線路の廃材でつくった鉄床……男は小屋の隅にしゃがみ、猟犬がその背後で鼻を男のわきの下に突っ込みせわしなく跳ねた。犬が少年のまわりを一周し麻袋の山の上に座ると男の肩越しに子犬が何匹かいるのが見えた。レディーは温和な犬の目で瞬きをし天井を凝視した。

男は子犬を一匹摘み上げると少年に手渡した。少年がその子犬を受けとると膨らみのあるつやつやの小さな腹が掌に広がり、脚はぶらぶらと揺れた。手のなかの子犬はすでに静かな悲しみを湛えた目をして、顔はしわくちゃで耳は不格好だった。

生まれて四週間だ。男がしゃべっていた。そいつが一番いいできだが、どれでも好きなのを選びな。

え?

そいつの父親はいい血統のブルーティックだ——この子犬みんな、ブルーティックが半分、ウォーカーが半分入ってる[*18]。でかくなったらいいツリードッグ[*19]になる。そいつが気に入ったかい?

うん。少年は言った。

じゃあ、そいつはお前にやる。一カ月くらいたったら家に持って帰っていいぜ。

---

*18 ブルーティック。ウォーカー:両方ともアメリカ種の猟犬。狐狩りでよく使われる。

*19 ツリードッグ:狩りで獲物を木の上に追い込むために使われる犬。

ジェファーソン・ギフォードは親指でつまんだズボン吊りを肩で調整し、陶器のカップにいっぱいに入ったままのコーヒーをぐっと飲みこむと長靴の重い足どりで台所のそりかえったリノリウムの床を通って裏口に回り、掛け釘から帽子とジャケットを取った。

プリマス？　ギフォードは鸚鵡返しに言った。

レッグウォーターはコートにボタンをかけていた。見つけた奴がそう言ってたんですよ。俺自身は現場に行っちゃいません。知ってるのは奴がプリマスって言ったっていうことだけで。奴さん、配達の途中で俺の家に直接寄ってあなたに連絡してくれって言ったんですよ。それで俺がここに来たっていうわけです。奴の話じゃプリマスだっていうことです。

ギフォードは帽子を整えドアを開けた。じゃあ、行こう。ギフォードは言った。ウィスキーを運ぶのにプリマスを使うなんて聞いたことねえな。

保安官には連絡しないんですかい？

何を連絡したらいいのか確認してからじゃなきゃ連絡できないだろ。ギフォードは言った。

二人は車を小川からほど近い場所に停め鉄条網をくぐりそのプリマスが藪や灌木の間を抜けていったときにつけた刈り跡を観察しながらゆっくりと歩いた。車はフェンスを完全に突き破り、橋近くの広葉箱柳（ヒロハハコヤナギ）の大枝の皮を剥ぎ、道から三〇フィートほどの地点に着地していた。向こう岸近くの川のなかで上下逆さまになった車は走ってきた方向に頭を向けていた。車の下部構造しか見えなかったが、ギフォードがその車がフォード車ではないことが分かったのは後部の車軸に半長円のばねが二つあったからだ。車のところに行くのに二人は道に戻って橋を渡らなければならなかった。大破した車は川岸の草木に接しトランクの蓋からガラス片が漏れていた。

その後トラックが呼ばれ事故車がウインチで巻き上げられるとトランクの蓋が落下しガラス瓶の破片が長い時間川の中へ流れ落ちていた——後になって三〇分間も流れ落ちていたという者もいたがいずれにせよ長い時間だった。割れなかった瓶が二、三本残っていたのでギフォードは喜んだ——証拠品だからな。ギフォードはそう言った……

車は三三年式のプリマスのクーペで、右側の前輪に指が三本入るほどの穴があった。それ以外には特筆すべき点はなかったが管轄のレッド・ブランチで事故を起こし後ろに積んだウィスキーの荷を残していったという点は看過できなかった。

ギフォードは何か落とし物を探すかのように川岸を行ったり来たりしながら丹念に地面を調べた。車のライセンス・ナンバーを紙に書き留めたが近づいて見るとペンキを塗り直した昨年のプレートだと分かり頭にきて紙を投げ捨てた。

奴は負傷したようですな。レッグウォーターがしゃべっていた。

奴らだ。

奴らが何ですって?

二人いるんだ。ギフォードは言った。二人分あるだろ。

足跡のことですかい？　オリヴァーのじゃないですかい。けが人がいるかどうか確かめに土手を降りたんですから……

川の中には入らなかったんだろう……？　ここに……ギフォードは言葉を止めて地面を見つめた。かなり間があってからレッグウォーターを見上げた。アール、お前の考え方は間違っちゃいないぞ。ギフォードは言った。

俺の考え……

ああ。もう一人は車に乗っちゃいなかった。そいつはただ通りかかって車の中にいた奴を出してやったのさ。

そりゃオリヴァーじゃありませんぜ。レッグウォーターは主張した。オリヴァーが通りかかったときには誰もいなかったんですから。オリヴァーは……

オリヴァーのことを言ってるんじゃねえ。コンスタブル[20]は言った。行くぞ、用意ができてるなら。

小雨が降り出していた。

しばらくはそう寒くはならんようだな。ギフォードは言った。雪も降らなさそうだ。

店のなかには老人たちが集まり、いつ果てるとも知れない長い時間きしむ牛乳瓶のケースを占拠し、非論理的で深遠なる問題について急がずに断定的に話をしながら、潤んだ目で赤く曇ったストーブの真空管を見つめていた。暗い色のコートに身を覆われた老人たちはハゲワシを想わせ、顔は痩せ衰え、乾燥した紙のような皮膚は蜥蜴(トカゲ)のようだった。ジョン・シェルは、骨を使って無造作に組み立てられほこりっぽいよれよれの服をかぶせられたマネキンにしか見えず聖職者の衣服のように垂れた袖からは風雨にさらされ枯れてしまった枝木のような手首が突き出ていた。ジョン・シェルは何とか歯のないあごを開き、かすかに聞こえる軋り音を発し、一言だけ意見を表明した——すべて世は事もなしじゃ。

一同はこぞって相づちを打った。ガラスのケースのなかではゴキブリが奔走し、カサカサと音を立てながら不規則に並んだキャンディーの上を動き回り、黄色の節に分かれカンゾウのエキスをつけた足とのっぺりした腹部を使いガラスの中を物色していた。夏も冬もゴキブリはキャンディーのガラスを巡回し、ハンカチ、靴下、煙草を点検した。時には肉用のケースにも侵入した。肉用ケースはもとは衛生的な白いケースだったが汗が原因で錆びつき、ガラスの下部分の縁に小さな穴が空き、煙草のやにか何かを吐き出したような茶色の染みがエナメル塗料の上をつたっていた。だがここではゴキブリは冬の寒さでじきに死んでしまうのだった。死骸はしばし休憩しているかのごとく小さな排水口からケースの前まで横たわっていた。

＊20　コンスタブル：当時、このあたりの町の警官はコンスタブルと呼ばれていた。

ケースに寄りかかりながらジョン・ウェスリーは車が錆びついたオレンジ色のガソリン・ポンプに横付けして停まり男が二人出てくるのを見た。二人が戸口から入ってくると鼻にかけたしわがれ声のおしゃべりは止み、老人合唱隊員たちの視線は上がり、直ちに下に落ち、それからストーブに戻った。つなぎ服からナイフを取り出し何げなく牛乳の木箱を削りはじめる者もいた。ジョン・シェルはよっこらせと立ち上がり、ハンカチを持った手でストーブの扉を開け、石炭入れから小さな塊をくべた。火花がさっと上に舞った。ジョン・シェルは火花に対して自己主張するように唾を吐きかけ、ゆるんだ鉄の扉をカチッと閉めた。

二人は前後にぴったりと並んで炭酸飲料の箱までやってきた。重々しく好戦的な足どりだった。二人はそれぞれ飲み物を選び背の高い方の男がカウンターにやってきて一〇セント硬貨を回して置いた。もう一方の男は蓋を閉め箱に乗り腰をおろすと飲み物をすすりながら奇妙な薄ら笑いを浮かべ老人たちを見ていた。

ジョン・シェルはカウンターに来た男の方を向いて言った。調子はどうかな、ギフ。

順調ですよ。ギフォードは言い、誰とはなしに老人たちに向かって相づちを打った。ギフォードは飲み物を一口飲んだ。

エラー氏が肉の区画近くの椅子から立ち上がりやってきて一〇セント硬貨をレジに入れた。ギフォードが声をかけるとエラー氏はうなるような声を出しカウンターから新聞を取って椅子に戻っていった。

暑くなってきたな。ギフォードは言った。外では雨が上がり冷たい風が店の前の赤く濁った水たまりをそっとなでていた。ギフォードは頭を傾けてもう一口飲んだ。蠅が一匹店の正面の窓でカタカタと電気音に似た音を立てていた。ストーブのなかの火はギシギシと呻いていた。

ギフォードは飲み物の瓶を目の高さに上げ、中身を目視し、残っている液体の前で口をすぼめると、瓶をゆっくりと回しながら、その粘り気と泡を吟味し、外来のものはたやすく信頼しないといった様子で飲んだ。あご下の肉のひだの間で喉ぼとけが上下した。

旧式のプリマスを川でだめにした奴がいましてね。ギフォードは言った。

二、三人が顔を上げた。本当かい。一人が言った。

本当ですよ。ギフォードは言った。まったく気の毒な奴ですよ。

郡の動物保護警官[21]レッグウォーターは自分の分を飲み終え、掌を下向きにし、指の上に座り前かがみになっていた――その貧弱さを抜きにすればまるでカエルで細長い脚が箱の横に伸びていた。脚をぶらぶら揺らし、かかとを飲み物のケースにぶつけるそのさまは痩せ衰えた脚長カエルといった風情だった。ずっと薄ら笑いを浮かべながら横目であたりを窺っているレッグウォーターに注意を払う者はいな

＊21　動物保護警官（human officer）：動物の虐待や遺棄を取り締まる警官。また、地域住民の安全のため、野良犬などの駆除を行う。

かった。ここにいる老人のほとんどはあの日レッグウォーターが店の裏で二十二番径のライフルで二匹の犬を射殺したのを目撃していた。分岐道のこちら側の野原の柵沿いで激しく鳴きながらよろめく一匹に対してレッグウォーターは七発もの弾を撃ち込みそれを立って見ていた子供たちはそのうち犬と同じように大声で泣きはじめたのだった。

レッグウォーターは言った。たしかにな……まったく楽しんでやがるぜ。

ギフォードが横目で鋭い視線を送るとレッグウォーターは黙りはずませているかかとに視線を移した。

どなたか誰の車かご存じないでしょうかね。ギフォードは言った。

二、三人の老人は居眠りをしているようだった。蠅が窓ガラスでブンブンうなった。

レッカー車を呼んで町に運ばせましたよ。あの車を正当な持ち主に返してやりたいですからね。

どんな車なんですか？　声を発したのは肉のケースに寄りかかっている少年だった。

ギフは無関心を装いながら飲み物の最後の一口を飲み干すと、瓶をカウンターの上に慎重に置いた。少年の方を見て、それから少年の足元に視線を移した。

坊やはいつもそんなスリッパを履いてるのかい？

少年は足元を見なかった。返答しかけたが喉がつかえてしまった。少年は大きく咳払いをした。足が巨大化したように感じた。

雨の日にそんな靴じゃ役に立たんだろう。ギフォードは言った。それから床を歩いていった。レッグウォーターはのっそりと飲み物ケースから降りギフォードに続いた。戸口でギフォードは立ち止まり、ドアを半分開けて、斜め頭上の何かをじっと見た。皆さん。ギフォードは言った。どうやら晴れそうですな。レッグウォーターはその背後で不吉な黒い鳥のようにうろうろしていた。

それじゃ、また来ますよ。ギフォードは言った。

肉の区画の近くでエラー氏が新聞を手にうとうとしていた。それまで一度も顔を上げなかったがこの時も上げなかった。またのお越しを。エラー氏は言った。

二人は出て行った。窓ガラスの蠅がまたカタカタと音を立てた。

ストーブのまわりの老人たちの集会も一人また一人と動きはじめた。少年は肉のケースのそばに不安げに立っていた。何人かの老人は茶色い紙のような手で煙草を巻いていた。あたりは静まりかえっていた。少年は戸口まで行くとしばらくそこに立っていた。やがて少年は立ち去った。

犬の最初の吠え声は空気そのものと同じくらいに繊細に澄み渡り、消え入るこだまは谷間や低地にガラスのチャイムの最後の高音のごとく響いた。男の傍らからは暗闇のなかの少年の息づかいが聞こえた。静かに呼吸をしようとつとめていて、耳をそばだてすぎている。犬が再び吠えたので男は立ち上がり少年の肩を手で軽く触れた。行くぞ。男は言った。

疲れた吠え声がライフルの銃声のように聞こえてきた。少年は立ちあがった。もう獲物を木に追い詰めたの？　少年はたずねた。

いや。狙いを定めたってとこだろう。それから男は付け加えた。でもかなり近づいてる。かなりな。男は二人が休んでいた急勾配の小山から低い松の木立の迷路を通って降りはじめた。松の艶やかな針状葉が地面に厚く積もっていたので、二人はふもとの雨溝まで降りるのに幹から幹へと注意深く滑っていかねばならなかった。雨溝は地面に帯状に黒く伸びその向こうは見えなかったが野原があり数百ヤード先の小川に急な下り勾配で続いていることを男は知っていた。雨溝に降り、後続の少年が勢いよく土砂を滑り降りる音を耳にし、雨溝の反対側に渡り速足で野原を駆け出すと、生い茂った雑草にコーデュロイのズボンがザッザッと音を鳴らした。

広葉箱柳（ヒロハハコヤナギ）の木々が暗闇から青白く荒涼とした姿で立ち現れた。有刺鉄線が壊れ低くなったところを越えると、後に続いた少年が裂け目のできたヒマラヤ杉の柱の錆びたまた釘を軋らせる音が聞こえた。それから二人は小川を越え森に入り、霜が降り固くなった木の葉を鳴らしながら進んだ。

獲物を追い込むレディーの鋭い吠え声が依然として二人の右手から響き渡っていた。二人は暗い森のなかを進み、空き地に立つ若いヒマラヤ杉の木立を抜けた。黒く厳かなその木立は宵の口にあらわれる恰幅のよいドルイド[*22]といった風情だった。再び森へと続く空き地の反対側に着くと男は立ち止まり、少年が追いついた。

どっちの方向にレディーは行ったの？ 少年は息切れしているのを悟られないように言った。

男はしばらく立ち止まったままだった。ほどなく男は手振りで漠然と方向を示しながら言った——獲物と同じ方向だ。男の背中は再び暗闇の中へと溶けていった。後ろをついていく少年は足を高く上げ、踏みしだかれるもろい葉の音を追っていった。二人の行く道は小川の方向へ傾斜していて勢いよく流れる水の音が断続的に聞こえてきた。川は雨が降ったせいで水嵩が高く、水の重低音は遠くを走る貨物列車を想わせた。

丸太に気をつけろよ。男は後を追う少年に叫んだ。少年は間一髪でジャンプしたが、風で落ちたその木の幹に半ばつまずき、体のバランスを失いつつ、若木をなんとか跳び越え、そのまま前進し、頭を低くしながら視界を見失わないようにつとめた。木々が目の前に現れ、ゆっくりと滑るように通り過ぎ再び暗闇に吸い込まれていった。二人は今度は長い上り道をのぼっていき、少年が峰に着いたとき前を行

＊22　ドルイド：古代ケルト社会における祭司、宗教的・政治的指導者。

く男の姿が一瞬空の緑青色を背に茫と浮かぶのが見えた。眼下には川の流れがくっきりと見えた。二人は峰の鞍部に降り、また昇ったが、男の姿は見えなかった。少年は立ち止まり耳をそばだてた。レディーのよく通る吠え声が切迫感のない低音で吠える別の犬の声といっしょに聞こえてきた。レディーはごく近いところで獲物を追いかけながら、こちらの方向に近づいてきていた。少年は激しく呼吸をしながらも耳をそばだて、犬の進む方向を追うことができた。間もなくレディーは動きを止めた。

少しの間あたりはしんとし、それからもう一匹の犬が吠えた。草むらが荒らされる音がした。少年の右手から鋭い吠え声が聞こえ水が激しく飛び散る音も聞こえてきた。横から低い声が言った。どうやらレディーの奴、川のなかに連れ込まれたな。行くぞ。小山の側面を降りはじめた男の後を少年が追いかけ、川まで続く最後の勾配にあるブナの木が密生する平地に出た。尾根の上方から何かが降りてくるのが見えたので二人は立ち止まった。長い影が落ち葉を蹴散らしながら滑るように川岸の方向へさっと通りすぎていった。短く切られた吠え声に続き水のはねる音が耳に入った。二人も続いて傾斜地を滑り降り、川岸に出た。水面にはった薄い光の膜のおかげで二人からは周囲の様子が見え、狂乱する水のうねりと断続的に続くうなり声の方に視線を向けると、複数の物影が激しく戦っているらしく、その水の中に新たに一匹の犬がものすごい勢いで加わるのが見えた。戦いは対岸の陰の水の深い部分へと移っていった。うなり声は聞こえなくなり奔流の激しい音だけが聞こえた。

二人の右手の樹間から光が明滅し、消えたかと思うとまた現れ、上下に動き、暗闇のなかで不気味に浮遊した。霜に覆われた小枝や灌木が折れる渇いた音と押し殺した声が聞こえてきた。光は鋭く伸びて、突然また二人の方を凝視するように照らし、川のへりに沿って弧を描いた。

こんちは。声がした。

カスかい？

ああ……そっちはマリオンか？

懐中電灯を持ってきてくれ。あいつら川のなかだ。

二人の男が斜面を降りてきた。ばらばらの四本の脚が光の束のなかをよろめいていた。

明かりを弱めてくれ。シルダーは言った。

二人はパイプの煙と犬の毛の臭いを発散しながら並んでやってきた。背の低い方が川面にゆっくりと光を当てていた。どの辺だい？　その男は訊いた。

もうちょっと下流だ。やあ、ビル。

やあ。もう一方が言った。懐中電灯の発光のなかで吐く息は煙のように白く、渦巻き、頭の回りにまとわりつき蒸気の天蓋を形作った。懐中電灯の楕円形の光線は水面をかすめて向こう岸まで届き、行ったり来たりし、ほどなく冷たい水のなかで戦う者たちを照らしだし、アライグマの目が針のように鋭く赤々と光り、体毛は泥水にまみれ、尾は川の流れに力なく浮遊していた。アライグマの周囲を大きな犬が慎重に旋回していたが、水のなかの足どりは重く、意気消沈していた。レディーの耳がアライグマの前脚の下から突き出ているのが見え、それから後躯が現れ、尾をたなびかせて川面に筋をつけるように流れていき、渦巻く水のなかに音もなく沈んでいった。

カスは川原を照らし、片手いっぱいの石をかき集めると、懐中電灯をもうひとりの男に渡した。あいつを照らしてくれ。カスは言った。カスは石をひとつアライグマめがけて横向きに投げた。石は光線のなかでわずかに弧を描き、くぐもった音とともに水の中に落ちて見えなくなった。大きな猟犬は川岸に歩きはじめ、レディーの尾がまた水面に現れたとき、二つ目の石の影が曲線の軌跡を描きながら飛んでいき、アライグマの顔の下の水を激しく打った。

アライグマは身をひるがえし水にもぐり川下に泳ぎ出した。大きな猟犬はすでに対岸に移動していて、ゆっくりと歩きながら憂いを帯びたうめき声をあげていた。懐中電灯を持った男は犬に向かって切迫したしゃがれ声でどなっていた。追いかけろ、おい、追いかけろ。男は皆の方を向いた。石が怖いんだな。男なりの解釈をした。

ちょっと静かに！　シルダーは言い、男から懐中電灯を受け取った。レディーはすでに三十ヤードほど川下に流されていた。懐中電灯の光に照らされた犬は仰向けになり目は薄オレンジ色に変色し、両耳はひらひらと水に浮かび、疲れ果てて思いつめた感じで力なく水に流されていた。不吉で滑稽な薄ら笑いを浮かべるように口角をあげ、水が口に入るの防いでいるようだった。

おい、ねえちゃん。シルダーは叫んだ。おい、ねえちゃん。皆そろって草むらをかき分けながら川下に移動した。このままじゃ溺れ死んじまうぜ。誰かが言った。

おい、ねえちゃん。おい……

少年は水に入った感覚すらなかった。男たちの話し声は耳に入らず、川下のある地点で離れてしまってからは呼び声も届かなくなっていた。真っすぐに伸びた牛尾菜(シオデ)に突き当たったときも、その正体は分からず、無数の小さな手に捕まえられたかのようにコートや脚が引っ張られているのに気づいただけだった。その後少年は土手の上に出ると、しっかりと踏ん張ってからなめらかな泥の斜面を滑るように降りた。足を硬直させ放物線を描くように川に向かって走り、水のなかに落ちるまでずっと腕を振り続けた。最初の一歩で太腿ほどの深さの流れによろめき、撃たれたサギのように水のなかに倒れ込んだ。

しかし少年は倒れ込んだことすら気に留めなかった。再び起き上がると水嵩は腰の高さまであり、川底は柔らかくまるでその場に群生した水生生物の体の上にいるようだった。ここでは視界が少し良くなった。土手の上に明かりは見えなかった。ずいぶん下まで降りてきたんだな。少年は思った。人の声は聞こえず、耳に入るのは体の周囲を揺れるように流れる川の音だけだった。今度は頭まで水のなかに潜った。それから水を滴らせ、大きな物体を胸に押し抱きながら出てきた。少年はその物体の下に腕を入れ持ち上げた。レディーの頭が現れその愚かな目がぐるりと少年の方を向いた。少年は犬の首輪に手を伸ばしてつかんだが、川底がせりあがっているところで足を滑らせ後ろ向きに倒れた。犬は少年の体の上で回転しもがきはじめ、少年は脚にあたった岩をつかみ体勢を立て直してもう一度起き上がると犬を引きながら岸に向かって川を渡った。

男たちは懐中電灯の明かりをたよりにやってきた。シルダーは柳の木立で少年が体を丸め犬を抱いているのを目にした。それから何も言わずに森のなかに消えていき、しばらくして灌木や枯枝の束を抱えて戻ってきた。

男のひとりが少年のそばにひざまずき、犬の体をなでながら具合を診ていた。大丈夫そうだな。男は言った。なあ、坊や。

少年は口を開くことができなかったのでただうなずいた。少年の体は寒気を通り越して、麻痺していた。

もう一人の男が言った。坊や、悪い風邪にかかっちまうぜ。家に帰ったほうがいいな。こんなところに座ってたら凍え死んじまう。

少年はもう一度うなずいた。立ち上がろうとしたが動こうとすると肌が服に擦れるのが我慢ならなかった。

シルダーはすでに火を起こし終えていて、渇いた灌木がパチパチと大きな音を立て、オレンジ色の明かりが焚き木の間で跳ねていた。少年からはシルダーが影絵のように動き回り、焚き木をくべているのが見えた。しばらくしてシルダーは戻ってきた。震える猟犬を片腕で抱き上げ少年についてこいと合図を送った。こっちに来て服を脱ぎな。シルダーは言った。

少年は立ち上がりぎこちない足どりで男たちの後についていった。

シルダーは猟犬を火のそばに置き少年の方を向いた。コートをよこしな。シルダーは言った。

少年はずっしりと重いマッキノーコートを剥ぐように脱ぎシルダーに渡した。シルダーが若木の幹にコートを巻きつけ、両手で袖をつかみ傷んだウールから水を絞り出した。水は一ガロンほども出たように見えた。それからコートを灌木の上にかけた。振り返ると少年はまだそこに立ち竦んでいた。

全部脱げ。シルダーは言った。

少年は服を引っ張りながら脱ぎ、シルダーは順番にシャツとズボン、靴下とズボン下を受け取り、水をしぼってから焚火の前の叉木に設えた竿につるした。少年は脱ぎ終えると裸のまま立っていたが、焚火の明かりに包まれたその体は白いなめくじのようだった。シルダーは自分のコートを脱ぎ少年の方に投げた。

それを着な。シルダーは言った。それから早く火の前に来いよ。

二人の男は少年の背後にある森のなかに入っていた。二人が落ち葉を踏みつける音が聞こえ、懐中電灯の光が瞬くのが見えた。一人が大きな薪を持ち帰り火に落とした。火花が舞い上がり、ゆらめき、むき出しの枝に向かって立ち上る煙のなかに消失した。自らの軌跡をなぞるようにゆっくりと赤くもとの場所に戻る火花や、風下の暗い林の方へ流れていく火花もあった。

少年は踏みつけられマット状になった蔓植物の上に座り、長いコートが尻を覆っていた。シルダーは竿を調整してから少年の近くにやってきた。煙草に火をつけ少年を上からじっと見た。

ちょっと寒いな。シルダーは言った。

少年はシルダーを見上げた。とんでもなくね。少年は言った。

服は蒸気を発しはじめ、狩られた奇怪な動物が四つ裂きにされ串刺しにされ燻られているみたいに見えた。

それからシルダーが言った。あのアライグマはどうなったんだ？

アライグマ？

ああ。アライグマだ。

くそっ。少年は言った。アライグマは見えなかった。

そうか。シルダーは言った。その声色が気持ちを表していた。そうか、アライグマもいっしょに捕えたのかと思ったぜ。

無理だよ。少年は言った。火明かりのさざ波が踊るように少年の歯を照らした。

男二人は焚火で手を温めていて、背の低い方は少年の方を向いて親し気に笑っていた。もう一匹の猟犬がいつの間にかこの場に現れていて、いきなり火明かりの縁をうろつきはじめると蒸気を出しているコートの臭いをかぎ無関心を装いながら前かがみで皆の前を通り過ぎ、猟犬特有の控えめな優美な動作で、自分の脚の向こう側の火を静かに見つめながら横たわるレディーのところまで歩いていった。大きな猟犬が鼻をすりつけると、レディーは頭をあげて悲し気な赤い目で見た。猟犬は少しの間、レディーの向こう側に視線をやりながら同じ姿勢で立っていたが、やがてレディーの体を器用にまたぐと枝編み細工のような黒い茂みのなかへと静かに消えていった。もう一方の男がレディーの近くに移動し手を伸ばして頭をなでた。片方の耳が切り刻まれ固まった血がこびりついていた。

アライグマはウォーカーの手には負えん。男は言った。ウォーカーは闘争心が強すぎる。あのレッドボーンの奴は——男は周囲の暗闇を指し示していた——敵が強すぎたらすぐあきらめやがる。だがウォーカーは——今度はレディーのことを言っていた——闘争心が強すぎるだろ?

シルダーが少年を車から降ろしたとき少年の服はまだ湿っていた。さっさと家に入った方がいいぜ。シルダーは少年に言った。お前の母ちゃんはお冠だろ。

いや、眠ってるよ。少年は言った。

じゃあな。シルダーは言った。また行こうぜ。でも川のなかに入るのは困るぜ。さあ、俺も帰らなくちゃな。嫁さんが座りもせず待ってるからな。

うん、じゃあまた。少年は車のドアを閉めた。

おやすみ。シルダーは言った。車は煙の尾を引きながら走りさった。片方のテールランプだけが赤く揺れていた。少年は崩れそうなオークの木々のなかに立つ、明かりが消えた古めかしい家の方に向かい、霜が降りた庭を横切った。少年の影は差し掛け屋根の上まで伸び、幾つもの小枝に分岐した大枝から垂れ、突如として屋根の上に立った。少年はひさしを滑り降り、四角い切妻窓の闇のなかに消えた。

Ⅲ

一二月二一日の深夜を過ぎた頃雪が降りはじめた。朝までに野原は真っ白く染まり束の間の冬の陽がおぼろな灰色の光を放ち野原そのものが発光しているかのごとく輝いていた。雪は依然として小さな束のように空から落ちつづけ小川の向こう側の木々や山を覆い隠し、降り積もる雪は白く広大な静寂のなかでかすかな、本当にかすかな音を奏でていた。

その日の朝老人は早く起き出して小谷の方を見渡した。動くものは何ひとつなかった。雪は絶え間なく降っていた。網戸を押すと家の玄関外に吹きだまった雪がずるずると引きずられた。老人は下着一枚で外に立ったまま、大きな薄焼きパンのような雪が屋根から滑り家の隅に立つ柱の傍らを落ちていく様子を眺めていた。寒さは厳しかった。ストーブに載せられたコーヒー沸かし器がシューシューと鳴ったので老人は家の中に戻った。

外は一日中暗く夜が訪れてもいつ夜になったのか分からなかった。それでも雪はやむ気配なく降り続いていた。風のない、静寂のなかを、空の篩にかけられて……。あたりに人気はなかった。犬もみな押し黙ったままだった。家の中では老人がランプを灯しストーブのそばに置かれた頑丈な揺り椅子に腰を下ろした。老人は椅子の脇の棚から雑誌を一冊手に取った。擦り切れてぐにゃぐにゃになった『フィールド・アンド・ストリーム』誌の昔の号で、ページはシャモアの毛のように柔らかかった。膝の上に置きぱらぱらとめくった雑誌の内容は今ではすっかり覚えてしまっていた——物語、写真、広告の類に至るまで。時おり床下の暗闇で何かが暴れまわり引っ掻く音が聞こえてきて、床の上ではスカウトが腐りかけた麻布のねぐらで心地悪そうに寝返りを打っていた。

老人はしばらくの間雑誌をめくっていたがやがて立ち上がると台所に行って蛇口のない流しの上の食器棚から糖蜜の瓶を下ろした。瓶は土のように不透明な煉瓦色の粘り気のある液体で満たされていた。蓋を回して空け、食器台から洗いたてのジャム瓶を取りその液体を注いだ。それが済むと椅子に戻り、幅広の肘掛けの上に飲み物を置き、膝の間の雑誌の位置を整え揺り椅子を前後にそっと動かすと、グラスのなかの液体は椅子の動きにあわせて緩慢に波打った。何度かすすると老人の口元の白い無精ひげが濃い栗色に汚れた。石油ランプの灯りは柔らかい花冠の形に光を発し、黒い窓ガラスを赤く照らしていた。窓には縮んでしなびた蜘蛛がほこりをかぶった糸からぶら下がっていた。

老人は物思いにふけりながら、小人みたいに椅子のなかで揺れ動いた。目の前の黄ばんだページに語られている暗い問題を推し量っているかのようだった。

朝の遅い時間に一羽の雄鶏が鳴き家の窓は柔らかいバラ色の明かりに満たされた。老人は眠っていたが窓ガラスからは色が失われ東の空がくすんだ灰色に変わった。雄鶏が返答を求めるようにもう一度鳴くと、椅子のなかの老人ははっと目覚め、その拍子にたたき落とされたジャム瓶が木の床をごろごろと転がった。

老人は部屋のかすんだ光の向こうをじっと見た。いつの間にか朝になっていて、ランプの灯りもストーブの火も消え、体は硬直し寒さで震えているのが分かり、目をこすり、背中を掻いた。老人は用心深く立ち上がるとストーブの扉を開けて、羽根のように軽い灰をつついた。それから窓辺に行き外を眺めた。雪はやんでいた。スカウトが雪のなかで腹が見えるほどに直立し、虚ろな目で興味津々とその幻想的な景色に見入っていた。向こう側の松林を背景に庭を横切り、艶(あで)やかなショウジョウコウカンチョウが一滴の血みたいに飛び去った。

やってきたのは三人の少年で道とも呼べない家の前の道を通りすぎていった。犬を二匹連れていた。ひとりはウサギを持っていたが、後ろ脚を無造作につかんでいたので、歩を進めるごとにウサギの頭部がぐんにゃりと動いた。あとの二人は銃を持っていてそのひとりを少年は知っていた。九月に学校が再開されてからは会っていなかった。

三人は身振りをまじえて話し込んでいたので庭に立つ少年に気づかなかった。少年は道沿いの郵便受けの方に向かって歩いていき、途中で降り積もったまぶしい雪のなかに足を取られた。ウサギを持ったひとりは片足に布を巻いていた——怪我の治療で膝のあたりまで目の粗い布で覆いより糸で縛っていた。彼がはじめに少年がやってくるのに気づきそのあと振り向いたウォーンが気づき手を振った。

よう、ジョン・ウェスリー。

やあ。少年はそう言うと斜面を滑り降りた。

ウォーン・プリアムと出会ったのはその夏のことだった。池に向かっていたある日の午後少年はティプトンの牧草地の上空を低く旋回するノスリに気づき片脚に結ばれた紐が下に伸びているのが分かった。野を横切り丘の上までやってくると紐のもう一方の端を持つウォーンがいてノスリはその頭上で何事にも我関せずといった様子で舞っていた。

こんちは。ウォーンが言った。

こんにちは。ジョン・ウェスリーはノスリを見上げた。何してるんだい？

ああ、ノスリを飛ばしてるんだ。あいつ風がないと飛べないからさ。風がある時はだいたいこうして飛ばしてやるんだ。

どこで捕まえたんだい？　少年は訊いた。上空を旋回する鳥を見上げていると首の後ろが痛みはじめた。

虎挟みで捕まえたのさ。近くで見てみるかい？

うん。

ウォーンは空中の鳥を力いっぱい引き寄せ、大きく容赦ない翼の広がりに抗して紐がたぐり寄せられると、旋回は徐々に低くなりほどなくノスリは着地した。そこでノスリは自由のきく方の脚で片脚立ちしつつ翼をはためかせてから動きを止め二人の方に攻撃的な視線を送ってきたが、ビーズみたいに輝く目は猥褻に露出した頭骨のなかでまばたきひとつしなかった。

ヒメコンドルだよ。ウォーンは説明した。頭が赤いだろ。

どこで飼ってるんだい？

燻製所の中さ。ウォーンは言った。

ノスリを飼うのに誰も何も言わなかったのかい？

言わなかったよ。母さんがちょっとばかし文句を言ったけど燻製所のなかの台座でおとなしくさせるからって言ったら安心したみたいだ。おいおい、そんなに近づくと突かれるぞ。いっぺん犬のロックがやられたよ。それからロックの奴すっかり気を落としちまって——といってもこいつは知らんぷりさ。こいつのことを気にかけてるのも俺だけ。どこがいいかってこんな下品でみっともない奴他にはいないだろ。お前、名前は何ていうんだい？

二匹の犬は脚が短く気性の荒いビーグルで、胸の高さまで積もった雪の中を飛び跳ね、しっぽを振りながら、鼻で雪を鋤き耳越しに雪を切って進んでいた。白い眉毛とほおひげをつけて頭をあげると、その表情は神話に登場する小さな老人みたいに見えた。

みんなどこに行くんだい？　少年はたずねた。

採石場の方さ。ウォーンが言った。いっしょに来な——穴の中に追いこんだスカンクをおびき出してやるのさ——こいつはジョニー・ロミネス——背の高い少年を猟銃で指し示した——それからそっちがブーグ。

やあ。少年は言った。二人は相づちを打った。

ウサギを捕まえてきたんだ。ブーグはそう言い、雪まみれの硬直しつつある獲物を上にあげてみせた。

ジョニーがあっちの野原ので仕留めたのさ。

犬たちがジョニーのズボンの裾を嗅ぎながら回りをぐるぐる回っていた。こいつらはジョニーの犬だよ。ブーグが説明した。ウサギ狩り用の犬さ。らっぱ犬（ビューグル）さ。

ビーグルだよ、馬鹿。ウォーンが言った。

そうだった。ブーグが言った。でもまあこいつらはこいつらさ。

ロックはどうしたんだい？　少年が訊いた。

家のなかでじっとして足をなめてるよ。今朝雪に滑って怪我してからぜんぜん動こうとしないんだ。

どっちにしろ奴にはウサギは追えない。熊狩り用の犬だからさ。

僕も犬を手に入れたよ。少年は言った。ブルーティックとウォーカーの合いの子さ。きっといいツリードッグになると思うんだ。飛び跳ねるビーグル二匹に先導され、少年たちは道を登っていった。

調教はすんでるのかい？　ブーグが訊いた。

いや。まだ子犬だからね。ヘンダーソン・ヴァレー道に住んでいる人にあずかってもらってるんだ。

その人が僕に一匹くれたんだ。

夜中にほっつき回る言い訳なんてこれ以上いらないからね。台所で子犬を抱きかかえながら立つ少年に母親はそう言った。ずいぶんとお冠だったんだな。当惑しながら犬といっしょに引き返し、飼えない理由を説明すると、シルダーはそう言った。でも問題はないさ。どっちにしろこいつはお前のだ。ここで飼えばいいだけだしいつでも気が向いたときに連れにくりゃいい。

家に俺のじいちゃんのだったマスケット銃があるんだ。ブーグが言った。俺の背丈くらいの長さのやつさ。

少年たちは道を逸れてヒマラヤ杉の雑木が点在する野原を横切って進んだ。勢いよく走っているビーグル二匹に向かって、ジョニー・ロミネスが追えと叫んだ。少年とウォーンは岩の涸れ谷の藪(やぶ)を踏みならし集水域の凍った水路を探ってみたがウサギは現れなかった。柵を越えて線路に突き当たると、線路沿いに南の方角へ進路を取りキルト状の白い野原を進んだ。野原には陽光がきらきらと降りそそぎ輝く空気のなかで氷霧の最後の軌跡が無数の青い結晶となって消散していた。

落ち込み穴のところでいったん止まり氷の表面を確かめるために土手を滑り降りた。氷の表面は黒くどこか邪悪で小枝や雑草が絡みついていた。二匹のビーグルは土手の端にくるとわななき、ためらうように地面を引っ掻いた。しばらくして二匹とも土手を下り旋回したり滑ったりしながら追いかけっこを始めた。走る方向を変えるたびに後ろ半身がくるっと回転した。ブーグは布で包帯巻きした脚のせいで土手を滑ることができなかったので土手の上に座りウサギを持ちながら皆の様子を見ていた。ほどなくブーグが火を起こし、ヒッコリーの樹皮を火種にしヒマラヤ杉の枯枝を積み上げた焚火が出来ると皆が集まって火のまわりを囲んで座った。

この場所でジョニーが例のウシガエルを捕まえたんだ。ウォーンが言った。あそこにある丸太の近くで。ネズミ捕り器のケツを使ってさ。

そんなことどうやったらできたんだい？　ジョン・ウェスリーが訊いた。

ジョニーと俺はソーダを賭けたんだ。ジョニーがネズミ捕り器と金網用の針金を持って家の近くを通るのが見えた。訊いたらウシガエルを捕まえに行くって言うんだ。俺たちはここに来てジョニーがあの丸太の端に罠をしかけてからいつもの店に行った。かわいそうにジョニーの奴ついに頭がいかれちまったと俺は思った……

ジョニー・ロミネスがにやっと笑った。ウォーンの奴店にいた連中皆にしゃべっちまうんだから。ジョニーは言った。

そうさ、皆で腹を抱えて大笑いさ。そしたらウシガエルがかかっているか、いないかでソーダを賭けようぜとジョニーが言いやがった。戻ってみたらびっくりウシガエルがかかってたのさ。しかも罠のケツに挟まれてた。訳が分からなかったけど、そのままカエルやら罠やらみんな持って店に戻ってソーダを買ってやったってわけさ。

おなじみのインディアン流の奇術だな。ブーグが言った。

どういうこと？

あんな風に枝を置くみたいにさ。あれでなぜか火が起きるんだ。

フェンスまでやってくると老人は再び足を止め、手袋をはずし丸めた手に息を吹きかけた。山の尾根からふもと一帯にかけて何発もの銃声が鳴りわたり、繰り返し反響しては消えていった。木々はすべて氷にすっぽり包まれ、大枝のない黒い幹が風に揺らめく明るい色のウミウチワみたいにレース状の後光のなかに並び立ち、小さな鐘楽のような音色を止むことなく奏でていた。きらめく氷のかけらが森の至るところで散発的に落下し、雪の上に理解不能なルーン文字の印をつけた。何かがパチッと音を立て目にもとまらぬ速さで通り過ぎ老人の頭上のポプラの樹皮に当たり小さなくぼみをつくった。続いてライフルの長く渇いた銃声が聞こえてきた。

老人は気に留めなかった。両手にはめた手袋をひっぱると、片手で金網を束にしてつかみフェンスをくぐった。下り坂側の杭は金網の目のなかで蜘蛛の巣に引っかかった小枝のように小刻みに揺れた。地面とつなぐ留め具から土が洗い流されてしまったのはずいぶん前のことだった。犬が何匹か獲物の鼻跡を追っていたがしばらくして眼下に視線を落とすと木がまばらになり切通しの道が痩せ地へとつながるあたりに犬の姿が見えた。犬は二匹いて、立木の後ろをゆっくり動く姿はひどく小さく、その声は子供が吹く角笛を想わせた。二匹は切通し道に消えたと思うと揃って反対側から姿を現したが、土塊と雪でできた砂糖菓子のような風景のなかで茶色と白の体は形をとどめず、地面の一部が地殻変動を予告するかのごとく、その動きだけが識別可能だった。

老人はゆっくりと進んだ。雪はさらに激しくなり、忍冬の木立のなかをうねり枝を破壊し行く手を邪魔したので老人はところどころ屈んで迂回したり、斜面では慎重によろよろと進み、老人の通った跡には凍結を免れた沼の水のような黒い葉の重なりが露わになった。山頂までくると道は白い曲線を描き木立を抜けていた。老人は立ち止まり肩の雪を払いズボンの裾の氷の塊を落とした。それから悪戦苦闘しながら雪道を一〇〇ヤードほど歩き再び森に入り山の反対側に進んだ。古い鋸やすりからつくった柄のない大きなナイフを手に持ち、前かがみでよろめきながら小さな木々のなかに消えていくその幻影は、クリスマスの季節に出現した奇妙な暗殺者のようだった。

十五分後にもう一度道に姿を現した老人はナイフを手にしたまま小さなヒマラヤ杉の木を引きづっていた。果樹園の下の曲り道で立ち止まり後ろを振り返ると、コートの深い折り目にナイフを戻し木を肩に担いだ。それから少し進み森に再び入り、踏み分け道を右方向にたどった。今度は数分だけ森に入っていた。再び戻ってきたときにはヒマラヤ杉の木はもう担いでおらず、老人はその道に来たときの自分の足跡をたどり再度森のなかへ姿を消し、来たときと同じ山の傾斜道を下りていった。

少年たちは石切り場にごろごろと転がる石灰岩の間を縫うように進み、ウォーンを先頭に洞窟までやってきた。

たいして大きくないな。ジョニー・ロミネスが言った。

中は広がっているんだ。ウォーンは言った。さてと、スカンクはここに引っかけておいて、中を案内するよ。ウォーンはスカンクを若木の叉木にかけると両手両膝をつき這いながら岩の下の小さな穴を通り、地下へと消えていった。少年たちも順番に続き、洞窟の入口に生えた冬の固いイラクサが少年たちのジーンズの脚に触れて毒蛇みたいにカラカラと鳴った。洞窟のなかで少年たちはマッチを擦りウォーンは岩の割れ目から蝋燭の使い残りを取り火をつけた。生石灰化した岩が姿を現し、扁桃の形をした天蓋や水の流れに似た凹面が見え、それらは一部が液化し再び凍結したかのように歪んでねじれ、山積したコウモリの渇いた糞が交じった壁にらせん状の不気味な影を投げていた。少年たちは擬乳色の柔らかい石に刻まれた文字や絵をまじまじと見た。ハートの形や人名、昔の日付、あからさまに猥雑な絵文字――球状の男根と少年たちが想像するムカデのような奇妙な女性の陰部――だった。

少年たちは洞窟の底部に細長く続く赤土をたどり別の大きな空間に入った。大声を出すと幾重にも反響し、笑い声は虚ろな嘲笑に変わり跳ね返ってきた。水は絶え間なく滴り、石の上で小さく飛び散っていた。二匹の犬は少年たちのそばを離れず、気が気でないといった様子で歩を進めていた。

これが一番でかいところさ。ウォーンが言った。奥には秘密の場所があって誰にも見つからないようにその前に岩を置いてあるんだ。もっと奥に続いているトンネルもあるけど終わりまで行ったことはないんだ。どこまで続いているのかも分からない。

ブーグが枯れ枝を一束引きずってきてほどなく少年たちはその大きな空間の中央で焚火をした。昔の穴居人のやり方さ。ブーグは言った。

昔この辺には穴居人が住んでた。ウォーンが言った。先史時代の動物もいた。山の反対側には人間の脚くらい長い牙が残っていて岩から突き出てるんだ。そこまで行くには長いロープか何かが必要だけど。

ジョニー・ロミネスは煙草の箱を取り出し紙巻き煙草を巻いた。ブーグはそれを受け取ると同じように巻き二人は腰を下ろしてじっくりと一服くゆらせた。白人とインディアン、お前だったらどっちがいい？ ブーグがジョン・ウェスリーに訊いた。

さあ、どっちかな。少年は言った。白人かな。インディアンはいつも白人に鞭で打たれるから。

ブーグは小さな指で煙草の灰を落とした。そうだな。ブーグは言った。そのことについちゃあまり考えなかったな。

俺にはインディアンの血が流れてる。ジョニー・ロミネスが言った。

ブーグは半分黒人だぜ。ウォーンが言った。

俺の責任じゃないさ。ブーグが言った。

黒人は白人と同じくらい上等だって言ったじゃないか。

そんなことは言ってない。俺が言ったのは上等な黒人の数は上等な白人の数と同じってことだよ。

そういうことかい？

ああ。

俺の叔父さんは白帽団員[*23]なんだ。ジョニー・ロミネスが言った。黒人のことは伯父さんに聞くといいよ。黒人は猿の親類だって伯父さんは言ってるよ。

ジョン・ウェスリーは何も言わなかった。これまで黒人に出会ったことは一度もなかった。

ジョン・ウェスリーに鳥を爆破したときの話をしてやれよ。ウォーンは言った。去年のクリスマスのことさ。ロミレスの奴、親父さんに買ってもらったおもちゃの電車で弟を喜ばせようとしたんだ。

ジョニー・ロミネスはゆっくりと、ときおり笑みを浮かべながらそのときのことを話した。ロミレスたちは電車の変圧器に採石場の小屋から盗んできたダイナマイトの筒を針金で結びつけ庭の雪の中に埋めた。

長くて軽い針金を使ったんだ。ロミレスは言った。俺たちは車庫のなかで変圧器やなんかを接続したんだ。ウォーンはそんな仕掛けじゃうまくいかないって言ったけど。とにかく、俺たちが筒を埋めたあたり一面にパンくずをばらまくとすぐに鳥がたくさん集まってきた。そこで俺はウォーンにスイッチを入れろと指示したんだ。

すごい爆発だったぜ。ウォーンは言った。スイッチを入れたら次にボン！　平たい岩を池に落としたみたいに雪の輪が地面からどっと吹き上がって鳥たちはあちこちに吹っ飛ばされた。俺たちが外に飛び

＊23　白帽団員：私設の自警団員。しばしば暴力的に地域社会を支配した。

出していったら、鳥の断片が庭中に散らばって木の枝にも引っかかってた。なんたって羽根さ。とにかくすさまじい量の羽根なんだ。次の日の朝になってもまだひらひら舞ってたよ。

俺も見たかったな。ブーグがつぶやいた。

ジョン・ウェスリーは咳き込みはじめた。ちょっと煙たくないかい。少年は訊いた。頭上には煙が立ちこめ洞窟の壁が見えないほどになっていた。

こりゃまずい。ウォーンが言った。立ちあがるウォーンの姿は煙に包まれ見えなかった。なんてこった、出ようぜ。

これが昔の穴居人のやり方さ。ブーグは言った。

穴居人のことなんか知るか。燻製になっちまうぞ。

少年たちは腹這ってよろめきながら洞窟の入口にたどりついた。くすんだ光の筋がゆらめく煙の間を縫うように洞窟のなかに差し込んでいた。少年たちが目を赤くし涙を流しながら地下祭壇から出てくると上着の前面にこびりついた赤土がてかてかと光っていた。目をこすりあたりが再び見えるようになると自分たちが黄泉の国のような火山地帯にいることを実感した。採石場がある森は岩盤のあらゆる裂け目から立ちのぼる靄(もや)と煙につつまれていた。

エラー氏はカウンターに立ち客が入ってくるのを見ていた。上着の背中から湯気をのぼらせている男たちは半解け雪を靴から踏み落とし、ストーブ近くにやってきて凍える手で煙草を巻いた。ストーブでは雪に湿った炭がパチパチと音を立てていた。寒さに気が立った女たちはじっくりと品定めをしていて、スカートのひだを引く小さな子供を引き連れた女もいたが、ほどなく去っていった。猟銃やライフルを持った若者たちはひと箱単位ではなく四個とか六個単位で買うがわざと好戦的な雰囲気を醸しだすのだった。エラー氏はレジを鳴らして現金をしまうか貸方帳に記入した。

煙と寒さ、湿った衣服と肉の焦げるにおいが立ち込めていた。再び降りはじめた雪を彼らは見ていた。やれやれ、止みそうもないな。エラー氏は言った。

ブーグとジョニー・ロミネスがウサギを持ってやってきてそれぞれソーダを注文した。

ジョニー、そいつをどこで捕まえたんだい？　エラー氏がたずねた。

向こうの川さ。

ウォーン・プリアムは穴のなかにいたスカンクを捕まえたよ。ブーグが言った。

そうかい？　臭かったか？

そんなひどい臭いじゃなかったよ。

男たちは笑った。そいつはやけに肉付きがいいな。誰かがあごでウサギを指しながら言った。子犬たちの走りはどうだった？　役に立ったかい？

ウサギ狩り用の犬としてはすごく優秀だよ。ジョニーは言った。もう二匹ウサギを追い立ててくれたけど俺がちゃんと仕留められなかったんだ。
ビーグル犬だから当然さ。ブーグが言った。

・・・

老人はかつて緑蠅酒場が建っていた山間の街道沿いにやってきた。酒場の痕跡はもはやなく低地には枝のない黒い松の幹だけが残っていた。雪がまた降りはじめ、峡谷一帯をベールのように覆い風が谷間を通り過ぎ老人の顔を少しばかり刺激した。老人は道をくだりツイン・フォーク道に出てホッパー道を通り家に向かった。頭上の電線に、頭部を下に揺らし灰色の羽根と虚弱な骨の重みだけになった小さなフクロウがぶら下がっていた。ひからびた鉤爪でよられた電線をつかむ姿はさながら警句が書かれた看板が打ち捨てられているようだった。フクロウは暗く虚ろな眼窩で見下ろしながら、激しい風にゆらゆら揺れていた。

低地の先の小川の上流に貯蔵小屋があり少年たちはここで歩みをとめ水を飲んだ。水は緑色の岩からほとばしり水流の上に扇形に広がる氷が突き出ていた。
ここに罠を置こうと思ったこともあるけど、たくさん人が通るし仕掛けが盗まれちゃ元も子もないからな。ウォーンが言った。さあ、排水路に仕掛けた罠を見せてやるよ。ウォーンは口のなかがしびれるほど冷たい水をもう一口飲み込むと、ライフルと罠を手に取りスカンクをジョン・ウェスリーに渡した。

そいつは外じゃそんなに臭くないだろ。ウォーンは言った。とはいえ母ちゃんが俺の臭いを嗅いだらぶち切れるだろうな。

二人は道に出て川が流れる反対側に渡った。ウォーンは片膝をついて道の下を通る排水路をのぞきこんだ。泉の水がちょろちょろと流れていた。

ここの水は凍らないんだ。ウォーンは言った。ここでマスクラットを捕まえたことがあるけど俺が本当に捕まえたいのはミンクなんだ。見えるかい？　この中に罠を仕掛けたけど誰にも気づかれないだろ。

ジョン・ウェスリーが暗いトンネルのなかをのぞくと、水が波形の金属を流れて罠の上でゆらめいていた。

秋にここでミンクの跡を見つけたんだけど最近もまた見つけたんだ。ウォーンは言った。ストック・クリークにもミンクはいるんだ。昔はレッド・ブランチにもいたけどもういなくなっちまったから罠を仕掛けてもしょうがない。さあ行こう。

ほら、車がぜんぜん通らないだろう。ウォーンは言った。この低地に住んでる人はほんの少しでしかも車なんかもっていないのさ。あそこの家が見えるかい？

少年はウォーンが指さした方を見た。道から離れたところに両切妻屋根の背の低い建物があり煙突の上に細い煙がひらひらと渦を巻いていた。

あれがガーランド・ホビーの家だよ。ウォーンが少年に言った。あそこに近づこうものなら尻を撃たれるぜ。

どうして?

ウィスキーをつくってるからさ。ウォーンが言った。奴と奴の母ちゃんがさ。さあ。いいものを見せてやるよ。

曲り道を進んでいくと木造の古い教会があり、ウォーンが指さした。教会が見えるだろ? あれは黒んぼの教会さ。昔はこの低地にたくさん黒んぼが住んでて夜になるとここに建てた教会で歌を歌ったり大声で叫んだりしてたのさ。そしたらエフ・ホビーの親父さんが、もう死んじまったけど、黒んぼをひとり残らず追い払っちまったのさ。ホビーの親父さんが死んだのはお前や俺が生まれる前だけどここに帰ってきた黒んぼはひとりもいない。それくらいあの人は黒んぼに厳しくあたったんだ。エフはもっとたちが悪かったみたいだ。エフは二、三年前にあの店で死んだんだ。ブラッシー・マウンテンの刑務所から出てきたばかりだったのにさ。ガーランドはもっと卑劣な奴さ。警察に踏み込まれたとき自分の母親を差し出して牢屋に入れちまったんだから。自分の母親だよ。それくらいあいつは性悪なんだ。それからあっちにはアーサーおじさんも住んでるよ。ウォーンはあごを突き出しながら言った。とってもいいおじさんだよ。

親戚のおじさんなのかい?

いや。じいちゃんのプリアムといっしょにKS&E[*24]で枕木を切っていたのさ。それでじいちゃんはいつもおじさんって呼んでた。アーサーおじさんはとっても年をとってる。お前と俺くらいの年の犬も飼ってるよ。

その犬も相当な年なんだね。少年は言った。何歳なの、そのおじさんの……

アーサーおじさんの年？　九十歳以上なのは間違いない。プリアムじいちゃんよりも南北戦争で戦ったプリアムじいちゃんの父ちゃんよりも年寄りさ。プリアムじいちゃんの父ちゃんはノックス郡にたくさん土地を持ってたんだけど戦争が終わったら南軍兵だったからって取り上げられちゃったんだ。プリアムじいちゃんの話だと黒んぼと北部人以外は選挙で投票もできなかったってさ。

どうして？

昔はここが北部だったからじゃないかな。

午後の遅い時刻に老人がポーチの雪を掃いていると道をやってくる二人の姿が見えた。降りやまぬ雪の白さとは対照的な二人の暗いシルエットが吹きだまりに抗して前進してきた。ひとりは死んだスカンクを持っていた。二人は郵便受けまでやってきて背の高い方が片手をあげながら声を出した。こんにちは、アーサーおじさん。

＊24　ＫＳ＆Ｅ：後のノックスヴィル＆オーガスタ鉄道をモデルとする架空の鉄道会社か。

老人はまぶしい光に乳青色の目を細めた。ヒラム・プリアムの孫だな。老人は笑顔を見せ、手を振って二人を呼びよせ、二人は雪に足をとられないようにがに股歩きで勾配を進んできた。プリアム家の少年はライフルで地面をついていてもう一方の少年は足を滑らせながらスカンクを空中にぶらぶらさせていた。

二人は靴を脱ぎストーブの近くに腰をおろした。靴下から湯気が上がっていた。老人は鼻にしわを寄せ笑った。

スカンクと素手でやり合ったんじゃな。老人は言った。

臭うかな? ウォーンが訊いた。自分じゃ分からないけど。

追い出すのに穴に這って入らなきゃならなかったんだよね。ジョン・ウェスリーは言った。

這っていったはいいけどスカンクがいる場所を通り過ぎちまった。ウォーンは言った。もっと奥にいるんだと思って金網が見えるところまで進んだんだ。奴が飛び込んだ小さな横穴は通り過ぎてた。立往生しちまって体の向きを変えられなかったんだよ。でも何とか引き返して松の枝で横穴を突いてみたら奴の目が見えたんだ。そこでライフルを構えて狙いをじっくりと定めて撃ったんだ。鼓膜が破れるかと思ったよ。

撃ったのは聞こえたよ。ジョン・ウェスリーは言った。穴の外じゃコルクの鉄砲くらいの音にしか聞こえなかったけど。

　俺が弾を発射したとき奴もガスを発射したんだ。びっくりするくらいガスが充満したんだ。後ろ向きで急いで穴の外に出てしばらく待ったよ。それから穴の中に戻って金網をつかみながら引っ張り出してみたら奴は両眼の間を撃たれてた。

　老人は笑った。昔やったアライグマ狩りを思い出すのう。老人は言った。昔、狩りの仲間が木の上のアライグマを撃ったら枝に引っかかったんじゃ。わしが明かりで照らして奴が木を登っていった。奴がアライグマのいる枝のところに着く前にアライグマは生き返って威嚇してきた。奴はすぐにこれはやり合わない方がいいと判断したんじゃが、下に降りるんじゃなくて別の枝に移って腰を下ろした。下に降りようと動くたびにアライグマが向かってこようとして、熊のように吠えたからじゃ。まあ、奴も頭にきて何とか降りてやろうと考えた。そしてひらめいた。奴はアライグマを枝から蹴り落とそうとしたんじゃ。下にいたわしらに向かってそうどなった。わしらはランプの光を向けてたから奴の様子がよく見えた。奴はアライグマに向けて二、三回足を振り回した。じゃがその頃になるとアライグマの方も足でがっしりと枝をつかんでいるときた。ひどい吠え声をあげながらじゃ。奴はつま先でアライグマの周りを蹴りはじめたんじゃが夢中になるあまり自分の足場のことはちょっとばかしおろそかになっとった。案の定、二、三分後には仲間のひとりが気をつけろ！　と叫んだんじゃが時遅しで奴とアライグマ両方とも木から落ちてきた。奴はかいば袋みたいに地面にたたきつけられて伸びちまった。猟犬たちはアライグマに飛びかかって奴の鼻先で歩き回ったり闘ったりをしはじめる。わしらはなんとか犬たちを引き離した。奴は死んじまったと思ったが、ほどなく息が戻って目をぱちくりしはじめたんで無事だと分かったんじゃ。はあはあ言って恐怖で死んじまいそうな感じだったがの。わしらが大笑いしたもんだから奴は座りこんだままわしらをののしったんじゃ。まあ気のいい奴だから別に恨みにも思わんかったじゃろ。思えば奴自身が何年もこの時の話を持ち出しちゃ皆と同じように笑ってたからの。

老人はため息をついた。このあたりのアライグマ狩りは最高じゃった。

ピューマはどうだったの？　ウォーンが訊いた。昔はこの辺でもピューマが吼えてたの？

老人は揺り椅子の背にもたれ、たるんだ頬に思慮深い笑みを湛えた。ああ、吼えとった。老人は言った。よく覚えとるよ。十年くらい前のことじゃったな。そう言うと老人はしばし沈黙し昔やった愉快な行いに思いを馳せているようだった。それから脚を組み前かがみになった。ああ、聞こえたよ。老人は繰り返した。何度もな。さよう、ある年の夏にはそれらしい吠え声が聞こえてきて皆が震えあがったもんじゃ。

どんな風に吼えたの？

そりゃ、とんでもなく荒々しい……

ピューマの声だったんだね。

いいや。老人は言った。

しばらくしてウォーンが言った。じゃあ何が咆えてたのさ？

老人は揺り椅子をやさしく揺らしはじめていた。温和な表情を浮かべ、冷静沈着に、神秘の儀式を執り行う司祭がお気に入りの真実を味わうかのように……老人は動きを止め少年たちを見下ろした。何を隠そう、それはホーホー・フクロウだったんじゃよ。

老人は二人のぽかんとした表情をじっと見た。信じられないが何かおもしろそうといった様子だった。ああ、ホーホー・フクロウさ。でかいのが一羽、その夏、毎晩この山でピューマみたいに咆えとったっていうわけじゃ。あれはピューマだと言う奴もおったし、そうじゃないと言う奴もおった。でもわしははじめからあれの正体が分かっておった。それで皆にああでもない、こうでもないと口論させといたのさ……あの晩のことはよく覚えとる。夏の終わり、あたりはもう暗く、夜の八時頃じゃったかの。わしが店で買い物をしてるときに奴が咆えはじめたんじゃ。店のなかはしんとして飴の瓶のなかで蟻が動くのも聞こえるくらいじゃっ た。それでもわしは何も言わんかったんじゃが少したってボブ・カービーが——奴も店の中にいたんじゃ——わしに大声で話かけてきた。やあ、アーサーおじさん。今晩まさか山を越えて帰るんじゃないだろうね。奴はそう聞いてきたんじゃ。

わしもちょっとばかりびっくりして奴の方を向いて言ったんじゃ。そのつもりじゃが。遅かれ早かれみんな家に寝に帰らなにゃなるまい。どうしてそんなこと聞くんじゃ？

奴はしばらくわしをじっと見ておったがそれからにやっと笑って言ったんじゃ。ピューマの声が聞こえなかったのかい？

ああ、聞こえたさ。わしは答えた。つんぼでもなきゃ耳に入る。

まあ、奴もわしの言わんとすることが分かったらしくまた訊いてきた。ピューマが怖くないのかい、アーサーおじさん？

ああもちろん。わしは答えた。頭がおかしくなけれりゃ怖いさ。少なくともでかい大人のピューマはな。

その後わしは何も言わんかった。ただ飲み物箱からコーラを取って飲みはじめて時計をちらちらと見ていた。カービーがどう反応したらいいのか困ってるのが分かったよ。店のなかにいた連中に一、二度作り笑いを送っておったからな。ただ誰も笑ってはおらんかったしカービーよりも困っておったんじゃろ。それでカービーも黙り込んじまったが、しばらくしてそこにいた若いやつがかん高い声で訊いてきたんじゃ。あんなに騒がしく咆えてるんだから大人のピューマじゃないのかいってな。あの咆え声がまた聞こえてきてたから、わしはそいつに言ってやったんじゃ。おいおい、若いの。そんなこっちゃ大人のピューマが咆えたらあんたどうなるかね。あんなのは咆えたうちに入らんよってな。もっとも当時はもう昔と違ってピューマはいなくなってたんじゃ。五〇年か六〇年前には夏の間ずっと山のあちこちで咆えまくって眠れんくらいじゃったがの。でも騒ぎになるのはでかいピューマの時だけじゃった。あんな咆え声じゃ問題にならん。わしは若いのにそう言ってやったんじゃがその頃になるとあのフクロウが百ヤードも離れていないところでまた吠えはじめたんじゃ。その若いのもカービーも首回りの毛を逆立てたのが分かったよ。

わしがコーラを飲み終わって片づけて帰るそぶりを見せたら、あいかわらず薄ら笑いを浮かべてカービーが訊いてきたんじゃ。アーサーおじさん、咆え声だけでどんなピューマか分かるのかい？

昔のようにはいかんじゃろうがな。わしは答えた。それを聞いてカービーはにやっとしとった。

まあ、最後にピューマを見た晩以来、そんな心配をする必要もなくなっちまったがの。

あの時は皆一斉に外のピューマはどのくらいの大きさか訊いてきたんじゃ。わしは半分外に出かかってたんじゃが、奴らが歩いて家に帰るときにあれこれ考えさせるのも悪くないと思って、振り返って言ったんじゃ。まあ子犬ほども大きくないじゃろ。その晩、山間であれが横切っていくのを見たのはまだ宵の口じゃった。スカウトの奴は舗道で寝そべっておった。今はちょっとばかし背も低くなったが昔はわしの膝ほどもあって——お前さんたちが跨れるくらいにな——体重も一〇〇ポンドはあったんじゃ。それで外を見回したらそのフクロウが見えたんでわしは指さして言ったんじゃ。ほら、奴はこのスカウトよりも全然おおきくないぞ。それからわしは皆におやすみを言って帰ってきたんじゃ。

老人が座る椅子の背後の小さな窓ガラスの向こうで陽が傾き、老人の頭部のシルエットがつくられ予言を伝えるかのような半透明の光が老人の白髪を照らした。少しして老人は立ち上がりテーブルの明かりを灯した。

お前たち何か……いや、ちょっと待っといてくれ。老人はその場を離れ台所にバタバタと入っていきしばらくすると食器やグラスの音が聞こえてきた。戻ってきた老人はグラスをふたつとカップをひとつ、それから赤黒い液体のはいったガラス瓶を持っていた。ほら。二人にそれぞれグラスを手渡しながら老人は言った。それから瓶の蓋をはずし二人のグラスに液体をそそいだ。ヨードチンキのような濃い不穏な色をした液体だった。ムスカテル・ワインじゃ。老人は言った。お前たちは飲んだことないじゃろ。

ワインはランプのほのかな明かりに黒く不吉な輝きを放っていた。老人は揺り椅子に腰かけカップを満たし、二人がワインを味わうのを眺めた。

すごくうまいね。ウォーンが言った。

うん、おいしい。少年は言った。

三人は聖体を授かるかのごとく厳かにワインをすすった。その姿は洞穴の焚火に集まる穴居人のようだった。ランプの灯りはすきま風になびき、壁にうつった熊のような重々しい三人の影は調子をあわせて踊っていた。

アーサーおじさん。昔は本当にピューマがいたの？　少年は訊いた。

ランプの灯りで黒と橙に染まった道化の仮面のようなウォーンの顔が老人の方を向いた。アーサーおじさん、あのピューマの話をしてやりなよ。ウォーンは言った。おじさんが捕まえたピューマの話。

アーサーおじさんはさっそく話をはじめていた。もちろんおったさ。老人は疑いを晴らすようにあごをしゃくりあげながら言った。ずいぶん昔の話じゃがな。わしがまだ若かったころ、道路工事の仕事をしていたときに一匹捕まえたことがあったんじゃ。

捕まえた？

ああ。老人はいわくありげにほほ笑んだ。捕まえたんじゃ。素手でな。その証拠の傷もあるぞ。ほれ調べてみろと言わんばかりに老人は手を広げて頑丈な親指を見せた。少年は椅子からすべり降りると、かがんで老人の親指をまじまじと見た。

ここじゃ。内側のみずかきの少し上を指しながら老人は言った。見えるかい？

うん。少年は言った。老人の手の皮膚は古いかばんのようにしわが寄っていた。斜行する無数の線模様のなかでどの線が傷なのか見分けがつかなかった。少年は椅子に戻り老人はしわがれ声で笑った。

そうじゃ。老人は言った。ほんとうに獰猛じゃった。目方は五ポンドもあったはずじゃからのう。

ウォーンはくすくすと笑った。少年は顔をあげた。老人は満足げにいたずらっぽく揺り椅子に座っていて、その目は上下に揺れていた。

さて、そのときの話じゃが。老人は言った。グース谷という場所があってな――ウェアズ平野の方じゃ。わしたちはそこで岩を爆破してたんじゃ。もう死んじまったが、ビル・ムンローっていう奴がおって、爆破した岩の落下が止まるとすぐに岩のところに行ってみたんじゃ。それから大声でこっちに来て見てみろとわしを呼んだんじゃ。煙やら粉塵やらが立ちこめてよく見えなかったんじゃが進んでいくとビルが何かを高く持ち上げてるのが見えたんじゃ。ウッドチャックか子犬かと思ったんじゃが、奴のところに行ってみたらそれが何か分かった。見たことはなかったし血まみれでぼろぼろだったんじゃが、わしはすぐに分かった。ビルの方は見当もついておらんかった。ピューマの子供だったんじゃ。

その後わしたちは岩の間を進んですぐにもう一匹見つけたんじゃ。そいつはさほどぼろぼろになってはおらんかったし、そいつは遠くから吹っ飛ばされてきたんじゃないとビルが見当をつけてわしらは前進した。奴の考えは当たっておって少し行くと巣穴にでくわしたんじゃ。その巣穴は前面が完全に吹っ飛んでいて一ヤードほどの周りに骨が散らばっておった。それから奥の岩の下で三匹目を見つけたんじゃが、そいつは生きていて家猫のようにかぼそい声を出しておった。

ビルの奴はちょっと腰がひけて、母親のピューマが近くにいるかもしれんぞと言った。まあ、わしの方が年下だったし常識もなかったのは確かで、入っていってその小さいのの首根っこをつかんだんじゃ。まさにそのときじゃ、奴がわしの親指に牙を食い込ませおった。すぐに手を離しちまったよ。わしは少し考えてから、シャツを脱いでそいつを包み上げて家に連れて帰ったというわけじゃ。

そう話すと老人は間を置いてかみ煙草をひとつまみ大きな紙袋から取り出した。当時はセヴィアヴィルのこっち側五マイルほどのところに住んでおっての。老人は話を続けた。わしは——お前たち、かみ煙草はやらんだろ――ディロージャという男から土地を買ったんじゃ。二〇エーカーの土地じゃったが、ほとんどが山腹の土地で、家も家と呼べるような代物じゃなく、古い納屋じゃった……当時は結婚しておってそれが最初の自分の城だったわけじゃがちょっとばかし誇りに思っておったんじゃろう。豚と鶏を飼ってその後で牛一頭と老いぼれだが驢馬も一頭加えて、玉蜀黍を育てたりしてな……何も持っちゃおらんかったが、今だってそうじゃが、何かのはじまりだと考えておったんじゃな。お前たちとさほど変わらん年、一九歳のときじゃったかの。でも話はピューマのことじゃったな。わしはそのピューマの子を家に連れ帰って妻のエレンに渡したんじゃ。エレンはすぐさまそいつを手に取って、箱に入れてミルクをやったり何やかや世話をはじめたんじゃ。するとそいつは普通の猫のようにエレンの後について家じゅうを歩きまわるようになったんじゃ。体も猫とたいして変わらんくらいじゃった……ボブキャットみたいな斑模様があったな。ああ、新聞記者もやってきてピューマを飼ってるわしらを記事にしたり、そいつを一目見ようといろんなところから人が集まってきたもんじゃ。

ピューマの子を飼いはじめて二週間くらいたったある晩豚が一頭うるさく鳴くのが聞こえてきたんじゃ。手提げランプを持って外に出てみたが、何も変わったことは見つからんで中に戻ってそのことは気にもとめなんだ。じゃが、次の日の朝、豚が一頭いなくなっておった。豚泥棒をやる奴の顔は思い浮かばんかったが、豚を盗む奴はいるかもしれんと思った。当時のセヴィア郡には荒くれ者が多かったからの。奴らに関しちゃわしにできることは何もなかったし、どうやって泥棒探しに手をつけたらいいかも分からんかった。それから二日後の晩、もう一頭いなくなったんじゃ。今度はやけに手際よくやったもんだとわしは思った。二頭目は鳴きもしなかったんじゃからな。

次の晩わしは猟銃を持って家の屋根にのぼったんじゃ――古い単銃身の前装銃で、起爆薬を買う金すらなかったからマッチの頭と綿の種の外皮を使っておった――おまけに豚を盗む輩がおるとくる。わしは一晩中屋根の上におった。屋根から豚小屋まではここからポーチくらいの距離じゃった。わしはその晩何も見なかったし、物音ひとつ耳にせんかった。朝まで豚の姿すら見ておらんかった。その後のことじゃ。エレンが豚に餌をやって戻ってきて言うんじゃ。アーサー、また豚が一頭いなくなってるってな。

わしはそのとき椅子でうたた寝しておったんじゃがすぐに様子を見にいった。豚が何頭おったかはっきりとは覚えておらんが七頭か八頭おったじゃろ。とにかくわしは飛びだしていって数えてみたらたしかに一頭足らんかった。実際に自分の目で見る前は頭にきてたんじゃがそうなると恐怖の方が強くなったんじゃ。

ここで老人はワインのカップを手にしていることに気づき、少し驚いた様子でしばしそれを見つめていたが、まもなく口元にもっていき一口飲んだ。老人は少しの間目を閉じていた。

二人を乗せた背の高い荷馬車が家の方に向かってきた。荷馬車も家もおじの所有物で、アーサー・オウィンビーには両手で足りるくらいくらいの持ち物しかなく、新妻の物は座席の後ろに縛られた古い革かばんのなかにあった。

その人が嫁さんかい？　おじが訊いた。

そうです。

おじはゆっくりと荷馬車のぐるりを周りながら、人間が馬を品定めするように娘を観察した。それから言った。さあ、降りて。

どうした？　騾馬の世話でもするつもりなのかい？

いえ。オウィンビーが言った。エレン、おいで。

オウィンビーは降りたが娘は座ったままだった。

オウィンビーが手を取ると娘は荷馬車から降りた。

ホイットニーおじさんといっしょに先に行ってくれ。オウィンビーは言った。俺は荷物を下ろすから。

ヘレンっていうのかい。おじは言った。

エレンです。娘は言った。荷馬車が背後で移動した。

エレンか。

パパはあの人を殺すって言うんです。娘は言った。

人殺しなど起きんよ。おじは言った。さあ、泥に気をつけてな。

娘はまた何か言った。オウィンビーは二人が中に入っていくのは見届けた。

それからどうなったの。アーサーおじさん。ウォーンが言った。

うーん？　ああ、まあ、そのときは豚を三匹もやられちまったたってことじゃ。もちろん一匹だって盗られるとは思っておらんかったたし、泥棒を捕まえもせんでもう一匹盗られるとも思わんかった。おまけに正体不明の泥棒の奴、どうやら豚を全部盗む腹積もりだと思えてきた。そうなるとわしは怒り半分、驚き半分てな感じでどうしようもなかったんじゃ。エレンはわしが屋根の上で眠ってるすきにやられたんじゃないかって言ったが、わしはそんな間抜けじゃなかった。

夏の終わりのことじゃった。わしはまだ道路工事の仕事で一日に十二時間か十四時間働いておって家に帰ってくるのは夜になってからで、豚たちの世話はその後やってたんじゃ。それでも一週間以上豚は盗まれんかった。だがある晩戸口に鍋の水を捨てにいったエレンの悲鳴が聞こえたんじゃ。駆けつけるとエレンはお化けでも見たようにわしをつかむんじゃ。何かあったのかと訊いてもエレンは立ち竦んだまま凍え死にそうな様子で震えるばかり。エレンを家のなかに戻してから外に出てあたりを見回したが何もおらんからわしは鍋を取って中に戻ったんじゃ。エレンはひどくおびえておったが、自分が見たものは何かは分からんかったんじゃ。時間がたっても、同じことを繰り返すばかり。分からないわ。あれが何だったのか分からない。

ここで再び老人は話をとめ、十分に間を取って呼吸を整えた。あごをゆっくりと機械的に一回りさせ、上方を見つめた——天井に映ったランプの灯りの像、二黄卵のように分裂した光輪は単為生殖した原子の光を想わせた。

オウィンビーは一週間、毎晩誰もいない暗い家に帰ってくる生活を続けた。それからは仕事に行くのをやめてしまった。その朝オウィンビーは妻が残していったものをいくつか――部屋着や使い道のない物――取り出しベッドの上に並べた。長い時間それらを見つめていた。腰を上げたときにはすでに夕方になっていた。

さらに五日間そこで寝起きをし、日がな家の中を歩きまわり、椅子に座ったまま眠り、とりあえず目に入ったものを食べていたが食料が尽きると何も食べなくなった。鶏は痩せ細り水を欲した家畜がかまびすしく鳴き、豚は最後の子豚にいたるまで死に絶えた。あらゆるものがひどい悪臭を放ち、空気中を漂う腐敗臭が家の中にも充満した。

六日目に外に出て納屋の背部から斧の頭を使って厚板を一枚取り外し、それを二枚の板に切り分けた。一枚の板にナイフの刃先でエレンの名前を刻みこんだ。それからもう一枚の板に固定点を切り刻んでから二枚を十字架の形に釘止めした。それから十字架と妻の衣服とスコップを持って敷地の隅に行き穴を掘ると、衣服を埋め、スコップの柄を使って十字架を地面に打ち込んだ。それが済むとまっすぐ家に戻ったがまたすぐ外に出て庭を横切り、道に出てセヴィアヴィルの方角に歩いていった。半マイルほど進んだところでスコップを手にしていることに気づき茂みのなかに投げ捨てた。

気持ちは分かる。おじは言った。

あそこに戻るつもりはありません。

明日様子を見てこよう。さあ中に入って。体を洗って何か食べたらいい。

何ですって？

それから少し横になって眠ったほうがいい。俺が明日様子を見てくるから。

ええ、それでかまいません。俺は行きませんが。

ともかくわしはそのつもりだったからな。昨日の朝、R・L[*25]の人間がお前が仕事に戻るつもりはあるのか確かめにきた。どうする？

分からないです。いや。戻るつもりはありません。

あの家は売ってしまうつもりかい？

そんなことは……関心がありません。

俺は関心があるがな。

オウィンビーはそのときはじめておじの方を見た。老いた顔、胡桃（クルミ）のように黒くて硬い表情をしていた。どうしてですか？　オウィンビーは訊いた。

どうしてって、お前さんには二〇〇ドルの貸しがあるからな。

ああ。オウィンビーは少し考えてから言った。ああ、そうですね、精算が必要ですね。

老人は揺り椅子でゆらゆらと揺れがながらカップを両手で聖体容器のように持っていた。しばらくしてウォーンが言った。結局それは何だったのか分かったの？

老人は横を向いてコーヒー缶のなかにつばを吐いた。

あのくそったれの巡回聖書売りが相手なんだな？

それ以上言わないでください。

まあ話くらいしたって誰が死ぬでもあるまい。

お願いだから何も言わないでください。

分かったとも。老人は言った。正体は牝のピューマで、子供を取り返しに来たんじゃ。お前たち、もっとワインを飲むかい？

二人のグラスにはまだ少しワインが残っていた。老人は難儀して揺り椅子から立ち上がるとワインを置いたテーブルにいきカップを満たした。そうじゃ、エレンが見たのはピューマに間違いない。

そのピューマを撃ったの？　少年は言った。

いや。わしはその牝ピューマは見ておらん。豚をもう一匹やられてあきらめがついたんじゃ。わしが子供のピューマを放してやったらその後そいつが帰ってくることはなかったし、豚をやられたのもそれが最後になったんじゃ。そういうことじゃ。老人はゆっくりと暗い調子で言った。ピューマはそりゃた

＊25　R・L：リトル・リヴァー木材会社（The Little River Lumber Company）、あるいはそれをモデルとした架空の会社か。

くさんおった。普通のピューマもおれば、尋常じゃないピューマもおった。あの牝ピューマは痕跡ひとつ残さんかった。奴はまったく尋常じゃないピューマじゃった。

翌日の朝早く老人は二人の少年の足跡をたどり、山道をのぼっていった。雪がところどころで深くたまり積もっていて前進するのが難しかった。何度も息を整えるために立ち止まり、猟銃に寄りかかると、銃床は雪の表面を貫き用心鉄の深さまで沈み込んだ。道路につくまでに老人は疲労困憊し脚は棒のようになった。この場所で黒く立ち並ぶ裸の木々の隙間から平野部をのぞくことができた。黒い木々は拡散した牛乳のような白いエーテルのなかに立ち、陽が当たる木々は粉々になった氷の結晶のようにつややかに光り、頭部は雪の屋根をつくり、静かな空気のなかに青灰色の煙が巻きひげ状に立ち昇っていた。

煙の臭いがしたがはじめは気に留めなかった。だがそれが鼻をつく刺激臭であることに気づき、燃えているのがヒマラヤ杉——焚き木ではなく柱材——だと分かった。冷気のなかに微妙に漂う、防腐剤のわずかな臭いを老人の鼻孔はかぎとった。

老人は道に出て休むことなく歩き続け、溜め池に通じる近道までやってきた。乾いた粉雪が大理石の塵のようにズボンの両脚についていた。木々の隙間から薄い煙の幕が見えた。道はここで二本のくねった踏み分け道になり、森へと続いていた。老人はその踏み分け道をたどり、歩みを早め、雪のくぼみに何度も足を取られ、不吉なものを予感しながら空き地に入った。

老人は溜め池の穴から煙があがっているのを見るとしばし立ち止まり威力や絶望を感じる瞬間の激しい血の流れ、制御できない心臓の鼓動を感じた。もはや何もすべきことはなく、灰のなかの魂は無名のままに失われ、もはや自分の手から離れてしまった。老人は雪のなかに片膝をつきじっと見ていた。その顔には歓喜と苦悩の表情——半分は隠れている原始的なもの——が浮かんでいた。眼窩のなかで冷たい炎を燃やす青白い目は袋のなかでくすぶるガスのようだった。

老人は立ち上がると自分の足跡をたどり道に戻った。溜め池の穴の底では溶解した琥珀色の炭が輝きその上を黒こげの骸骨のようなヒマラヤ杉の枝が覆っていた。

あの車は道の上の方にとめてあったから川からは見えなかったんだ。それに僕が川に降りていくときにはあいつは橋の上にいなかった。でも川を渡って向こう岸に着いたらあいつが橋の上から見下ろしていて目が合ってこっちに来いって言われたんだ。

それからあいつはお前の罠を取り上げたんだな。

ひとつを除けばね。少年は言った。そのひとつを見つけるには川に入らなきゃならなかったからね。

そのことはあいつには言わなかったよ。あいつに罠を三つも取られた。四つしかなかったのに。

くそ野郎だな。シルダーは言った。あいつに何か言ってやったか？

何も言えなかった。ライセンスなしに罠をしかけて犯罪者の手伝いをした罪で牢屋にぶち込むぞって言われたんだ。僕は犯罪者なんて知らないって言ったけど。

レッグウォーターの奴は何て言った？

そんなにしゃべらなかった。フクロウネズミみたいににやにや笑ってた。ああ、全部しゃべっちまった方がいいぞって言ったよ。犯罪者の手伝いをする奴は同じように犯罪者なんだって。そしたらギフォードがその通りだって言ったんだ。あいつが言うには僕の刑期は三年から五年だろうって。ただし、協力してその犯罪者が誰かしゃべったら執行猶予で済むかもしれないって。

それでも奴らはお前を連行しなかったんだな？

しなかったよ。ギフォードが僕を自由にしたのは分岐道のあの店さ。あいつは言ったよ。証拠が固まったら捕まえにくるが逃げても無駄だぞって。

少年は話し終えると椅子に深く腰かけ、助言を待ちながら恐怖が柔らぐのを感じた。

シルダーは少年の方に前かがみになった。よく聞け。シルダーは言った。そんなのは出鱈目(でたらめ)だって分かるよな。一四歳の子供がしょっ引かれて牢屋にぶち込まれるなんてちゃんちゃらおかしい話だろ。かりに運び屋の手助けをしたとしてもな。ライセンスなしで罠を仕掛けたことに関しちゃ論外だ。あいつはただお前を怖がらせようとしてるだけさ。それが奴のやり方だ。お前が俺の手伝いをしたことを証明するなんて絶対できないし、奴らが俺をしょっ引くには俺が大量の酒を運んでいる現場を押さえる必要があるんだ。その場合、お前の証言どころか、誰の証言もそもそも必要じゃない。万が一現場を押さえられてもお前に会ったことなんて一度もないって言ってやるさ。お前も俺のことは知らないって言えば奴らは手出しできない。全部たわごとだ。ほらを吹いてお前を怖気づかせて必要もないことに鼻を突っ込む手助けをさせようとしてるだけさ。またちょっかい出してきたら何も言わず、ただ不当逮捕で訴えてやるって言ってやれ。まあこれ以上奴がちょっかいを出してくることもあるまいがな。

何としてもシルダーは捕まえるってあいつは言ってたよ。

あいつは洗濯桶の牛の糞だって捕まえられんさ。それにあいつの仕事ですらない。アルコール税局*26の人間じゃないんだからな。とにかくお前があれこれ悩むことはない。俺があいつの金玉の世話はしてやるからな。あいつはお前に父ちゃんがいないって知ってたんだな。お前を守る奴がいないって知ってお前に飛びかかってきたんだろ。まったく根性の腐ったごみ屑だな。さてと、お前の犬を見に行こうぜ。バターボールみたいにころころしてるよ。さあさあ。裏のポーチに入れてるんだ。外はひどく寒いからな。

午後の街道はしばらくの間車通りが絶えるので果樹園道を出た後に鎖をかける必要はなかった。あたりは暗く、六時を回っていた。車の後部は重く防振装置が付けられているのに車体は車輪の上をかすめるように揺れた。寒さは厳しくガス・ヒーターの下のつま先はまだ暖まっていなかった。シルダーは左足のブーツのなかの指の付け根が知覚過敏であることを思い出し、そこから連想したのは橋柱を照らす監視船の光線だった。その透明のまばゆい光は、マングローヴのひさしがかかった前方甲板の上で策止めに脚をかけ錨の縄を握るシルダーにスポットライトを当てた。光に捕らえられるや彼は操縦室に向かい大声で状況を知らせ縄を引き揚げはじめた。起動装置が旋回しモーターが水ににぶくうなり、ボートは揺れると同時に発進した。シルダーは錨をボートに回収し監視船の光を見た。ボートのモーターが発する高音も聞こえるがそれにも増して監視船が方向転換するときにたてるグレイ社製の大きな二重エンジンの回転音が耳に響いた。霧がたちこめた湾の静けさとは無縁の声や命令がいくつも聞こえてきた。監視船の探照灯が追ってきて、ボートが湾のよどみから出たあたりで大量の水を発射してきた。ボート上のシルダーの姿は旋回するバレリーナみたいに見えたかもしれなかった。監視船がスピードをあげると船首の二つの光が上を向くのが見え、水切りの黒い水のなかで何度も上下した。何発か銃声も聞こえ、かなりはっきりと耳に入ったものの、シルダーは銃声が自分と関係があるとは思わなかった。狙われていると分かったのは突風が生じ銃口の光が煙草の火のように小さく断続的に見え銃弾が通過した水面から小石のはじけるような音が聞こえたときだった。シルダーは急いで操縦室に向かって走り出した。だが間を置かず木材が裂ける音がして足元で何かがはじけ甲板に飛ばされた。操縦室に通じる甲板昇降口階段まで這って進み、腹ばいのまま階段をすべり降りた。

ジミー。シルダーは誰かに聞かれては困るといった具合にしわがれ声でささやいた。おい、ジミー。操縦室のなかは舷窓をすばやく行ったり来たりする探照灯の光以外は暗く、向こう側の壁に舷窓の影が明るく映り揺らめいていた。

よう、小僧。何て言った?

ヒメネスは通路に立っていた。舵柄はいっとき手を離され、船は横ざまに急激に速度を落とした。水はキールの下で波音を立てた。

撃たれちまった。シルダーは言った。

＊26　アルコール税局：A. T. U. (the Alcohol Tax Unit)は、連邦税の徴収や執行を司るアメリカ国税庁（the Internal Revenue Service）の一部門で、一九三四年に発足した。

ヒメネスは懐中電灯を持ちながらシルダーの切れぎれに裂かれた靴と、血でべとついた靴下を脱がし、どろどろした大きなつま先を調べた。

ほかに撃たれたところは、マリオ？

ないと思う。シルダーは言った。

ジミーは憐れむようにシルダーの肩をたたいた。足がそんなだときついな。ヒメネスは言った。

二人は操縦室の前方に移動しシルダーは破ったシャツの断片でつま先を包みみじめにその場に座った。ヒメネスの神妙な顔が制御盤の明かりの緑色に照らされていた。

シルダーは車をゆっくりと運転し、山あいの道を進んだ。長く連なる白い不毛地帯を電線下の松の並木が縁どりその上に月がのぼっていた。低地から立ちのぼる氷霧が月光にきらめいていた。ここにはあの酒場が建っていた。カーニヴァルのような雰囲気のなか道沿いに車が数台並んでいた。車の上には熱気が揺らめき立ち回っている男たちは残った最後のボトルを次々と手渡し低い声でしゃべりながら顔を火照らしていた。遅れてやってきた者たちは、火はヴェスタルからも見えたと主張した。お前さんは見逃しちまったな、マリオン。誰かが言った。

見ものだったかい？

二度とお目にはかかれまい。

何もすべきことはなかった。こっそりとウィスキーを一杯飲むことすら難しかった。ギフォードがすでに到着していたからだ。ギフォードは長い棒で蒸気があがる溶けたガラスの穴を突ついていた。グルッグルッ。ガラス状のタールを突いていた。こんなの見たことねえ。ブロガンをはいた片足のつま先が黒く膨れはじめまもなくギフォードはブロガンの靴紐をつかみながらもう一方の脚でぴょんぴょん跳ねてその場を離れた。くそっ。危なかった。木にもたれて両手で傷ついた鳥を手に取るように自分の裸足を抱えながら獰猛な目つきで忍び笑いを浮かべた。

二日経ってもまだ黒焦げの松の幹はくすぶり、枝の外皮からは松やにが密かに泡立ち青い電気色の小さな炎がにじむように渦巻き、煙の先端は木それ自体の一部であるかのごとく動きのない空気のなかをまっすぐに立ち昇っていた。

山あいの道のカーブで車の後輪がわずかに滑り道路の表面に薄く氷がはっていることが分かった。シルダーはハンドルの上に乗り出してぼろきれでフロントガラスをふいた。ティプトンの家を通りすぎるとき木々の隙間から道の向こうに暖かく親しげな家の明かりが見えた。家庭人たちめ。シルダーはクックッと笑い、煙草に手を伸ばした。かつてのシルダーは好青年だった……雨が絶え間なく教会のブリキ屋根を打ち、光のオベリスクが控え壁のように高い窓から斜めに差し込んでいた。ドアがギーと鳴った後に残ったのは大きな沈黙の呼吸、黴臭いにおい、静かに耐え忍ぶ廃棄物だけで、椅子、ベンチ、説教壇、すべてが塵をまとい整然としていたが、この遅い時刻の訪問にやや驚いた空気が漂った。反り返った床板を亡霊のように踏む二人の足音で、梁にとまっていたフクロウが目を覚まし、頭上で音もなく羽ばたいた。その影は通気管に静かに吸い込まれる灰のように鐘楼の方に上昇していった。女は男の腕をつかんだ。二人で懺悔者席へ向かった。神よ、おお神よ。立ち会いは一羽の夜鳥だけだった。

川の上流の丘の上にさしかかるあたりで一頭の馬を運ぶ半トン・トラックに出くわした。馬は面長の顔を無頓着に後尾扉のよろい板の上に出し、瓶の底を想わせる丸い瞳をヘッドライトに照らされてシルダーをじっと見ていた。丘を進むトラックはカブトムシみたいに苦しそうで、ギアを変えると低い金属音が鳴った。トラックが通ったあとの道路上で渦巻き状に舞う雪が、白い煙に扮した蛇のごとく、フロントガラスに降りかかってきて、変速レバーを上げトラックを追い抜くと、馬の白目はぐるりと動き、ぼんやりと明るい運転席で葉巻をくゆらせていた運転手は一度だけシルダーの方に視線を落とした。

片側は闇酒の運び屋専用だぜ。シルダーは声に出した。新年のウィスキーのお出ましだ。一ガロンで一〇人が酔っ払って……一〇〇〇人が……いや、一二〇〇人が二日酔いになるって計算か。どうだい、おっさん?

葉巻を吸っているおっさんは後方に追い抜かれると、ヘッドライトを淡い橙色の近距離用に減光した。シルダーはゲイ通りまでまっすぐ運転し、赤信号では従順に停止した。寒さにかじかみながら不遜な考えをめぐらしている交通警官を見つめた。

調子はどうだい、おまわりさん。一杯やらないか?

町の西のはずれまで来ると車寄せに入り手入れが行き届いていない古い木造家屋の裏に車を回した。

クーペをバックで車庫に入れ外に出ると、シルダーは少し体を伸ばした。家屋から男が二人出てきた。家屋の台所の小さな窓には明かりが灯っていた。別の男が戸口に出てきてわき柱にもたれ立ち、シャツの裾を外に出したまま、煙草をくゆらせ息を大きく吸った。女のかな切り声が男の背後の家の中から小さく聞こえた。ドアを閉めなよ、あほんだら。納屋育ちかい？　男は動かなかった。

よお、シルダー。最初に出てきた男が言い、シルダーの前を横切り、見向きもしないまま車庫の方に行った。

やあ。シルダーは言った。

もう一人の男は立ち止まった。新車の具合はどうだい？　男は訊いた。

ばっちりさ。

ウォードの話じゃ元はコスビーの車だったそうじゃないか。

そうかもな。

えらいスピードが出るってウォードが言ってたよ。警察の奴ら、わざわざニューポート・ハイウェイを封鎖してまで奴をしょっぴいたとか。

さあやっちまおうぜ、タイニー。車庫からさっきの男が呼んだ。

シルダーはクーペの後部に行きトランクカバーを開けた。三人は車から荷物を降ろし、ケースを車庫に戻す作業をはじめ、車は軋（きし）り音を発し作業が進むと車体が少しずつ高くなり終わる頃には暑い日の猫のように最後部がせりあがっていた。

シルダーはダッシュボードの小物入れから懐中電灯とスパナを取り出し、左右の後部車輪それぞれの近くに順番にかがみこむと車高が低くなるように調整した。それからチェーンを外し、車に乗り込み位置をずらし、戻ってくるとチェーンをトランクにしまった。車のエンジンはかかったままでシルダーがハンドルの前に今一度座るとタイニーがやってきてドアに寄りかかった。

洒落た車だな。タイニーは言った。

シルダーはタイニーを見上げた。ウォードの奴がそう言ったのかい?

タイニーはにやっと笑った。いや。彼は言った。マックラリーが言ったんだろ。その車を買う金をウォードから借りたときにな。

いい車にはずいぶん金がかかるってウォードに言ってくれ。たとえ役所のオークションで買ってもな。もしくは一括払いでもな。

シルダーがギアを入れて一度エンジンをふかすとタイニーは車から離れた。また来てくれよ。タイニーは言った。

シルダーはハンドルを回し窓を上げた。またな。そう言うと、ヘッドライトをつけ車寄せの道を出ていった。

シルダーは車をゆっくりと運転し山へ戻り、分岐道を過ぎ店の前を通った。店のポーチの柱は灰色がかった白で長さが不揃いの棒で出来た石膏模型のようで、ドアには猛々しい大きなライオンの頭部がカメオ細工を施され、その鼻孔からきらめく真鍮のノッカーをぶらさげていて、桟の付いた窓ガラスは滝の水のように光のなかで湾曲していた。しなやかな光沢の広がりを出ると再び揺るぎない不動の闇へと戻った。ポーチの灯り以外は真っ暗な自分の家を通り過ぎ、山道を進み、スピードをあげずにタイヤの下の坂道をやすやすと下っていった。

道路の対向車線の向こうは氷で覆われていてシルダーはカーブが来るたびにボートが進路を変えるみたいにクーペをドリフトさせて楽しんだ。山のふもとまで来るとヘンダーソン・ヴァレー道を離れ右へ折れてベイズ・マウンテン道へ入り、砂利道を進む段になると、時速十マイルか十五マイルにまで速度を落としてからヘッドライトを切った。そうして半マイルほど進む間、クーペは雪に抗い、黒い静かな亡霊のごとく道を進んだ。それからシルダーはクーペを車寄せの道にバックで回してから車を降りた。

シルダーはしばらく道を歩き別の車寄せに足を踏み入れ、雪道をとぼとぼと進み木立のなかにたたずむ真っ暗な家屋までやってきた。閑散とした野原に点在する木々には葉のない枝が針金のように絡み合っていた。

シルダーは家屋の周りを二周した。吠える犬はいない。家の裏手で窓をひとつ調べ、持ち上げ、重しを窓枠に滑らせて、中に足を踏み入れた。そこは台所につながる地下勝手口で、目の前にドアが二つあり、ひとつは広い部屋につながり、もうひとつは閉じていた。

やあ(オラ)、ジェフォ。声をかけた。挨拶というよりも誰にも聞こえないささやき声だった。眠ってるのかい(ドルメ)？閉じたドアの方に向かって猫のごとくひっそりと三歩歩きノブに手をかけた。ああ、ジェフォ。シルダーはささやいた。犬を飼ってなかったのが運の尽きだな(エスムイマロケノテンガスウンペロ)。ノブを回しドアを開けた。

部屋には小さな高窓がひとつあり、その灰色の四角が暗闇のなかで際立っていたが、それ以外は何も見えなかった。シルダーは少しの間ドア近くに直立したまま、眠っている男のやかましい寝息を聞いていた。しばらくすると、真正面にあるベッドの形が見えるようになった。

部屋のなかは暑く、シルダーは脇の下に汗が流れるのを感じたが、眠っている男は何枚もの毛布にくるまっていた。手に感じる毛布の厚さ……ここに腕があって、ここが肩で、これが胸……仰向けに寝ている。ギフォードは鼻を鳴らした。母親がするみたいに毛布があごからやさしく取り払われると、片方の粘ついたまぶたが開いた。

眠りの波がゆっくりと気乗り薄に引いていくように、不思議そうに、ギフォードは頭を少し上げた。あたかも自分から一撃を迎え入れるかのように、固く握られたこぶしの一撃は暗闇からギフォードの顔面に打ちおろされ放り投げられたメロンの果肉が破裂するような音を発した。

シルダーが帰宅したときにはすでに真夜中を回っていて寒さが増していた。家の裏手に車を停め、車輪止めを施すと台所に入った。クッキーと冷蔵箱に入った保存食の瓶を取り、台所を行ったり来たりし、両手のこぶしを入念に動かしながら食べた。食べ終わると保存食を戻し、バターミルクの瓶からごくごくと飲み、それから寝室に入った。右手が膨れあがっていたので十分に注意してコートのボタンをはずした。

マリオン……？

ああ。シルダーは言った。

そう……今何時？

かなり遅くなっちまった。今日は疲れた。

大丈夫？

ああ。

シルダーはズボンを脱ぎ女の横にもぐりこんだ。

女にはシルダーが声を抑えて笑っているのが分かった。どうしたの？女は訊いた。

お前は誰だって、あいつはずっと言ってたな。

何？誰が言ってたの？

ウーン？いや、何でもない。どこかの馬の骨さ。眠っててくれ。

女は寝返りをうちシルダーの胸に手を当てた。女は言った。静かにね。

シルダーは仰向けになり、片手を女の手にのせ、もう一方の手はこわばらせていた。すると突然、苦々しい災難の先ぶれを感じた。**どうしてあの老人は山の上で政府のタンクに銃で穴を空けてたんだ？**

あんたの足、冷たいわね。女は言った。
シルダーは暗い天井を見つめた。俺にあんな度胸はねえな。シルダーはひとりごちた。

Ⅳ

暖かい山風が吹き空は暗く、雲は山の下腹部で黒く輪をなしやがてその大きな黒雲の塊は潰瘍のごとくただれ地球の核が発したような雷音がウィンクル低地からベイズ山にいたる窓という窓を振動させた。風は上昇し冷却され木々は地球の回転速度が急激に増したかのように前のめりになりしばらくして風が止むと静止した空からカチカチ、シューシューという音とともに天罰が下されたかのごとく大量の氷が落ちてきた。

老人は帽子のつばを縁どる水の覆いの向こうに目を向け、頭を動かすと水がビーズのように揺れ動いた。雹の落下は止まったが雨を伴う風が再び吹きはじめた。土手下に避難していた老人が外に出るとたちまち全身ずぶぬれになった。砂を含んだ黒い水泡が踊る道には泥の間欠泉が噴出し、ゆるい流れの轍ができ雨の下で膨れ上がった。老人は走りはじめたが、脚を引きずりながらの不格好な蟹股(がにまた)走りで視界のままならない雨のなかを進んだ。強風に吹かれた雨が一枚の敷布のように道を浚(さら)っていた。あたりには枝や落ち葉が無数に舞い木々は鞭うたれたようにしなり亀裂音を立てた。道を離れ森に入る頃には木々が倒れはじめ、葉が落ちた枯枝が前かがみになり、灰色の枝先が地面をつかんだが木々が倒壊する音は頭上の雷の爆裂音に半ばかき消された。老人はいつもの道順をたどり、水を含み滑りやすくなった昨年の落ち葉の上を歩き、荒ぶる自然の渦巻きのなかをひょこひょこ跳びながら進んだ。さながら暗黒から炙り出された雨の妖精といった様子で一瞬の雷光にその滑稽な輪郭が映し出された。そのように歩いていたとき奔流のような雨に晒されていた栗の木が突如としてくだけおがくずと焼け焦げたネズミを老人の上に吐き出した。燃えたマストが海へと傾くように長くシューッという音を出しながら縦に割れた幹が落ちた。老人は倒れる。盾がぶつかる音が鳴り老人を運び去ろうとヴァルキュリヤ[27]が猫の悲鳴とともに降りてくる。水の流れがぼろのズボンの折り返しに粘土をため前髪に垂れた白い巻き毛は泥に赤く染まる。

雨水が納屋の穴だらけの板から染み出て吹き溜まりにたまった葉が黒く生気を失うと猫は新たな避難所を求めて傾いた戸を出ていった。通り道にある黒い水たまりでは藁や草がゆっくりと渦を巻き、何匹もの団子虫が浮揚性の不思議な銃弾のようにくるくる回っていた。猫はこわごわとした足取りで団子虫をよけ、昨年の雑草が濡れしなった泥茶色の傾斜に足がとられるのに耐えた。

アーサー・オウィンビーの猟犬は腐った麻袋の山に縮こまり、尻尾を無毛の腹の下にたくしこみ、再び眠りについた。犬は猫が穴蔵の戸口にやってきて三本脚で立っていることに気づかなかった。

新たな一日を告げる陽光が霧雨を透かして薄く差しこみ、レッド・マウンテンの南側の斜面にある割れた木幹のなかで丸くなっていた猫の茶灰色のふわふわした柔毛を際立たせた。午後の遅い時間になると猫は腹がへり、用心しながら、ひっそりと、腐ったおがくずを体につけて外に出た。

雨は降りやまず、道を侵食し、丘の上に裂けた傷口を想わせる赤鉛色の雨裂をいくつも作りだした。川水は野に流れこみ、泥流となり、忍冬の木間で何かを物色していた。古代エジプト王の兵士たちのごとく並んでいた柵の柱は水に浸かりまもなく沈んで見えなくなった。

ソーンダーズ家の牧草地にある浅沼は穏やかに保たれていて、雨は水面を波たたせる程度だった。しかし雨は依然として止まなかった。地下が雨水に持ちこたえられなくなったらどうなるのだろうか？マッコールの池の一端では水が轟かんばかりに排水穴に落ちていた。リトル・リヴァー沿いの湿地では鉛色の水が雑草をすっぽりと覆い水面には小さな流木や泡の斑点が感知されないほどの速さで旋回したり、寄せるさざ波に揺れたりしていた。昼前にクイナが群れ集まった。サンカノゴイのつがいが鋭い目つきで肥沃な浅瀬をゆっくりと歩いていた。夜の沼地ではカエルが荒々しく合唱する鳴き声が響きわたった。普段は川に住む硬鱗をもつ大きなガー[28]が何匹も湿地に侵入してきた。獰猛で原始の形態をとどめ、ぎっしり詰まった歯に長い口先をもつこの魚は、中生代から変化することなく沼地で生き残ってきたのであり、季節の終わりには水が引き、ひび割れた粘土の沼底にはその黄色がかった骨のない遺骸が多く取り残され、醜い老婆のようにかまびすしいウオガラスやノスリがそれらを拾いにやってきた。小さな少年たちは鼻をつまみながらその光景に驚嘆するのだった。

大量の落ち葉が透明な水のひだに乗り、ヘンダーソン・ヴァレー道の黒いアスファルトを流れた。泥

＊27　ヴァルキュリヤ：北欧神話で戦死した英雄たちの霊を導く少女のひとり。

＊28　ガー：北米を中心に生息するガーパイクの硬骨魚。

がつまった雨裂には暴力的な赤い水があふれ、激しく波うち、大きなげっぷ音を出しながら側溝をたたくがごとく流入した。道の最も高いところで歩を進める猫は薄汚れた体を小さくし、何かに追われる獣の気配を漂わせていた。

低く傾いた太陽が燻製場の壁の松材にあるいくつもの瘤(こぶ)をルビー色に輝かせ、瞳孔が開いた筋のある目を想わせるその瘤(こぶ)は、猫が豚のあばら肉の断片をかじっている暗闇をじっと見ていた。塩で口がひりひりしていたが猫は肉をかじりつづけ、ときおり沈黙に耳を傾けた。ミルドレッド・ラトナーのミュール上靴は用心深く泥の悪い部分を避けていたが、はからずも小道沿いの草の泥濘を進むことになった。屋根の下張り用タール紙にあたる雨音のせいで戸のすぐ向こうで鍵がじゃらじゃらと鳴り錠がガタガタとはずされるまで猫には何も聞こえなかった。猫は高い棚に跳び乗ると、いったん静止し、とんがり屋根の下にある通気口に向かって再び跳びはねた。戸が内側に開いたとき猫は一方の前足の爪で通気口からぶら下がり、足がかりを探して後足の爪を振り回していたが、まもなく縁どりの木の断片がはがれ落下した。

ミルドレッド・ラトナーが戸を開けて燻製場に入っていくと頭上のどこかから苦しげな金切り声とともに猫が落ちてきて、開脚して女の向かいに着地すると、薄暗がりのなかで歯をぎらつかせ目に狂気の熱を湛えながら、女の方に突進してきた。女が悲鳴をあげ後ろに倒れると猫は自暴自棄な鳴き声を長く発しながら飛び越えてその場を去っていった。

ティプトンの牧草地では四羽の鴉が針槐(ハリエンジュ)の木にとまり、裸の枝の上で翼の間にしまった頭を低くし、銀灰色の荒地を見回していた。雨がひっそりと土地に降りそそいでいた。鴉たちは猫がゆる駆けで野を横切ってくるのを見、猫はふらふらと踊るように方向を変えたり飛び跳ねたりしながら、散在する乾いた土の部分を進んできた。午後の静寂のなかに響く鴉の鳴き声は憂いを帯び、哀れを誘う貨物列車の汽笛を想わせた。鴉たちは止まり木から飛び立ち猫の頭めがけて降下し、急襲した。猫は尻を地面につけてかがみ、鴉たちを手で打ち払おうとした。そんな風に鴉たちは猫を攻め立てて土地から追い出そうとし、他方猫は攻撃されるたびに立ち上がり鴉が通過したあとの空を手で切り、必死で威厳を保とうとし、すると鴉たちは怒りに駆られ、旋回し、凶暴さを増して次の攻撃の機会をうかがうのだった。鴉たちは猫を川岸の土手に残し針槐(ハリエンジュ)の枝に戻り、羽ばたきを続けた。猫はその様子を見て、黄色の目を細め侮辱の一瞥を送ってから、増水した川沿いに下流にかかる橋に向かった。橋を渡ると南岸の樹木の生い茂った高台を進み、あちこち立ちどまっては気ままに好奇心をはたらかせ地面の穴や空洞の丸木のにおいを嗅いだり、体を震わせたり胸についた水をなめたりしていたが、そのうちにミンクの強烈な麝香のにおいがしたので川辺に戻った。

ミンクは死んでいて、ぐっしょりと濡れ風になびく川辺の草の間で水の流れに揺れていた。猫は忍び足でミンクに近づき、泥の山の上に跳びのり、下に長く腕を伸ばしてミンクの体をはたいた。猫は立ち上がりミンクを見た。ミンクは生気なく揺れていた。鎖が水のなかのどこかで杭に繋がれていてミンクの体に爪を食い込ませてたぐりよせようとしても動かなかった。猫は意を決して片足を水のなかに入れミンクの首筋を噛んだ。毛皮に含まれたあら砂に刺激された猫は鋭い歯で容赦なく攻撃を加えたが、それから不意に意識が忘れていた重要事に向いた様子で攻撃をやめた猫はミンクをその場に残し野を横切り街道の方に向かった。

雨に毛をべっとりとなでつけられた猫は痩せこけわびし気に見えた。無数の牛蒡(ゴボウ)の花の棘やウサギ草の丸まった葉を体にまといながら進んだ。枯れた黒イチゴの茎が後ろ脚を離れなかった。道の手前で猫は立ちどまり、濡れた体を震わせ、両耳を頭の上でしぼった。猫は一度鳴き声をあげると、腹を地面にこすり、視線を上げ、無色の空から止むことなく打ちつける雨を見つめた。

三日目の午後に雨は小雨になり複数の光の刃が薄灰色の高い幕を貫き、遠くで放たれたのろしみたいに揺れ動き、海霧のぼろレースあるいは巻き毛を想わせる雲の縁(へり)をゆっくりと切り裂いた。夜の帳が早く訪れた。後刻に黒い屋根裏で毛布にくるまり横になったものの眠れずにいると雨音がしない屋根の静寂は時間を測っているかのようであり、何かが待ち伏せをしているような気もした。少年は朝になったら川に行こうと決めていた。水嵩もいくぶんは減っているかもしれなかった。

それで四日目の朝に少年は仕掛けた罠を見に向かい、漏斗状に水があふれ出た池の水際を通ると水中で草が稲みたいに立っているのが見え、それから灰岩の岩棚に沿って進み、雹で散り散りになった睡蓮の水たまりや、新緑の葉が浮かぶ浅瀬を過ぎ、さらに野を横切り車道に出た。

橋に着く前に車道を離れ、急勾配の土手を降りフェンスを越え、ぬかるんだ小道を進み川岸にやってきた。水嵩は少しも落ちていなかった。向こう岸の浅瀬には粘土の波くぼが揺れ、もつれた忍冬の枝の間でうごめき、唐綿の頭や柳の若木を震わせていた。川自体は歪んで濁った奔流と化していたが液体というより固形の土が動いているようで、少年の目の前を横切り水のうねり、反流、川筋、とぐろ巻きで固定されていた縄をことごとく無と化していた。油を想わせる微動と轟音だけが水が流れている証拠だった。もっとも枝や棒切れが流れてくると状況は変わった——帯状の水が歯を剥き出しにした口のように上方に長くうねり、その完全なる不透明から突如として木の大枝が激しく飛び出した。大枝は蛇の攻撃のごとく素早く手際よい動きで、瞬く間に隠れて姿を消し何の輪郭も波紋も後に残さなかった。少年は少しの間腰をおろしてその様子をじっと見ていた。一羽のカワセミが川にやってきて、空中を行ったり来たりし、少年を見ると旋回して、水浸しの野の上を遠ざかり、甲高い断奏の鳴き声を朝の静けさのなかに残した。

少年は立ち上がり川と山の間にある木立の上の小道を歩きはじめた。霧の微粒子をつけたヒッコリーの林を通り過ぎると、まだ骸骨のように寒々しい広葉箱柳の木々に春の新緑が芽吹いていた。少年は道を上りはじめた。胡桃の殻がパタパタと鳴る音、枝が沈む音、小さな足が樹皮をこする音が少年が近づいてくる前触れとなった。尾根を横切ると下りになり、眼下に水膨れを想わせる茶色い水を野に広げる馬の蹄鉄の形をした川が見え、道を下り再び川に出た。――少年が通ったのは近道だったが、その距離は高低差を抜きにして平面上で測った距離だった。

仕掛けた罠はすぐには見つからなかった。川はそれまで見たこともないくらいに様相が一変していて、よく分かっているはずの川の場所に背を向けると、断崖、フェンスの角、アカシアの木立の場所が奇妙に違っていることに驚いた。少年はその場所を過ぎまた戻ってきた。いつの間にか行き過ぎていた。少年は急いで川上に向かいさらに五〇ヤード進んだところではたと足を止めた。罠の仕掛けに使った石は川水に浸かっていたが、石には天蓋状に水がかかり針金が対岸の若木に向かって伸びているのが見えた。ちょうどここから上流に向かい川幅は狭くなっていた――いつもは苔のはえた石をいくつも伝って渡るのだが、石は奔流の下に隠れてしまっていた。川幅の狭い部分では急流が溜まりに直下し、チョコレート色の泡をかき回して、シューと音を立てながら一面に斑紋や水泡、小枝、樹皮や堆積物を押し広げていた。膨張した剥き出しの若鳥の体があらわれさっと白く丸い腹を見せ、回転しゆっくりと目が閉じられるように厚い茶色の液体に折り込まれていった。岩の下からは何かが黒く水面に浮き上がったかと思うとすぐさま沈んでいった。姿の見えない攻撃者と戦っているかのようだった。少年はじっと観察していた。ほどなくしてその物体がまた水面に揺らめいたときはっきりとその姿を捉え、川の流れに逆らいぼろぼろになった黒い草に似た体毛がゆらゆらと浮かんでいるのがはっきりと見えた。少年は川原を探し回り棒を一本見つけてから戻り、前かがみになってつま先を水面につけ、棒でつついた。岩棚を探しあて、棒で足下を確かめてから一歩を踏み出したものの、その足が沈んだので少年は一瞬パニックになった。片足は川岸に、もう片方は川のなかに入ったままふんばると、水が両脚の間でほとばしり、リボン状にふくらはぎの高さまであがってきた。もう一方の足も水に入れ注意深く体の向きを変え、川の流れに対峙すると、茶色い水がやさしくなでるようにすねの上を流れ、そのままの姿勢で立っていると幻想の世界にいるように錯覚した。少年は蟹歩きで対岸まで一ヤードというところまで進んだが、そこから先の川底には岩棚が続いていなかったので、意を決して深みに入り残りの範囲を進むことにした。ほとんど腰の深さまで水に浸かり、すべりやすく傾斜した泥に足を素早くたたきつけながら、棒を力いっぱい振り適当な足の踏み場を探した。そうして川を渡りきり、冷たくなった泥まみれの体を支えられそうな根や草をつかんで岸に上がった。

　足を引きずりながら若木のところまで歩き土手をすべり降り、ほっそりとした幹に片足をかけて止まり、針金をつかみ木からはずすと、針金は手のなかでブーンと電気音を発し、少年は針金を後ろ手にしっかりとつかみながら土手をまた上った。土手の上に来て振り返ると獲物が草のなかに浮かんでいるのが分かり手元に引っ張り上げる前から蛭が何匹か吸い付いているかのような白い斑模様が見えた。少年は獲物をつかむと、砂や泥にまみれた体毛、罠のあごの間にみじめに挟まれた前肢から突き出た骨の尖端、粘土で汚れた白いビブ、剥き出した見事な黄色い歯を触った。それから手のなかでゆっくりと獲物を回し、スパッと切られた醜い傷口をじっくりと観察した。ただの傷跡なのだが、まつ毛のない瞼か開いた死人の口を想わせた。

少年は獲物を罠からはずすとポケットに入れ針金を罠のまわりに巻き別のポケットに入れた。太陽の位置は高かったが待ちわびた陽光はすでに南東に暗く立ち込めた雨雲の帯に消されていた。少年は川を再度渡ることはせずに野に向かった。森に到着する前に雨の最初の滴が肩に落ちてきた。車道まで来ると道が雨水で黒く光っているのが分かり少年は強まる雨に抗って体を前かがみに丸め、少し身震いした。敷布のような雨が道の上や水浸しの野に降り——家屋はどんよりと暗く立っていた——終末の荒廃の到来を想わせた。地球最後の冬の終わりに泉が宇宙それ自体を通り抜けゆっくりと上昇しているかのようだった。

雨は六日間休まず降り続きマリオン・シルダーは痺れを切らして外出した。車寄せの道の端を選び、跳ねる車輪から泥をまき散らしながら進み、車道に出てバランスを整えると分岐道に向かった。店の前には大きな水たまりが出来ていて客は厚板の上を歩いてポーチまで歩くのを余儀なくされた。霧雨に落ち着いたものの雨は依然として降り続いていて、レッド・ブランチの人々はストーブの周りに腰かけ、時おり灰色に濡れる外の景色を見ては首を振った。シルダーは車を後退させ、ガソリン・ポンプ近くにつけてから降り、水たまりでブーツの泥を洗い流すと、厚板を渡ってポーチまで歩き中に入った。前窓に溶接棒が網目状に取り付けられているのを見てシルダーは微笑んだ。

肉切り台の近くの椅子に座っているエラー氏が顔を上げた。やあ、ずいぶんご無沙汰じゃないか。エラー氏は言った。金を返しにでも来たのかい？

シルダーはその言葉を無視した。ガソリンをくれ。シルダーは言った。鍵はどこだい？

エラー氏はため息をつきながら椅子から腰をあげると、レジのところに行き、チリンと音を出して引出しを開け、カウンター越しに鍵束を手渡した。

足が濡れちまうが気にせんでくれよ。

シルダーは鍵束を手に取ると外に出てポンプ台に行った。錠を開けレバーを回しはじめ、ポンプを通して錆びついた橙色のタンクの上のガラス桶にガソリンを汲みだした。桶をいっぱいにすると車体横の蓋を開け、ホースを入れレバーを押し下げた。桶のなかのガソリンは勢いよく泡立ち、車のタンクのなかにどっと流れ込んだ。空になった後でも桶の内側には油が浮き、きらきら光っていた。シルダーは気に留めなかった。ホースをもとの場所にかけポンプ台に鍵をかけ、ポーチまで水たまりを歩き中に入ると鍵束をエラー氏に渡した。ゆるゆるの箱から出た子猫たちが床の上をあてもなくよちよち歩きしていた。子猫たちは短い脚をばたつかせてふらふらと歩き弱々しく鳴いていた。粘液で塞がりただれた目は聖書に記された疫病に一斉に見舞われたかのようだった。

こんな気味悪い猫ははじめて見たな。シルダーは言った。

フェナーの奥さんも同じことを言ってたよ。店主は物憂げに言った。プリアムの息子がフェナーの奥さんに枝木でつくった外の犬小屋で面倒を見るように言ったのさ。店主はカウンターから鍵束を取りレジの引き出しを鳴らして戻した。

つけにしてくれ。シルダーは言った。

その決まり文句にはハンドサインがあったほうがいいな。エラー氏は言った。調子はどうだいとか、またなとかと同じさ。何べんも同じことを言わんで済む。

あんたくらい金が入ったらとっくに引退してるよ。

金は同じくらい出ていくがな。

そうだろうな。シルダーは言った。

俺が思うに……。エラー氏は続けようとした。

まあ気にしないでくれ。シルダーは言った。もう行かなくちゃならん。貧乏人には一日中雑談してる暇なんてないのさ。

シルダーは手を振り出ていこうとしたが、戸口で立ち止まって振り返った。なあ。シルダーは呼びかけた。

何だい？

良きキリスト教徒ならそいつら溺れ死にさせただろうな。

え、何だい？　エラー氏は聞き返した。

脇柱に寄りかかりにやにや笑いをしながらシルダーは子猫たちを指さした。子猫たちは床の上を風に吹かれる糸くずのようにひょこひょこと動いていた。

エラー氏は手で追い払う仕草をしシルダーは店を出た。

店主はしばらくの間レジの大理石の棚を爪でたたいていた。それから体の向きを変え椅子に戻った。休憩をはじめてまもなく缶詰食品の間に置かれた時計がねじが解かれる苦しげな音を出しはじめた。輪とばねが奏でる調子はずれのその音はまもなく暴力的に息絶えるがごとく止まった。それから時計は東洋の寺院の鐘を想わせる不吉な時報を四回鳴らすと、完全に沈黙した。

エラー氏は椅子から立ち上がり、時計のところに行きひもにかかった鍵を使ってねじを巻いた。ねじの歯がやかましい音を立てた。それから棚の時計をぐいとつかみ手荒に押し戻した。時計は再びカチカチと低くにぶい音を立てはじめた。

一匹の子猫が肉切り台の後ろをうろうろしていたので椅子に戻るのに注意して跨がなければならなかった。子猫は千鳥足で、ビリヤードの玉がはね返るように肉のケースにぶつかりながら進んだ。行き場のない子猫たちは床の上をうろつき、何回も行き交っていたが、お互いの姿形に目を留めることはなかった。一匹はストーブの横に置かれたコーヒー缶のそばでよろめき、滑り、缶を囲う噛み煙草のつばのたまりに落ちた。子猫は何とか立ち上がると、体の後ろと横に茶色い粘着物をつけながら、ふらふらと歩き、壁の前で立ち止まりそこで化膿した盲目の眼で世界を眺めか細い鳴き声をあげた。うたた寝をしているエラー氏の頭は肩で小さく揺らいでいたが、ほどなく胸まで大きく揺らいだ。しばらくして汚れた薄い服を着た小さな女の子がカウンターの背後のドアから入ってきて子猫たちをみんなかき集めた。子猫たちはめいめいにけたたましく鳴いていたが、女の子は静かにしなとひそひそ声で子猫たちをいさめながら外に出ていった。

エラー氏はうたたね寝を続け、時計はカチカチと音を立て続けた。蠅取り紙がゆっくりと旋回した。風がまた出てきて木立から吹き落とされた雨水が店のトタン屋根の上にパラパラと降った。その音はウォールボードの天井を通して遠くから聞こえてくるようにくぐもっていた。

シルダーは後ろ手に門を閉め果樹園道を進んだ。道には畝（うね）や溝があり流れ出た水が山の斜面と斜面の狭間の土地にできた無数の三角州の泥に染みわたっていた。車は曲がりで目がくらむほど横滑りし、ほどなく泥濘（ぬかるみ）にはまり、神経質な馬のように飛び跳ね四十五度旋回し止まり、後輪が勢いよく低い藪越しに森のなかに吐き出した太い泥の筋が木々に打ちつけ奇妙に虚ろな音を立てた。シルダーはエンジンを切りピカピカ光る泥の上に足を踏み入れた。そこは車回し場まで四分の一マイルの場所で、シルダーはまっすぐ歩いていった。革のブーツが水をすする音を立てていた。

木々には親指の爪ほどの大きさの林檎がなっていた。林檎の色は光輝く炎の緑、ヒツジバエの腹部のような死を想わせる緑だった。シルダーは通りがけにひとつもぎとり齧った……毒が含まれているんじゃないかと思うほど苦く、渋柿を食べたときのように口がすぼまった。青林檎で具合が悪くなるぐらいやわならとうの昔にくたばってただろうよ。シルダーは思った。シルダーの知り合いはほとんど平気で食べる。漆(ウルシ)だって平気なくらいだ。あの少年、ジョン・ウェスリーの奴は漆は駄目だろう。相性が良くないんだな。

仕事を終えた頃には日が暮れていた。一度に二つのケースを持って道を戻り、九回往復した。最後の二ケースを車の後部に積み込み南京錠をかけるとシルダーはドアを開け運転席に座り泥で形が分からなくなったブーツを脱ぎ、運転席の後ろの床に置いた。

泥濘から何とか車を出し半マイルほど進んでようやく方向転換できるぐらいに広く地面の固い場所を見つけた。街道に出る頃には風が吹きはじめ小さな雨粒がフロントガラスをたたいていた。シルダーは裸足の左足をハンドブレーキにかけながら気ままに山道を下っていった。

街のいくつもの灯りが後光のなかで漂い、暗い川の表面で分散し、アイシングラスのような影像が乱れ絡みあっていた。形状を失ったその光は橋の上の歩道に沿ってはね返り後退していく楕円形の街灯の列に追いつこうとしていた。フロントガラスにリズミカルに弧を描くワイパーに眠気を誘われつつシルダーは橋の上を進み、雨と静寂につつまれた町に入った。複数の車がゆっくりと追い越していったが、そのヘッドライトは青白く水で薄めたように悲しげだった。

車のエンジンが気体を吐き出しガタガタと揺れ、何回か回転を続けた後に、痙攣のような吸引音を発して死んだ。シルダーはクラッチを離し惰性でしばらく走らせた後、もう一度つなごうとした。エンジンがガクッと動き車は激しく震えて止まった。

シルダーは一、二分間動かない車の運転席でじっとした後スターターを回してみた。スイッチは勢いよく回り、一、二度バチバチと音を立てたがエンジンはかからなかった。シルダーはスイッチを切り、グローブボックスに手を伸ばし懐中電灯を取り、大きなため息をついてから果敢に雨のなかに飛び出した。慈悲深い怪物のあごのように上を向いたボンネットを雨よけにしながら前かがみになってエンジン部をのぞき込み導線や加速装置の連動を調べた。それから燃料ポンプからフロート室を取り外し、懐中電灯をそのガラス器に近づけ中を見た。液体は薄い黄色だった。その液体を下にこぼしガラス器を元に戻し、ボンネットをたたんで運転席に戻った。ガラス器の中身がいっぱいに戻る前に何回かクランクを回転させなければならなかったがほどなくエンジンがかかったのでクラッチを入れた。シルダーは耳をそばだて、怠りなく警戒しながら運転を続けた。街灯が朧(おぼろ)な渦形の光を窓に放っていた。もう他の車は通らなかった。橋の終わりにたどり着く前にエンジンがガタガタ鳴り再び死んだ。

老人が目を覚ますとあたりは真っ暗で水が流れていて、滴る水が落葉の下に浸透していた。雨はとても柔らかく規則正しく降っていた。猟犬が交差した前足に頭をのせて横たわり老人をじっと見ていた。老人が片手を伸ばして触れると犬はぎこちなく起き上がり老人の手をクンクンと嗅いだ。

風はすでに止んでいて静寂のなかで浅く呼吸をしている夜の森にやさしい雨音だけが響いていた。水滴は枝を伝い測ったように葉の溜まりに落ちた。老人は口のなかに草を含んだまま起き上がるとあたりを見回し、何かを乞い求める雨声に耳を傾けた。雨音の調べは大地を結婚式に招く黒魔術の詠唱のようになめらかだった。

彼らは三度老人を連行するためにやってきた。最初は保安官とギフォードだけだった。二人がポーチの階段を一段上ったところで老人は戸を開け二人に狙いをつけた。二人からは古い猟銃の驢馬の耳型の撃鉄が悪意をもって安全装置の後ろに引かれているのが見えた。二人は踵をかえすと、一言も発せず振り返りもせずに庭を戻っていき、その背後で老人は戸をバタンと閉めた。

二度目に二人は保安官補三人と郡の警官ひとりを連れ道の曲がり角に車を停めた。老人が窓から様子を見ていると男たちは草むらをこそこそと走り、身を隠したり、木から木へとすばやく移動したりしていた。あたかもインディアンごっこをする少年たちのようだった。しばらくして皆が所定の位置につくと保安官は坂下から大声を発した。

手を挙げて出てこい、オウィンビー。あんたは包囲されてるぞ。

老人は頭を動かしもしなかった。老人は台所で猟銃を椅子の背に据えて敷地の西の角にあるライラックの藪にしゃがんでいる保安官補のひとりを見ていた。老人がそのまま保安官補を見続けていると保安官がもう一度、投降せよと呼びかけ、表側の部屋の窓ガラスを撃ち割られたので老人はそれ以上待たずに銃床を頬にひきつけその保安官補の男を狙い撃った。男は野ウサギのように藪から飛び出して、片脚の横を手で押さえながら大股の奇妙な足どりでぴょんぴょん跳ね道の方に向かった。老人は男が叫び声をあげるかと思ったがあげなかった。そう言えば昔、撃たれたとき自分も叫び声をあげなかったことを老人は思い出した。

　台所のガラスが爆裂し降りかかってきたので老人はストーブの背後に身を隠した。森から連続砲撃が始まり老人は床にしゃがみその銃撃音や家屋を貫通する銃弾の乾いた音を聞いていた。小さい花が開くように黄色い木片が厚板から飛び散りつづけほとんど同時に部屋の反対側の壁板に銃弾が当たる音が途切れることなく聞こえてきた。銃弾はかん高い金属音を発することもなく通過した。老人は床に座ったまままんじりともしなかった。背後のストーブに当たった一発の銃弾が怒ったようにはね返り、卓上ランプのガラスを割った。目に見えない悪意をもった霊でいっぱいの部屋にいるみたいだった。

　老人は膝の上に銃身を折った猟銃を抱え、ずっと空の薬莢を片手にもっていた。銃撃が少しの間止んだのを機に食器棚に沿って這い進みテーブルから薬莢を取りもとの場所に戻ると空の薬室に充填した。それから煙草を巻いた。男たちがお互いに声をかけあっているのが耳に入った。誰か怪我をしていないかと問いかける声も聞こえた。それから保安官が皆に言った。少し待とう、あのおいぼれは最初に撃ってきたきりだ。保安官はどんなに大声を出しても声が届かないとでもいうように叫んだ。オウィンビー、いいかげん出てくる気になったか。

　老人は煙草に火をつけ深々と吸った。外は沈黙していた。

　オウィンビー、出てこれるなら出てこい。保安官が叫んだ。

　さらなる沈黙が続きそのうちに何人かの声が聞こえてきたかと思うとその後にさらに二、三ラウンドの銃撃が行われた。ガラスを失った窓を支えていた棒が跳び窓は床にバタンと落ちた。鉛の小片が表側の部屋を跳ね回る音が耳に入った。家具は削られ、害虫がやるように壁や垂木に穴が空いた。

銃撃は止み保安官がまたしてもしゃべっていた。広がれ。保安官は言っていた。できるだけ腰を低くして、一斉に動くのを忘れるな。

その指示は老人には意味をなさなかった。老人は煙草をさらに二回吸い込んでから火を消しストーブの背後で腹ばいになった。割れた板の隙間から男たちが近づいてきたが、低い位置から見ると男たちは草の上に腰を下ろしているように見えた。二人の保安官補が南端から銃を抜きながら近づいてきた。カーキ色の制服を着ているひとりは国税庁の執行官のように見えた。老人は二人の位置をよく確かめてからストーブの下から這い出ると、窓辺に場所を取り下方を狙い素早い手さばきで二人を撃った。それから頭を低くしながらストーブのところに戻り、猟銃の銃身を折り、薬莢を取り出してから充填した。外からは何の音も聞こえなかった。保安官が再び呼びかけてくることもなくしばらくして車が発車する音が聞こえると老人は立ち上がり表側の部屋に行き銃撃された物を確かめた。


午後の遅くにかけて雨が再び降り出したが老人は時を待たなかった。暗雲が山の上に垂れこめ、山の深緑に影を落とし、山腹の谷には馬の尾のような靄がかかり、風の下で物悲し気に交わったり捩れ、下の斜面に向かって途切れたり伸びたりしていた。一羽のキアオジが庭を横切り雷に打たれた松の頭頂部の裂け目に飛んで行った。羽根の下部が鮮やかな黄色のクロムに染まっていた。

老人は最後の持ち物を運びだしそりの上に積むと、馬具の革ひもで括りそりの両脇下を釘止めした。それから今一度家のなかに戻りあたりを見渡した。持っていくべきものは残っていないかの最終確認だった。少しして小さなフックトラグの絨毯をもって外に出てほこりを払ってからそりの荷物を覆った。それからひもを手に取りそりを道まで引っ張りスカウトを呼んだ。老犬はポーチの下から出てきて、分泌物がたまった目で形の不明瞭な世界を見た。老人がもう一度呼ぶと犬は片足を引きずりながら道に出てきて、老人と老犬はいっしょに道に沿って南に歩きだし、やがてそのうす暗くおぼろげな姿は雨のなかへ消えていった。


それで三度目に男たちがやってきたときには老人はすでに立ち去っていた。男たちは窓から催涙ガス爆弾を投げ込み三方向から荒廃した家屋を一斉攻撃した。銃撃された家屋が激しく振動するのが誰の目にもあきらかだった。郡の警官のひとりは首に怪我を負っていた。この男は泥の地面に座りこみシャツの前面に血を流し、わめきながら、他の者たちに命令していた。あのくそ野郎を逃がすな。家のなかから戻ってくるとき誰も男の方を見ようとしなかった。最後に保安官ともうひとりがやってきて男を立たせてやり車に連れていった。

奴はいなかった。保安官は言った。逃げられちまった。

逃げた？　どうやって逃げたっていうんだ。二、三度訊いたが保安官は首を振るばかりだったので男もそれ以上は聞かなかった。それから男たちは車四台で泥しぶきをあげながら立ち去った。サイレンが鳴り響いていた。

・・・

老人が線路にやってきた頃にはすでに雨は山を離れていた。雲の縁の下から覗く残光のなかに山の背が長くくっきりと見え、痩身で獰猛な猟犬が土地を西方向へと走り、沈みゆく太陽に突進しているかのように映った。老人は山に背を向け、荷物を積んだそりを腐った枕木の上で揺らしながら、線路の上を東へ向かった。雨は降りつづき黄昏が早々に訪れようとしていた。老人はときどき積み荷を確認し鞍帯を締めた。二時間ほど線路を進み、薄暮の野原を抜けていき切通しを進むと、夕闇が高い土手の上や影を伸ばした忍冬に落ちてきた。忍冬は、神話に出てくる生物か絶滅した生物を想わせる奇怪な姿形をしていて、老人が通過するのを静かに見守っていた。老人は線路に沿って東に曲り、縄を強く引き、豊かな紫色の宵闇に入っていった。

老人はあたりが完全に暗闇に包まれる前に線路を離れ森に入り南に向かい、濡れた着衣のなかでわずかに身震いし足で道の見当をつけた。老人と犬が通った採石場の跡地には風情のない一本石がいくつも置かれていたが、それらは地面から引き剥がされ、発破の末にぎこちなく配列され、傾き、表面に縦溝が刻まれ、あたかも古の寺院の遺跡のように木立のなかに横たわっていた。老人と犬は無言のまま採石場につながる道の跡をたどり、そりはわずかに音を鳴らし、痩せ衰えた犬はとぼとぼと歩き、緑色の水が蒸気を発する採石場の穴を通りすぎると再び森のなかに入った。石灰岩の白が地面の黒に映え、巨大なナメクジの集団は漆黒の森で休眠していた。木々の群れはマストをつけた回転木馬のごとく回り、いくつもの影が混じりあい闇と驚異とに分裂していた。雨は止んでいた。老人と犬は濡れ落葉の間に狐火が無造作にうごめく小道を進んだ。狐火は船の航跡に無数の星が置かれたかのように映った。

朝方に老人と犬はチローウィー山の南側の斜面にいた。犬はそりにしがみつき老人は木から木へとそりごと引っ張りながら最後の急勾配をのぼった。勾配の高所からは大地の曲線の彼方に出どころの分からない麦わら色の暁光が見え、地平線が青緑色の靄(もや)のなかに歪んで見えた。一時間後老人と犬は山頂に達し小麦のように明るい色の蚊帳吊草(かやつりくさ)が群生する野原に立った。枯れて石色に変色した栗の木以外に木は生えていなかった。

その頃までに太陽は空高くのぼり、老人は栗の木によりかかって休んだ。しばらくして眠りに入ったが、そりの綱は水膨れのある手に巻かれたままだった。犬も太陽の下で寝そべりぼろぼろの皮膚にたかる蠅を振り払っていた。眼下では水が流れるように雲影が谷床の上を動き、森林境界地を暗くしたかと思うと、さらに動き、はけで塗られるみたいに境界地に緑と黄褐色が戻った。雲は山の斜面にぶつかり、その珊瑚色の縁は屈曲し空の青色に合流した。一羽の蝶が苦しそうに羽ばたき、光線を縫うように降下し、黄金色と海緑色の梢に向かっていた……

老人は午後遅くに目を覚まし冷たい玉蜀黍を食べ、犬にも分け与えた。食が細かったので玉蜀黍パンで十分だった。それからなけなしの持ち物を後ろ手に引きながら山を下りはじめ、低木と月桂樹の密林を進んだ。真夜中過ぎに道に出て道沿いに南に進路をとり、下に清流がサラサラと流れる木橋を渡り、そのまま道沿いに進み、それからまた山を上った。背後のそりは難なく運ばれ犬はゆったりと歩を進めていた。

その朝老人がたどり着いた家の明かりはずっと前から見えていた。山の草地を通り、暗闇のなかで夜鳥の影がよぎる大きな水たまりを過ぎるときに頭上の峰のどこかに一、二度その明かりがちらっと輝いたが、そのまま道を進んでもそこにたどりつくかは分からなかった。再び明かりが見えたのは山頂まで来たときで、そこには家屋が建ち道の一部は車のヘッドライトの帯に照らされていた。男が何人か話をしていて車のエンジン音が聞こえた。

老人は歩を進め、ヘッドライトの光のなかに入っていった。話し声が止んだ。老人は顔を上げて男たちを見た。男が二人車体の横に寄りかかり、もう一人は車のなかで座っていた。老人は歩みを止めなかった。男たちの姿はまばゆいヘッドライトの向こうでぼやけ、再びくっきりと現れたが、その間も男たちはじっとしたまま、老人を見ていた。ヘッドライトが視線からはずれると老人は立ち止まり男たちに相づちをうった。やあ、お早う。老人は言った。

道に迷ったんですかい？

そうじゃない。老人は言った。

男のひとりが何か言った。車がゆっくりと前に進み、二人の男がその横を歩いてきた。車のなかの男が老人の方に体を傾けた。この道を行っても山は越えられんですよ。男は言った。ぐるっと回ってここに戻ってくるだけですぜ。

ハリキン[*29]まではどのくらいかね？　老人はたずねた。

男はヘッドライトを消した。二人の男がそばに来て順番に挨拶した。スカウトはそりの上にのぼり苦痛に満ちた目で男たちを見ていた。

ハリキンまではどのくらいかってさ。車の男が言った。

何をしに行くんですかい？

もうひとりの男が前に出て好奇心を露わにせずに老人とそりを見た。そりにはいくらの価値もない老人の所有物が積まれみすぼらしい犬がその上に伏せっていた。ここから行くのはやっかいですぜ。男は言った。サンシャインから川を渡っていった方がよかったですぜ……ハリキンに行くのはどこからでもやっかいですがね、それが一番の近道ですぜ。ハリキンで材木でも切るつもりなんですかい？

＊29　ハリキン＝ハリケーン：グレート・スモーキー・マウンテンズ国立公園の北西部に位置する地域。

いや。老人は言った。家でもおっ建ててちょっくら住もうと思ってな。

ハリキンに住むんですかい?

ああ。

いったいどこから来たんですかい? 車の男が訊いた。

ノックスヴィルの方じゃ。

車の男はしばらく沈黙した。それから言った。俺はもう少ししたらセヴィアヴィルまで行くんでそこまでならお連れしますぜ。もっともこんなボロ車でもよかったらって話ですがね。

ありがたい話じゃ。老人は言った。でもまあ自分の足で行ってみるよ。

そうですかい。男は言って、他の二人の方を向いた。俺ももう行かなくちゃ。じゃあまたな。

二人は相づちを打った。また来いよ。車はのっそりと発進し、ヘッドライトがまたつき、ガタガタと音を発して道の彼方に消えていった。老人はそりの縄をつかみ男たちにさよならを言った。

中でいっしょに朝飯でもどうですかい。ひとりが言った。

ありがたいことじゃが。老人は言った。でももう行くことにするよ。

まあ少しくらい朝飯につきあってくれても罰は当たりませんぜ。もうひとりが言った。ちょうど準備ができたとこだし。

そうじゃな。老人は言った。せっかくだからお邪魔するかな。

その朝老人が入った家屋はショットガン小屋[*30]ではなく角材を用いた山小屋で風雪に綻んだ箇所を粘土で補修していた。幅のある鞍のような弓なりの形状で、同じ大きさの二つの部屋に分かれ、ひとつの部屋の奥には大きな川石で作った暖炉があり、転がる卵のようになめらかなその石は川そのものよりも古かった。三人が席につくときに右手のドアから女が顔を出し三人をじっと見、背の高い方の男がバターノキの木材にけば立った牛皮を当てた椅子を老人にすすめた。男たちは煙草と巻紙を取り出し老人に手渡したがその仕草には仰々しさがなく、田舎の人々が表情や手つきに湛える類の謙虚さがあった。老人はすぐさま打ち解けはじめた。

ノックスヴィル界隈から来たんですかい？　背の高い方の男が訊いた。

そうじゃよ。老人は答え、煙草の巻紙を軽くとんとんとたたいた。

妹がそっちに住んでましてね。餓鬼たち(たち)は質が悪いったらない。妹の旦那はミーズ・クワリーの出で――ミーズ・クワリーは分かりますかい？

もちろん。老人は言った。わしはレッド・マウンテンの生まれでな。昔は日曜の午後になるとメー

*30　ショットガン小屋：正面と裏手に扉がある小屋。南北戦争後から一九二〇年代の南部においては一般的な小屋だった。

ズ・クワリーの奴らをぶん殴ってたもんさ。ただの運動がてらに。

男はにやっと笑った。妹の旦那がレッド・マウンテンの奴らはそういう奴らだって言ってましたぜ。

男は言った。

それを聞いて老人もにやっと笑った。

もうひとりの男が間に入ってきた。こんな朝っぱらだけど一杯やらないですかい？

あんたらがやるならつきあうよ。

男はドアを出て差掛け小屋に入りほどなくメーソン瓶を持って戻ってきた。これが俺のお気に入りのやつですぜ。男はそう言い、瓶を傾け、泡のつながりがゆっくりと上がるのを見ていた。それから蓋をはずすと瓶の口を痩せて筋張った首の方に持っていき、ごくごくと飲み、相手の話を聞いてますよというように頭を前後に振り、瓶を老人に差しだした。やっぱしこれじゃなきゃ。男は言った。本物のウィスキーってのは。

老人は瓶を受け取りぐいっと飲んだ。両脚に少し疲れを感じはじめていたので順番に少しだけ持ち上げ、重さを比べてみた。老人は再びぐいっと一飲みし、瓶を男に返した。ほんとにうまいウィスキーじゃな。老人は言った。

二人の男は瓶を回し合ってから蓋を閉め床に置いた。背の低い方の男は小窓から外を見ていた。日が出てきましたぜ。男は言った。

男は老人の方を向いた。ずいぶん早く出てきなすったんで。

老人は脚を組みなおし、視線を外に移した。

まあ、ちょっとばかし早かったかな。老人は言った。

今朝はワランドを出てきたんですかい？

いや、ノックスヴィルじゃよ。老人は言った。

いや、どこから歩いてきたのかって訊いたんですがね。山を登る前に……

ずっと歩いてきたんじゃよ。老人は言った。

二人の男はお互いを見合った。背の高い方の男は少しためらいながら言った。ほんとにハリキンに行くつもりなんですかい？

そのつもりじゃが。老人は言った。

好き好んで行くようなところじゃねえと思うんですがね。男は言った。あのあたりに住んでやっていこうとした奴も一人、二人知ってますがね。どっちも結局何もできずじまいで。親父が夜にあそこでツリードッグを放って帰ってきちまったのも覚えてますぜ。親父が言うには半マイルも地面に足がつかない土地が伸びてるって——月桂樹の葉やら枝やらがいっぱいで、ガラガラヘビが丸太に……まあ俺自身は行ったことはないんですがね。

ハリキンには長くいるつもりなんですかい？　もう一人の男が訊いた。

老人がそれに答える前に、女がドアから顔を出して朝食ができたことを告げた。二人の男は即座に腰を上げ台所に向かったが、はたと立ち止まった。言葉がなかなか出ずに座ったままの老人がいることを思い出したのだ。二人は手を洗わずにこっそりテーブルにつこうとした少年のような表情を浮かべていた。老人は腰を上げ二人の間を歩いていくと、背の低い方が半笑いを浮かべながら言った。どうやら俺たち礼儀作法ってもんを忘れちまったようだな。

へへッ。老人は声を出した。

山のふもとで老人は藺草(イグサ)が生い茂った広い空き地に出た。小川が浅い砂州を囲うように静かに流れ、水中にはデイス[*31]の陰影が見え隠れし、水上を六角星形のミズクモが彩り鮮やかなクラゲのようにふらふらと漂い滑りながら行き交っていた。腰を下ろし片手いっぱいに水をすくい口元にもっていくと、デイスが体を光らせながら移動するのが見えた。スカウトが傍らを通り過ぎ、川のなかに肘までつかり、ぴちゃぴちゃと音を出して水を飲んだ。毛が抜けてしまった飛節から赤土の塊が水の中に落ち、大理石模様の血のごとく広がった。デイスが川底にさっと移動し水へビが離れた浅瀬の石の陰から体を伸ばしするするとゆるい流れに入っていったが、それ以外は目立った気配も動きもなく小川の調べだけが聞こえた。

老人は水を飲み終えるとそりに寄りかかった。空き地は心地よい音を立てていた。ヤマシギの声が山の森林から聞こえ、夏の盛りの孤絶と平和の響きに寄り添いながら老人は眠りに落ちた。

*31　デイス：淡水域に生息するコイ目コイ科ウグイ属の魚。

ああ、そうですかい。店主のハフェイカーは言った。はいはい、ようやく誰のことをおっしゃってるのか分かりましたぜ。あの老人の親類か何かですかい？

いや、親類じゃない。その男は言った。ちょっと会わなきゃならん用があるんだ。

男は洗い立ての灰色のチノパンツをはきさっぱりとしたフェルト帽子をつばを上げてかぶっていた。ハフェイカーはちらっと窓の外に目をやりポーチの横に停まった男の車を見た。最新型の漆黒のフォード車だった。

男が見ると、車を見ている店主の細めた目に疑いの色が浮かぶのが分かった。

そうですねえ。ハフェイカーは言った。どこに行けば会えるのかははっきりとは分かりませんや。どこかあの辺に住んでるってことぐらいしか。そう言いつつハフェイカーは谷間を守るように取り囲む山々を漠然と指し示した。

奴はここの客かい？　男は訊いた。

まあ、そうとは言い切れませんな。少なくとも常連客ってわけじゃありませんや。ここに来たのも二、三回だし最後はもう何週間も前ですしね。まったくおかしな老人で、金なんか全然もってないと思いますぜ。

何を買ったんだい？

ええっと、煙草を少しとコーンミールを一袋。最後に来たときは塩漬け豚肉を少し。

つけにしておいたのかい？

つけになんかしませんぜ。根を持ってくるんですよ。薬用人参の根ですぜ。ヒドラスチス根も持ってきましたがね。あれはたいした価値はないですぜ。そいつらを引き取ってやるんです。

根をかい？

ええ。ハフェイカーは言った。セントルイスに送るんです。毛皮を送るのと同じ場所ですぜ。

男は訳が分からないといった様子だったがそれ以上は聞かなかった。

遠くからいらっしゃったんで？　店主は訊いた。

メアリヴィル近辺さ。

そうですかい。ハフェイカーは言った。あっしの親類が住んでますぜ。

奴はまだ犬を連れてたかい？

誰がです？

その老人さ……例の……

ああ、連れてましたぜ。老いぼれのレッドボーンで今にも死にそうに脚を引きずっていて体は灰汁で洗いましたってな感じで。毛なんかほとんどなかったですぜ。ほんとに目も当てられなかったですぜ。

そうかい。男は言った。奴がどこに住んでいるのかは知らんと言ったな？

ええ、ほんとに知りませんや。

そうか、手間をとらせたな。

いいえ。また来てくださいよ。

男はそうした。七日間毎日やってきた。

男は翌朝早くやってきて、日曜にもかかわらず教会に行かず火のないストーブを取り囲むのらくら者たちの末席に座っていた。彼らはその男がいるせいで陽気な気分がそがれ、洪水か火事か疫病か、現在起きている災害の最新報告を待っている避難民のようにいかめしい表情を浮かべていた。ときおり男はケースから飲み物を取りだし、片手を腰にあてて立ったまままちびちびと飲み、天井のはりに走馬灯のごとくかけられた商品の陳列を見上げていた。あるいはしかめ面で窓の外に視線を送り、川と幅狭の橋からその先に広がる緑の窪地が迫り上がり山地へと続くあたりを眺めていた。

月曜にハフェイカーが店にやってきたときには男はまだいなかったが半時間後にガソリン台の鍵を開けるために外に出ると店に続く砂利の坂道に男の車が停まっていて男はあいかわらずしわの寄った同じ服を着てフェンダーにちょこんと腰かけ紙コップからコーヒーをすすっていた。男の背後に太陽が昇りはじめ西の霧は晴れ、坂道が露わになり月桂樹の剥き出しの緑葉は猛烈な朝陽に照らされた。男はまた川向こうの山の峰の方を見ていたがそのスレートグレイの目を持ってすれば四マイル以上の距離がある山の斜面のどこかに老人と猟犬を見つけ出すことができるはずだといった様子だった。

ハフェイカーがドアから手を放したとき男が振り向いた。あいさつ代わりに掌をあげると男は相づちを打った。ハフェイカーはポンプに行き鍵を外した。

今日もまたいい陽気になりそうですな。ハフェイカーは声を張り上げた。

ああ、そうだな。男は言った。男はコーヒーを飲みほし紙コップを投げ捨てると、フェンダーから降り砂利の坂道を何歩か行ったり来たりして体を伸ばした。ハフェイカーは店内に戻った。

十一時頃に男は中に入ってきて、再び店主にうなずいてあいさつした。男はソーダクラッカー一箱とチーズを少量買い、長い時間をかけてケーキが並んだケースを物色してからムーンパイを選んだ。男がランチをカウンターに置くとハフェイカーはせっせと走り書き用箋で合計額を計算し、数字を読み上げた。

それから全乳を一クォートもらおう。男は言った。ハフェイカーはそれを書き留めると冷却器に行き一クォートのメーソン瓶に入った牛乳を持ってきた。男は瓶を見て、カウンターの上で向きを変えた。

ミセス・ウォーカーの牛乳ですよ。ハフェイカーはそう言って男を安心させようとした。最高にうまいって保証できますぜ。

男はうなずくとポケットからクリップで止めた札束を取り出した。

四五セントです。ハフェイカーは言った。

男は代金を支払いポーチに出て柱に寄りかかって座りランチを食べた。食べ終わっても座ったまま時間をかけて煙草を吸っていた。それから瓶を持って店内に戻りカウンターの上に置いた。ハフェイカーは瓶をまた外に持ち出し建物横の水道で洗った。それから客が何人か店の方にやってきたので手を振り店の中に戻った。

その日の午後男は再び店に入ってきてコカ・コーラを飲んだ。外に停めた車に戻る前に男はハフェイカーに老人が来るのはたいていい何時頃か訊いた。

老人ですかい？

俺があんたに消息をたずねている老人のことだよ。

ああ。そうですねえ、来るのはだいたい朝ですねえ。ただ定期的に来るってわけじゃないんでいつ会えるかってのは分かりませんや。


峰の上の陽光が強くなり有明の静寂のなかで最初の鳥の鳴き声が石に落ちる水のように降ってきた。森では古の灰色の精霊みたいな霧が徐々に消散し、苔の生えた黒い地面がかすかに動き夜の間丸まっていた野草が茎葉をすうっと伸ばし小道を覆っていた。そこにみすぼらしい猟犬がこの世のものとは思えない気配を漂わせてよろよろと歩いてきて老人が六角形の杖を肩の上で揺らし、片岩と石英の尾根を踏み進んできた。手に持った脂じみたしわしわの紙袋の中には物々交換用の奇妙にねじ曲がった根茎が入っていた。老人と犬は陽光に鮮やかに染まり銅色に腐蝕し水の筋が通った大きな岩の断層を渡った。老人は立ち止まって渓谷を降りる粘板岩を目測し倒れた木々が無造作に横たわっていることを確認した。

犬は下を見、老人にいぶかし気な視線を送ると、もう一度何もない渓谷を見つめてから先に進み、老人は杖をしっかりと握り犬の後ろをついていった。ブロガンの片方の靴底はほとんどなくなり片脚を引きずりながら歩いていた。駄目になった靴の片方は麻紐で縛りかろうじて履いていた。

粘板岩を渡ると老人と犬は再び深い森の中に入った。陽光は高く突き出た幹の隙間から扇形にゆらめき、虫が群がったような緑金色と黒に森の地面を染めていた。老人が杖で群生するインディアンパイプ[*32]を倒し緑の冠毛をつつくと青翠色の毒々しい煙霧がぱっと広がった。森は朝露に濡れときどきリスが跳んで枝がしなる音や玉状の水滴が葉にパラパラと落ちる音が聞こえてきた。二度老人と犬は山雉を追い立て、山雉が月桂樹の間からけたたましく鳴きながら飛び出すとスカウトは神経質に横に飛び跳ねた。

老人は自然保護青年団[*33]がつくった消防道をたどった。今いる森の空き地から家に帰るまでは千フィートほど登っていかなければならなかったが、消防道までくれば歩くのはずいぶん楽になった。もっとも壊れた靴のせいで歩くペースはあがらなかった。川を渡るまで六マイルありそこから街道に出

＊32　インディアンパイプ：ギンリョウソウ（銀竜草）モドキ。白い花をつけるとパイプの形に似る腐生植物。

＊33　自然保護青年団（CCC=Civilian Conservation Corps）：一九三三年、ニューディール政策のひとつとして、職を失った若者に道路建設、植林、土地改良などの仕事を与える目的で創設された連邦政府機関。一九四二年に廃止。

てどこにでもある交差道路の店に着いた——店には酒場用のポーチがあり、巨大なニーハイ*34の看板は投石でへこみ、厳しい天候に木摺は歪み、ペンキの塗られていない建物の木材は石色に変色していた。老人はかなり早い時刻に出てきたので時間は十分にあった。眼下にある木々の合間から川の流域が広がっているのが見えたがそれは山陰の大きな盆地で、大地の噴火によって古の混乱が再びもたらされたかのごとく煙と泡が立ち溶岩のような黒い薄霧が勾配や溝を流れ岩の断崖が盆地の反対側の縁の高みに向かっていた——盆地のはるか向こうには古めかしいキューポラがいくつか立ち並び、その上に朝日が昇り、陽光は老人が休んでいる山の斜面にまで届き、雪片のエンブレムのごとく霧の微粉を貫き全体を不規則に輝かせ、木々を帯状に照らし雪面に横から光を当て、羊歯（シダ）の背をまっすぐに伸ばした——陽光自身はその長い降下の末に薬水のなかで様態を新たにした。

ブロガンと杖と犬の肉球は渇いた音を立て貝殻の重なりのような岩の上で滑り蛇が一匹横たわっている場所で止まる。蛇は腹を上にして静かに体を折りたたみその平たく真っ白な下面を何匹もの蝶が羽根であおぐのに任せる。スカウトは警戒しながら蛇の臭いを嗅ぎ、蝶たちはゆっくりと犬の頭の回りを飛び交い、まだら模様の羽根で祝福の花を添える。老人は杖で蛇をひっくり返し、その光沢のない皮の汚れた絨毯模様と切断されたガラガラ音を出す器官から出た黒い血塊をじっと見つめる。

老人と犬は進み続ける——悪臭を放つ腐植土、あるいは緑色の古いベルベットの地衣が覆う地面、思いのままに生育し神経節のように絡み合った根菜類が突起する湿地では足音は柔らかい——勾配をくだり、山影に沿って川が煙りたつ谷間に入る。

ハフェイカーに訊いたなら老人がやってきたその朝窓越しに川の方を見ていたのは偶然だったと答えただろうが、彼は糊のきいた灰色のチノパンツをはいた忍耐強く寡黙な訪問者ほど抜け目なく観察していたわけではなかった。その男は一週間も老人を探し続けていたのであり今ようやくその相手が橋の上に姿を現したのだった。老人は粗雑に彫られた杖をつき、小さな紙袋を手に持ち、かびの生えた黄麻布のバックを腰に結びつけ大きくみっともないスポーラン[*35]みたいに体の前に垂らしていた。その足元には残骸のような犬がうなだれて歩き、無駄な自己主張をどうしてもやめられないといった様子でときどき傷跡の残るその鼻面を上げていた。――陽光を浴びたその老朽した橋を渡る老人と犬の足どりは軽いが物悲しく、不具になった兵士の帰還を想わせた。ハフェイカーが戸口まで歩いていくと、男が車から降りてブーツでざくざくと砂利道を踏みしめてやってきて一瞥した。ハフェイカーは店の隅のかぎ煙草の立て看板にかけた壊れた温度計まで歩いていくと温度を確認しているふりをし、朝日に目をやり空気を鼻から吸いこみ、店の中に戻った。老人は道を進み、店の方にやってきた。男はポーチに立ち片腕を

＊34　ニーハイ：ソーダ水、ソフトドリンクのメーカー、あるいはその製品。
＊35　スポーラン：スコットランド高地人が使用する、毛皮でできた大きな下げ袋。

ゆったりと柱にもたせかけ、人差し指を懐中時計用ポケットに突っ込み、ストローをゆっくりと噛み、老人が近づいてくるのを見ていた。あたかもプロの殺し屋が感情を抑え無関心を装っているかのようだった。

老人がポーチに上がると男は言った。

アーサー・オウィンビーだな。

アーサー・オウィンビーの視線はゆっくりとあたりを漂い、男に止まった。

そうじゃが。老人は言った。

あの車に乗るんだ。さあ行くぞ。

老人は歩みを止めていた。老人は男を見ていたが、ほどなく乳青色の穏やかな目は男を通り越し、急降下する一羽の鳩に移り、それからその先にある上り勾配の野原を越えて緑色の山へと移っていった。山の頂は遠くの空と色も形も境界がなく伸びていたが、老人の視線は上昇し続けていた。

聞こえてるのか?

老人は男の方を向いた。ちょっと買い物をしてもいいですかな。老人は言った。

お前は逮捕されるんだ。買い物は必要ない。

老人は薬用人参の袋を持ちながら空を切る手ぶりをし、店に背を向けた。

行くぞ。男は再び言った。

老人が意気消沈したようにポーチを降りはじめると犬は無頓着に、我慢強く、老人の後ろで回れ右をしいつものように愚鈍にふるまった。糊のきいたサラサラの服を身にまとった男に先導されて、老人と犬は車までやってきた。男が車のドアを開け放つと老人はおずおずと前座席に乗り込んだ。ドアが閉まりかけたときに犬がまだ外にいて自分と同じく逮捕されるわけではないらしいことに気づき自分の方に閉じる窓ガラスと覆いを杖で勢いよく突いてドアが閉まるのを妨げた。男はいぶかし気に老人を見た。

老人はどのように話しはじめたらいいのか分からずしばらく息ができないかのように顎を上下に動かしていた。男は言った。今度は何だ？

老人は頭を振り砂利道の方を示した。老犬が困惑した表情を浮かべ目の前の車を見上げて立っていた。犬はどうなるんじゃ？　老人は言った。

犬がどうしたって？

犬もいっしょに乗っていいですかな？

逮捕を妨害するのか、オウィンビー。そこでじっとしてるんだ。男はドアを強引に閉めようとしたが老人の杖が車のステップの上にかかり反作用でドアは再び開き杖には亀裂が入った。老人は杖を車内に入れるとその下部分を確認し、前かがみになって調べてみるとその亀裂から木のひげが飛び出していた。男が再びバタンと閉めたドアが体に軽く触れ老人は息を飲んだ。

男が車回りをぐるっと歩いている少しの時間に、老人はドアについたいくつかのハンドルから正しいハンドルを探り当てドアをまた開き体を外に出し、車から数フィートのところで前後に体を揺すり狼狽している犬を呼んだ。

来い、スカウト。老人は小声で言った。ここに乗るんじゃ。

おい！　男は大声を出した。いったい何をやらかそうってんだ？

前進しはじめていた犬はあとずさりした。男は片側のドアから反対側に移動する途中で足を止め、引き返した。老人が上体を起こすと男が戻ってくるのが見えた。

言ったはずだ。男はそう言いながら、素早くやってきてドアに手を伸ばした。老人はひるみ、ドアがまたバタンと閉められるのを待ち構えたが、ドアは逆に外側に開かれ男の顔が不意に目の前に現れ怒りを微塵も隠そうとせずに老人を睨みつけた。逃げようとしたのか？　男は問い詰めた。

そんなことはない。老人は言った。犬を中に入れようとしただけじゃ……

ただ何だって？　犬？　男は振り向くと、はじめて視界に入ったかのように猟犬を見た。あんた頭がおかしいらしいな。犬なんか連れていけるわけないだろう……

この犬は自分ひとりじゃやっていけないんじゃ。老人は言った。年を取りすぎておってな。

俺は野犬を保護しているわけじゃないしペットを預かっているわけでもない。男は言った。犬ころをしょっぴきに使わされたんでもない。とにかく車のなかで静かにしてるのが身のためだ。男がおもむろに抑揚なく言ったので老人はいよいよ不安になってきた。だが再度乱暴にドアが閉められ男が車回りをぐるっと回り横に乗り込んでくるまでは口を開かなかった。

あの犬、車に乗っても何もせんよ。老人は言った。奴をここに残していくのはどうしてもできないんじゃよ。

じいさん。男は言った。黙ってそこにじっとしていた方がいい。あんたはもうさんざんトラブルを起こしてくれたからな。男がエンジンをかけギアを上げると老人は体が乱暴に後方へ発射されほこりのうねりが顔面を吹き抜けるのを感じた。道に立ちつくす犬のまわりには砂利が飛び散り二人を乗せた車は長いガタゴト道のカーブを進みそのまま走り去った。老人が杖をにぎりしめ、汚れた小袋を両膝で挟みながら後ろを振り返ると犬はまだ同じ場所に立っていて、その姿は神が人類に課した理解の及ばない問いを隔世遺伝的に象徴する存在、あるいは神からの問いを伝える獰猛な使者のようだった。ほどなく犬は頭を上げ乳白色の目にかかっていたひだを払うと車を追ってふらふらと駆けだした。

ウォーンは小さな円錐形の薊（アザミ）をミンクの皮に向けて吹いた。ダメだな。ウォーンは言った。十ドルかな。見てみな――もう一度吹いて言った。綿みたいだろ。最高のミンクじゃないと二〇ドルにはならないんだ。

少年はうなずいた。

最高のミンクの皮はすべすべなんだ。やれやれ、ほら。そう言うとウォーンはミンクを少年に返した。がっかりしただろ。

少年はミンクを受け取ると材木置き場の棚の上に下手で投げた。少年は丸太の山から降りて二人はいっしょに外に出た。スズメバチが何匹か軒下で長い脚をぶらつかせながら飛び回っていた。針槐（ハリエンジュ）の木々にはもう小さな芽が出ていた。そのミンクは時を置かずに骨だけになってしまうだろうが、今回は見に戻ってくるつもりはなかった。前に瓶に入れて埋めたムササビを掘り起こしたことがあったがそのとき見つけたのは、ガラスのなかでころがる寝具の糸くずのように小さな毛がついた骨だけだった。

野原はまだ水浸しで通れなかったので二人はウォーンの家に向かう道路に出て、店の前を通った。

金は持ってるかい？

いや。少年は言った。まだ皮を売ってないから。君は？

いや。皮は売ったけど全部使っちゃったんだ。俺は金が入ればぱっと使うんだ。今度は学校に行くときの新しい靴に使っちゃったよ。

いくらもらったんだい？

皮全部でかい？　いくらだったかな。平均するとそれぞれ二ドルくらいかな。大きなネズミは三ドルで子供のネズミって言われたやつは一ドルしかもらえなかった。全部で十八の皮で三十一ドルだったかな。

僕は六ドル必要なんだ。少年は言った。二ドルの借りもあるし。

誰に借りてるんだい？

シルダーだよ。新しい罠を買うのに貸してくれたんだ。ギフォードに罠を取られてさ。町の店で新しい罠の代金をつけにしてもらったんだ——店の人が安くしてくれてさ。

シルダーとつるんで町でつけで買い物なんかしてるとそのうち刑務所行きになっちまうぜ。ギフォードにそうされなくてラッキーだったぜ。

ギフォードなんかくそくらえだ。

おいおい。ウォーンは言った。ギフォードも震えあがるぜ。

ウォーンは家の奥に自分の部屋を持っていた。少年がベッドに腰かけている間にウォーンは旧式の裁縫用キャビネットの一番上の棚をあさっていた。ウォーンはいろいろなものを取り出した——ホークビルナイフ、三つの矢じり、酸化して灰色に変色したすべすべの銃弾のコレクション、解剖用メス、石、ダイナマイトの雷管、釣り用具の数々、乾燥した薬用人参、一巻きの銅線……物の山を掻き分けてようやくページの隅の折れた薄い冊子を探し出した。その表紙は罠に捕らえられたオオヤマネコをインクで描いた古めかしく均整の取れていないスケッチ画だった。表紙の上部には黒い文字で『北米の毛皮獣の捕獲の仕方』とタイトルがあった。ウォーンはこの愛蔵の品をうやうやしく扱った。アーサーおじさんからもらったんだ。ウォーンは言った。中身はすごいぜ。

「オオヤマネコとボブキャット用の仕掛け」と名付けられた章では二人の興味をそそる巧妙な仕掛け図が載っていた。餌は木の切り株の上方に大枝から吊るす。罠は切り株の上に設置する。獲物が立ち上がり――図は毛むくじゃらの大きなオオヤマネコが後ろ脚で立ち餌のにおいを嗅いでいる様子を描いている――その足を切り株の上に載せると罠にかかる――そしてまた破線が下に伸び、落ち葉が何枚も描かれていた。

ウォーンはしかつめらしくうなずいた。それだよ。ウォーンは言った。少年がその仕掛けを注意深く観察しおえるとウォーンは冊子を裁縫用キャビネットのなかに戻した。

本当にボブキャットだったのかい?

それ以外考えられないだろ。ウォーンは言った。俺が知る限りあんなに鋭い鉤爪をしているのは他にいないよ。

それを捕まえるんだったらあの十ドルも惜しくないよ。少年は言った。

内勤の巡査長はマリオン・シルダーの骨ばった体を苦痛の表情でじっと見つめた。あたかも重い荷物を無理に背負わされたといった様子だった。シルダーは上機嫌を匂わせて巡査長の顔を見返した。巡査長はまた書類に視線を戻し、唇を震わせながら嫌悪感を抑えていた。数分間考えこんだ後に、机のファイル用の抽斗(ひきだし)にフォルダーを戻し羽ペンを手に取った。名前は？　インク台を凝視しながら退屈そうに巡査長は言った。

フレッド・ロング。

マリオン・パリス・シルダーだな。職業は。

鉄鋼業の……

無職。結婚は？

してない。

既婚。住所は？

テネシーのレッド・マウンテン。

ノックスヴィルの九号線だな。それから……年齢。

二十。

と八だな。前科は。

黙秘。

犯罪歴だよ。

巡査長はあたかもシルダーがそこにいることに驚いたみたいに視線を上げた。前科はあるのか。再びゆっくりと巡査長は言った。

また沈黙の時間が流れた。建物の奥から何かがガチャンとなる音がかすかに響いた。巡査長は待っていた。やがてやれやれといった表情でドアのそばで椅子に座っている巡査に相づちを打った。巡査は立ち上がると余計な手間はかけないといった感じで囚人の方にゆっくりと歩いてきた。シルダーはそちらに視線を向けた。シルダーが机の前の巡査長に視線を戻したその瞬間に巡査はシルダーの肋骨のあたりを警棒で思い切り突いた。

ウグッ！　シルダーは思わず声を出した。

巡査は何かが気に入らないといった表情をしていた。

前科を言うんだ。あくびを抑えながら物憂げな声で巡査長は言った。

全部知ってるようじゃないか。シルダーは言った。ウフッ！

巡査はまじまじとシルダーの顔を見ながら警棒を再び使う準備を整えた。

犯罪の――

ない。シルダーは言った。

なしか。

巡査長は椅子にふんぞり返って目を閉じ、心ここにあらずといった穏やかな表情を浮かべていた。巡査はドア近くの柱に戻った。建物の奥の監房から悲し気な歌声がとぎれとぎれに聞こえてきた。巡査長は書類を裏返した。部屋の外の廊下に男が何人か入ってきて、足を踏んで泥を落としたり雨合羽をはたいたりしながら、天気について文句を言っていた。暖炉の管がカタカタと鳴った。

しばらくして巡査長は再びシルダーを凝視した。今日のところはこれでおしまいだ。巡査長は言った。お前は酒の不法所持で告訴されたんだ——それに税金逃れだ。お前に会いたいって人が来てる。仲良くお話がしたいそうだ。

誰のことだ？　シルダーは言った。

ギフォードっていう人だ。聞いたことはあるか？

看守！

シルダーの三人目の訪問者は少年だった。少年は目を見開き神妙な面持ちをしていたがその後ろから薄ら笑いを浮かべた案内役の看守がついてきた。

おじさんはここだ。看守は言った。かわいい男の子が会いにきたぜ。

少年はスチール製の寝台に腰かけた男をじっと見つめた。看守は少年の視線の先を追った。まあ、元気溌剌というわけじゃなさそうだな。看守は言った。首を絞められた猫みたいだ。さあ中に入って挨拶しな。かわいそうなおじさんを元気づけてやれ。

少年は中に足を踏み入れた。シルダーは視線を少年に向け、ぎこちなく薄ら笑いを浮かべ、うなずいた。よお、子豚ちゃん。シルダーは言った。二人の背後でドアがガタンと閉まり、看守は去り、靴のかかとが鳴り、鍵束の音がジャラジャラと廊下に響いた。

こんにちは。少年は言った。いったい何があったの？

まあ、あいつらとちょっとばかし意見の食い違いがあってな……税金がかかっている道で税金がかかっていないウィスキーを運んでいいか、ウィスキー税を払わないとウィスキー税がかかっていない道の上を運転する権利までも失うか、そもそもウィスキーに税金がかかっていたとしても違法か、とか。どうやらあいつらの仕事は人を町から追放することらしい。

いや、そういうことじゃなくて……車の衝突事故？

ああ。いや……衝突されたみたいに体はぼろぼろだが、事故を起こしたわけじゃない。シルダーは自分の頬と額にできたまだらの腫物を指でいじった。ちょっとしたもんだろ？　昔の知り合いのよしみでおめかししてもらったんだ……ギフォードの大将にな。仲間二人といっしょに俺を押さえつけやがった。俺がやつの金玉を蹴るまではここまでするつもりはなかったんだろう。でもこうなっちゃ奴らの心配は俺が裁判に出るときに顔の腫物が引いてるかってことよ。本当は肋骨が何本か折れてるんだが奴らはまだ知らん。俺は奴らに反撃する切り札を持ってるってわけだ。まあ、座れよ。シルダーは作り顔をし寝台から足をどけて少年が座る場所をつくった。

少年は何も意見を言わなかった。少年はシルダーをじっと見つめたまま、寝台に腰をおろした。それから言った。

あのくそ野郎。

ああ。シルダーは言った。

あいつらどうやって……事故じゃないなら、どうやって……

俺を捕まえたかって？　それは難しいことじゃないさ。俺にも橋から飛び降りるっていう選択肢はあったんだがな。飛び降りても助かる奴はいるからな。

どういうこと？

水がガソリンに入ったんだ。雨の量が半端なかったからな。少なくともエラーの店の液漏れガソリン台が駄目になるくらいにはな。それでもエラーのやつ、代金はちゃんと取りやがった——ヘンリー・ストリート橋の真ん中でえんこしたのによ。

そうなんだ。

シルダーはコンクリートの壁にもたれかかり箱を軽くたたいて煙草を一本取り出すところだった。そんなにびっくりするほどのことじゃねえかな？　シルダーは言った。

僕が奴をやる。

何て？

僕があのくそ野郎をやっつけてやる。

何！　あの老いぼれをか？　埋め合わせはしてもらわんとならんが、そこまで……おい。何かに思いあたったようにシルダーは言った。

そうだよ。少年は言った。大将さ。

シルダーの顔からは笑みが消えていた。ちょっと待て。シルダーは言った。お前が誰かをやるなんで許さんぞ。

相手はあいつだよ。少年は言った。

それでもだ。シルダーは言った。シルダーはじっと睨んでいたが少年は自分の言い分が正しいことを疑っていなかった。

どうしてさ？　少年は訊いた。

とにかくジェファソン・ギフォードには近づくな。分かったか？

僕がトラブルに巻き込まれると思ってるんだね。少年は言った。僕が……

分からん小僧だな。よく聞け。

シルダーは間を取り、何かを考えだそうとしているようだった。おそらくは説得力のある言葉を。よく聞くんだ。シルダーは言った。あいつと俺の関係は二人だけのもんだ。他の誰も必要じゃない。お前の気持ちはありがたいがお断りだ。俺はお前に貸しはないし体が言うことをきかんわけでもない。ギフォードの相手は俺自身でやる。分かったか?

少年は答えなかったし、聞いているようにも見えなかった。シルダーは煙草に火をつけ少年を見た。少年はシルダーの方に顔をむけ一度目を合わすと、何かを思い出したようにジーンズの懐中時計用ポケットに指を入れ折りたたまれた二枚の一ドル札を取り差し出した。

何だそれは? シルダーは訊いた。

借りた二ドルだよ。罠を買うときに貸してくれたお金。

別に返さなくても……。シルダーは口にしたが途中で言葉を止め二枚の汚れた紙幣を差し出している少年を見た。分かった。シルダーは言った。シルダーは金を受け取りシャツのポケットに突っ込んだ。これで貸し借りなしだな。

少年はしばらく黙っていた。それから言った。

いや。

いや、何だ?

貸し借りなしにはならない。罠をなくした責任があるんだったらこれで貸し借りなしってことになるけどそうじゃないし、僕が金を払って買い戻したってことにしないと貸し借りなしにはならない……それに僕のせいでぶちのめされて牢屋に入れられたのだって……だからまだ貸し借りなしって話にはならない。その部分は全然そうじゃない。

シルダーはポケットの金に手を伸ばし、よく考えてから立ち上がり、かかとで煙草を潰し、火を消した。それから少年を見た。貸し借りのことはどうだっていい。シルダーは言った。ギフォードには近づくな、それだけだ。分かったな？

少年は何も言わなかった。

約束するか？　シルダーは言った。

しない。

シルダーは少年の顔を見た。まだ子供っぽいが揺るぎない反抗心を湛えていた。なあ、お前は俺を今よりもやっかいな面倒に巻き込もうっていうのか……

そんなつもりは……

黙って聞け。

少年は黙った。二人は座って相手を見ていた。男は顔を蜂に刺されでもしたように歪ませやつれた大きな体を前のめりにし少年の方は金属製の寝台の端にちょこんと座り多くの人間が横になって休みたくても休めない所にやすやすと座るのは気が引けるといった様子だった。

なあ。シルダーは長く息を吸い込んだ。貸し借りの話をしたけりゃそれもいいだろう。俺とギフは貸し借りなしだ。

少年は好奇の目でシルダーを見た。

そうだ。シルダーは言った。俺は奴に一発食らわせたし奴も俺に一発食らわせた。貸し借りなしだろう？

少年はにわかに信じがたいといった様子で黙然と座っていた。

もちろん。シルダーは続けた。牢屋にぶちこまれたことを忘れたわけじゃない。お前は奴が俺を逮捕したのは俺が奴に借りをつくったからと思ってるんだな？　そうじゃない。それが奴の仕事なのさ。それで奴は飯を食ってる。法を破る人間を逮捕してな。俺は法を破るだけじゃない。それで飯を食ってる。シルダーはさらに前のめりになって少年の顔を睨んだ。たったの三時間で普通の人間が一週間かかって稼ぐ以上の金が手に入る。どうしてか？　それがきつい仕事だからか？　そうじゃない。遅かれ早かれ牢屋行きになるようなことをして飯を食ってる奴には牢屋行きと引き換えに金が支払われるんだ。法を破っている時間の分だけじゃなくて捕まって刑務所にいる時間の分も前もって支払われるって寸法さ。誰かが誰かに借りをつくってるって話じゃない。ギフォードみたいな奴がいなかったら、要するに法がなかったら、俺のウィスキー運びの仕事はなかったわけだし、ウィスキー運びがなかったら運び屋を捕まえる奴の仕事だってなかっただろう。これでも貸し借りがあるってか？

シルダーの声は上ずりはじめ顔には怒りの形相さえ浮かんでいた。だがお前は。シルダーは続けた。お前は正義の味方にでもなりたいんだろう。だかな、正義の味方なんてもういやしないんだ。

少年は意気阻喪したように見え、顔を赤くした。

本当に分かったか？　シルダーは言った。

正義の味方になりたいなんて言ってないよ。少年はすねたように言った。

誰にも正義の味方ごっごなんかできないぜ。シルダーは言った。ともかく、俺がお前のために何かしたなんてのはお前の思い違いだ。俺は自分がやりたいこと以外はしない。頼むからギフォードには近づくんじゃない。それから俺にも近づくな。そもそもお前はここに来るべきじゃなかったんだ。お前のせいで未成年への不法行為の罪に問われちまう。さあ、もう出ていけ。

シルダーは壁にもたれかかり目の前の虚空を見つめた。しばらくして少年は立ち上がるとドアまで歩き開けようとしたが、シルダーは顔を上げず、少年に話しかけようともせず、看守を呼んだ。鍵束を鳴らし看守がやってくる音がし、独房のドアが軋りながら開いた。それから音が止んだ。シルダーは顔を上げた。少年は戸口に立ち、体を横向けにし、困惑して物憂げな笑みを浮かべながら見ていた。反駁できない事実に直面して必死に信じまいとする人間の笑みだった。シルダーは別れの挨拶がわりに片手を挙げた。それからドアがガタンと閉まった。

シルダーは体を起こして、寝台から半分立ち上がり、少年を呼び戻そうとしかけた。しかし言葉は内にとどまった。俺が言ったことは本当じゃない。全部嘘っぱちだ。ギフォードこそが法を守らない悪党なんだ。撃ち殺しても、寝てる間に焼き殺しても、何をしてもかまわんさ。断罪しなきゃならん裏切者なんだからな。人間は私欲で他人の物を盗み怒りで人を殺すかもしれんが奴は金のために隣人を売るような輩だ。奴ほど堕落した卑劣な人間なんていやしないんだ。

柔らかくゆったりとした優美な動きでなめし革のような足を地面に着け、猫はいかにも猫といった風に後足を前足に続いて正確に踏み出し、絹が動くように肩を丸め、腰を揺らしていた。痩せているが垂れさがった腹はわずかに揺れていた。頭を低くし一直線に進む歩みは、目に見えない線路をたどっているかのようだった。猫の体には鼻をつく屋外便所の臭いがわずかに残っていた。猫は一日中屋外便所で寝ていたが、暑さのせいで落ち着かず、隅にたまったほこりまみれの落葉のなかでぐったりとしながら、ゴキブリが物を引っ掻いたりサーッと走る音やカミキリムシが木に穿孔する音に耳をそばだてていた。今猫は干からびた雑草がまばらに生えた耕作地を進みその通り道では雑草から塵がぱっと舞い上がった。夕暮れ時になってみすぼらしい居住地を出ると、猫がみな通り道にしている幅の狭い耕作地を進んだ。

猫は地面が水分を含んだままの暗いトンネルではなく近くの忍冬(スイカズラ)の木間を通り土手に出て、道路下の排水路を横切り野原に入り、陶器の破片で舗装したようにひび割れうねっている粘土の雨裂へと進み、それから唐綿(トウワタ)や牛蒡(ゴボウ)が生えている沼地を迂回し、トガリネズミかハタネズミのかすかな形跡を追い、草むらのなかの小さな穴にやってきた。固くなった輪生の草を引っ掻き、穴を突き、踏みつけながら野原を先に進んでいくとコオロギがあわてふためき、バッタが草の茎から飛んで逃げ回った。頭上では音もなしに物影がよぎったが、おそらく遅れて戻ってきた鳥の群れだった。

野原の真ん中あたりに胡桃(クルミ)の木が一本ありその周囲は無数の大理石によって斧やすき刃の攻撃から守られていた。猫は石の隙間の小さな迷宮に鼻を突っこみ、フェレットのように体を揺らした。胡桃とジリスの臭いがしたが、何も見つけることはできなかった。
大理石から離れ、大きく枝を伸ばした木の下から出ると、猫のまわりに影が生じ、インク液が広がるように暗闇が広がり、静かにシューとうなる羽根音は猫が半ば振り返ったときには止んでいたが、信じられないほど大きく広げられた翼がコップで水をすくうように降下してきたのを察知し再び振り向き、わめき声をあげるやフクロウが猫の背中に落石のような一撃を食らわした。

エラー氏はライオンの頭部をあしらったドアを後ろ手に閉め錠を鳴らし締まっていることを確認した。それからズボンの尻ポケットの札入れにつながる鎖を確認し、麦わら帽子を整え、家の方向に道を歩きはじめた。郵便受けのところで真上から猫の金切り声が聞こえた気がした。エラー氏は頭上を見上げたが、そこに木はなかった。エラー氏は頭を振り道の穴ぼこを注意してよけながら歩き続けた。甲高い鳴き声が今度はもっと遠くから聞こえ、家の背後にある松の並木にまで響いた。エラー氏は黄色い電球が変わることなくぼんやりとした光を放つポーチまで歩いた。心休まる場所にようやく帰ってきた。

ノックス郡社会福祉局に最近雇われた若い社会労務士が事務所を通じて調査を依頼された。老齢で無一文の男が郡刑務所に拘留され、起こした事件（政府施設の損壊から意図的な殺人未遂におよぶ罪状で告発された）の事情聴取を待っているという。男に親類はいるのか、もしいなければ、どの部局あるいは事務所の監督下におくべきかを確かめる調査だった。その代理人は老齢の男が収監されている独房に通されると、声をかけた。

オウィンビーさんでしょうか。

そうじゃが。

私は郡の福祉局からきた者です。

福祉局？

ええ、私たちは……そうですね。みなさんを手助けする仕事をしております。

老人はその言葉を頭のなかで巡らせてみた。老人はドア付近に棒立ちしたその細身の若い男に注意を払っているようには見えなかった。彼はあごを掻いてから言った。わしは何も持っとらん。誰かの手助けができるとは思えんが。

代理人はその言葉を理解しようと試みたが、すぐにあきらめた。私たちはちょっとした情報が欲しいだけなのです。

老人は代理人の方を見て訊いた。あんたも警官なのかい？

いいえ。代理人は言った。私は社会福祉局の者です……あなたに面会して、私たちに何か手助けできることがないか確認するように言われているんです。

じゃったら、何もないじゃろな。老人は言った。わしはお前さん方がいうブラッシー向きの人間じゃからな。

ええ。代理人は言った。あ、そういう意味ではなくて……つまりですね、オウィンビーさん、あなたが受給資格をお持ちかもしれない給付金があるんです。長い間私たちの部署はあなたのことを見落としていたようであなたの記録を、わたしたちは、なんといいますか、記録に残したいんです。そのためにここにいくつか必要書類がありますので作成にご協力いただけないでしょうか。

なるほどな。老人は言った。

いくつか質問にお答えいただけますか？

いいとも。老人は言った。座ったらどうじゃね。

ありがとうございます。代理人は言った。代理人はいかにも慎重に簡易寝台に腰をおろし書類鞄の革ひもをはずしはじめた。その手は鞄の中に消え出てきたときにはカーボン紙が間に入った用紙の束を持っていた。では、最初に、お年はいくつですか。代理人は気楽に訊いた。

ああ、はっきりとは分からん。

はい。何とおっしゃいましたか？

よく分からんと言ったんじゃ。よく覚えておらんこともあるんじゃ。

それでは、いつお生まれになったのか教えていただけますか。

老人は代理人をものめずらしそうに見つめた。それが分かってたらじゃ。老人は苛立ちを抑えていった。自分が何歳か分かるじゃろうし、答えることもできるじゃろ。

代理人はうっすらと笑みを浮かべた。ええ、もちろんそうですね。それでは、何歳くらいか目星はつきますか？　六五歳を過ぎていますか？

かなりな。

そうですか、何歳くらいとご自身ではお思いですか？

くらいじゃない。どちらかじゃ。老人は言った。八三歳か八四歳のどちらかじゃ。

代理人はそれを用紙に書き留め、しばらく満足したようにじっと見ていた。了解です。代理人は言った。次に、現在のお住まいはどちらですか？

今は八十四歳だとしてもそのうち一〇五歳になるじゃろう。ただし八五歳になるのが先じゃが。

はい、オウィンビーさんの……

あんたの生まれはいつじゃ？

代理人は用紙から目を離し顔をあげた。一九一三年ですが。代理人は言った。あの、私たちは……

日にちは？

六月の一三日ですが。オウィンビーさん……

老人は反芻するように斜め上を見つめた。ふむ。老人は言った。金曜日じゃなその日は。ちょっとばかしはじまりが悪かったたな。あんたが生まれたとき親父さんは二八歳を超えてたかい？

いいえ。でもやめてください、オウィンビーさん。こちらの質問にですね……

老人は黙り込み代理人はしばらく老人を見つめたままじっと座っていた。では。代理人は言った。現在のお住まいは？

ああ。老人は言った。昔はフォークド・クリーク――ツイン・フォーク道に住んでたんじゃが、山に越したんじゃ。山に小さな住まいがあるんじゃ。

どこの山ですか？

どこだろうとかまわんじゃろう。

でも住所を記入する必要があるんです、オウィンビーさん。

じゃったら、ツイン・フォーク道と書いたらいい。老人は言った。

現在おひとりでお住まいですか？

わしとスカウトだけじゃ。こないだまでな。

スカウトというのは？

犬じゃよ。

代理人は記入をつづけた。ご家族やご親戚はいらっしゃらないようですね。

イエスじゃ。

代理人は顔を上げた。でしたらお名前をお聞きしたいのですが。代理人は言った。

イエスというのは誰もおらんという意味じゃよ。老人はうんざりして言った。

代理人は質問を続け、老人はイエスかノーで答えるか、知っていることだけを答えた。膝のうえに上向きに置いた手を開いたり閉じたりし、掌で何かを練って柔らかくする動作を繰り返した。その動きを止めると老人は姿勢を正し、震えるこぶしを握りしめ紙のような皮膚のうえに使い古しの青い糸のような静脈が浮き出させながら、背筋を伸ばし代理人の質問を自分の質問で遮った。

いったい何を言いに来たんじゃ？　もっとはっきり訊いたらどうじゃ。

何ですって？　代理人は言った。

なぜわしがあんなことをやったのか。何発も弾を撃ち込んでお前さんたちの装置を穴だらけにしたのか。あんたこそどこから来たんじゃ。いまいましい北部人(ヤンキー)みたいにしゃべりおって。あんたの仕事は何なんじゃ？　質問するのが仕事とでもいうのか？

オウィンビーさん……

オウィンビーさんなんて呼ばんでくれ。あんなことをしたわけは説明できるが――それでもあんたには分からんじゃろ。それはそれでいいんじゃ。あんたは座ってくだらん質問をしてればいい。だが物事が分からんからといって物事がなかったということにはならん。まあ、わしは年よりで何度もつらい目にあってきたからな、ブラッシー・マウンテンが最悪の場所だとは思わん。

オウィンビーさん、たいへんお怒りのようで恐縮なのですが……

あああ。老人は言った。

オウィンビーさん、質問はあといくつかだけなんです。ご希望なら出直してきます。私が思うに……

私たち福祉局の人間が思うに……

じゃあ、そうしてくれ。老人は言った。わしはどこにも行かん。老人は壁によりかかり何かのイメージを拭うように片手を目の前でさっと振った。それから両手を膝につけ腰かけたまま微動だにせず、ぼさぼさ髪の頭を煉瓦につけ、忍耐力と鍛え上げた近寄りがたい聖性を取り戻したと言わんばかりに、ぼんやりとした青い目は檻の列を見やり、立ち並ぶ汗じみた鉄の棒や、起立していたり寝床で丸まったりしている人影に向けられていた。老人は年月の円環が閉じていくのを感じ、その曲線の最後が徐々に老人を存在の始原へと立ち返らせたが、それはかつて老人が漂流した音や色がプリズム状に流動する領域であり、今や人間の世界を超越する領域だった。代理人が書類を集め書類鞄にしまい終わるまでに老人は目を閉じてしまっていたので代理人は小さな声で看守を呼びそこを離れた。

看守は代理人といっしょに廊下を歩いた。代理人は平静を取り戻した。それにしても。代理人は陽気に言った。まったくやっかいな爺さんですね。

あの爺さんか？　そうだな。ここじゃおとなしくしてるが、捕まえてここに連れてくるまでにゃずいぶん手間がかかったからな。

何があったんですか？　代理人は言った。

そうさな、四人も撃ったのさ。ルーサー・ボイドはまだ松葉杖をついてるよ。

人を殺したんですか？　代理人は訊いた。

いや。でもそのつもりがなかったとは言えんさ。あの爺さん、たちが悪いからな。

そうですね。代理人はそう言って考え込んだ。間違いなく無法者ですね。

蛇みたいに性悪だ。看守は言った。ほら、出口のドアだよ。

代理人は内勤の巡査長に礼を言ってドアを通って中庭に出た。書類鞄を左手に持ち替えハンカチで額を軽くたたいた。ホールの床にはられた擦り切れたカーペットの上を進む歩みは無音だった。代理人は優美な立ち振る舞いで、繊細な猫のように歩いていった。

毎年春になると敷地内を歩き回ったり地面に座る者たちの姿がみられる。たいてい地面は低音でうなる草刈り機が刈った跡で、飛び散らかったヒナギクの白い花冠がやわらかく落下している。長い独り言が聞こえてきたり止まったりし、偉大な行為や英雄や過ぎ去った高貴な時代についての話がいくつも語られる。草刈り機は軍隊式の隊列を組みフェンス沿いに戻ってきてその不明瞭な声をかき消してしまう。

丘の上にある煉瓦造りの建物は時を重ねて漆黒に変色し、強大だが物憂げで、古代の要塞の遺跡を想わせる。待合室から薄明るい陽のなかに出てきた何組かの家族はゆっくりと歩を進め、言葉を交わしながら、声にならない悲しみに暮れている。訪問客のない者は敷地内をせかせかと行ったり来たりするがその様子はお目当ての獲物が見つからないセッター犬[*36]を想わせる。

芝生の上に付き添いもなく静かに座っている者もいて生真面目な眼で前を見据えている。やさしい声が耳をとめどなく愛撫し彼らに悲しみが及ぶことはない。ピクニックや水遊びに行く人々の車に嬉々として手を振る者たちもいる。この場所の最長老は少し離れたところに座り、草の茎を黄ばんだ歯の隙間で回しながら、夏の記憶を蘇らせる。

赤煉瓦色の砂塵にトカゲの足跡が残る山道は、暑く、風通しの悪い、浮世離れした桃の果樹園を通り抜け、鳥たちは沈黙し一羽のハゲタカだけが日の当らない山腹の青灰色の空間を浮遊し、上昇気流に

＊36　セッター犬：獲物を指示する役割の猟犬。

乗って高く舞い上がり、道は曲がり緑色の光沢のある牛尾菜（シオデ）の藪に突き当たり、桃の果樹園の穴のどんよりとした水に封印された死骸は歯を剥き出しにし、緑色のへどろにまみれた頭骨にはイモリが何匹も眼窩にのたくり苔のかつらが巻き付いている。

老人がドアで立ち止まると、付添人は気乗り薄な老人の片腕を支えながら先導し部屋に入った。瞼（まぶた）の隙間から少年を見据える老人の目はいくらの輝きも湛えておらず、老人は少年が覚えているよりも年をとっているように見えた。付添人は老人を引っぱり部屋の中に入れ、老人は靴底が紙のように薄くなった古いブロガン靴を引きずり、コンクリートの床の上をかさかさと音を立てながら歩いてきた。二人は少年が座っているところまでやってきた。甥っ子さんだよ。付添人が老人の耳元で大声を出した。甥っ子さんのこと覚えているかい？

老人は閉じた瞼のはるか奥から青い目を一瞬輝かせた。ああ。老人は言った。

付添人は少年の横にある枝編み細工の椅子に老人を無理やり座らせると二人を残しドアを通って戻っていき、靴底のクレープゴムが廊下を軋る高音が徐々に小さくなっていった。椅子に腰かけた老人は向こう側に単調に広がる漂白された漆喰（しっくい）の壁をじっと見ていた。

アーサーおじさん？

老人は顔を向けた。少年は噛み煙草が入った大きな袋を老人に差し出した。

煙草を持ってきたよ。少年は言った。ビーチ=ナット[*37]だよ、おじさんの好きな。

老人はゆっくりと袋を受け取るとシャツの胸のなかにすべりこませた。ありがとな。老人は言った。恩にきるよ。

二人は黙って座っていた。窓の下をまた草刈り機が通ると、うなる音は大きくなりまもなく小さくなった。笑い声や遠くの話し声が聞こえてきた。誰かがしくしく泣く声も聞こえてきたが、独りぼっちになった子供の泣き声に似ていた。

少し暖かくなってきたな？　老人は言った。

山に少し雨が降ったんだ。少年は言った。先週の日曜日だったかな。

そうじゃな。老人は言った。まあ、今年は雨が少ないじゃろ。一度にどっと降ったがな。日照りが近づいているんじゃ。どうしようもないことだし、永遠に続くわけでもない。七年目というのはそういう年なんじゃ。

老人は両靴の間の床に視線を落とした。鐘状に広がった靴の上部からは青白くつやつやの無毛のすねが上に伸び、ズボンの中に続いていた。年を取ると計算せずとも分かる。老人は言った。兆しが読めるようになるんじゃ。自分の体が感じるんじゃな。何が起こるか前もって分かる盲人の知り合いもおった。

*37　ビーチ=ナット：嗅ぎ煙草のブランド。

とにかく今年は旱魃が来そうじゃ。霜が降りるのが遅ければ旱魃の兆しだとすぐ分かる。作物はほとんど採れんじゃろ。季節のめぐりが大事じゃがそれがない。作物の出来は天気次第じゃ。狩りも同じじゃし、誰も知らんようじゃが、人間の成長もそうじゃ。わしがまだ子供の頃、冬とも呼べん冬があったんじゃ。一日も霜が降りる日がなかった。あの年の作物の出来といったらそれはひどいもんじゃった。七回目の七年目の年じゃった。あんな年はお前がわしくらいの年にならんと来んじゃろな。

老人はそこで間を置き、ズボンのボタンを調べた。それから言った。今年は悪い年になりそうじゃ。年末までに天災が起きるかもしれんな。

少年がどうしてとたずねると老人は七年ごとに不作の年と豊作の年があると説明した。少年はそのことについて考えた。それから言った。だったら十四年ごとってことじゃないの？

数え方による。老人は言った。不作の年だけを数えて豊作の年やなんかを数えなきゃ、十四年ってことになる。そうやって数える奴もおる。わしの数え方は七年じゃ。

老人は枝編み細工の椅子の列の上の壁をじっと見ていた。付添人が男女のカップルを連れて部屋を歩いていった。女は黄色いレースのハンカチで目を拭っていた。三人は部屋を出ていった。しばらくして少年が言った。

マリオン・シルダーが捕まったんだ。

老人が首を回すと、細く白い絹のような髪がそよ風が吹いたようにさらっと上に舞った。誰が捕まったって？　老人は言った。

シルダーだよ。あの……ホビーのところにウィスキーを運んでた人。積荷といっしょに見つかってブラッシー送りになったよ。

奴の名前はジャックだと思っとったが。老人は言った。

いや、シルダーだよ。マリオン・シルダー。僕の友達だったんだ。

そうか。老人は言った。そう言えば一、二度山で見かけたな。黒い車に乗っとった。新しい型だったな。ブラッシー送りになったか。

三年もだよ。ウィスキーの密輸でさ。

そりゃひどい。老人は言った。今はちゃちなことでも見逃してもらえんの。ああ、会ってしゃべったことはないがその子のことは覚えておる。まあ、わしよりはうまくやっていけるじゃろ。わしはここの奴らにはどうしても馴染（なじ）めん。老人はさらに何かを言おうとしているようだったがそこで言葉を止めて少年を見た。針金状の房のような眉は弧をえがき苦痛か怒りを湛えていて老いた目は灰青色だが獰猛で、老いた白い顔は放浪者を想わせた。

どのくらい長く……いなきゃならなの？

ここにか？　老人は言った。当分はいなきゃならんじゃろ。奴らわしが捕まった理由は何も説明せんかったが要はわしの頭がおかしいと思ったんじゃろ。ここが狂った人間が送られる場所だってことは分かっとるな。わしが狂人じゃないと分かったら奴ら、わしをどうするかの。老人は煙草の袋が入ったシャツの前部を軽くたたいた。プリアムの息子は元気かな？　老人は言った。

あいつは北に住んでるおばあさんのところに行っちゃったよ。少年は言った。近くに住む人があまりいなくなっちゃったんだ。

そうなんじゃな。老人は言った。プリアムの息子はミンクを捕まえたかい？

いや。でも僕は捕まえたよ。

ほんとか？　儲（もう）かったじゃろ？

いくらにもならなかったよ。ボブキャットか何かに体を裂かれてたからね。

それは残念じゃったな。老人は言った。そのボブキャットにも罠を仕掛けてたのかい？

僕とウォーンでね。でも捕まえたのはいつものフクロウネズミだけ。

猫は賢いからな。老人は認めた。ひょっとするとミンクをやったのは普通の飼い猫かもしれんな。奴らは手当たり次第ものを引き裂くからな。猫ってのはそういうもんじゃ。飼い猫も賢い。犬やロバよりも頭がいいんじゃ。人間は猫に何かを教え込むことはできんと考えておるがほんとのところはそうじゃない。猫は人間に何か教え込まれるのが嫌なんじゃ。それだけ猫は賢いということじゃな。昔言葉をしゃべる猫を飼ってる男がおった。奴とその猫は人間同士みたいにしゃべっておった。わしはその猫には近よらんかった。何が起きているか分かってたからじゃ。よくあることじゃが人間は肉体が死んでも魂はしばらく猫に乗り移るんじゃ。とくに溺れ死んだときとちゃんと埋葬されなかったときはな。

でもそれが七年以上続くことはない。だから奴の魂はもう抜けてるわけでわしはこれ以上奴につきあう必要もないがただし奴の体は焼かれるべきではなかったし、放っておいたわしにも非があるのかもしれん。とにかくそれは起きたことだし奴の魂が抜け去ったことは変わらん。エラーの奴が聞いた声はあの男の声だったんじゃろ。あんなひどい金切り声を聞いたのははじめてだとエラーは言っておったな。もっともわしはこのことを誰かに話したことはない――奴の魂が猫から抜け出て地獄に行ったのであれば奴の声を誰かが聞くことももうないじゃろ。奴の体をあの場所に置いた奴も神の前で裁きを受けて今は自由の身じゃないかもしれん。ただ七年たてば罪が問われなくなるらしいな。それはあの弁護士が言ったことじゃが。わしの場合は九年間あの場所を見張っていたわけだから二年も余計なわけじゃが年をとりすぎているから保護されたという理屈らしい。

ああ、そんな風に人が知らんことはたくさんあるんじゃ。老人は言った。猫は昔からずっと不思議な生き物じゃ。老人は言葉を止め、眠気に襲われたみたいに顔の前でさっと片手を振った。それから少年に顔を向けた。お前さんもずいぶん大人になったように思うが。老人は言った。

少年は両掌を膝の上で走らせた。そうだね。少年は言った。

うむ。老人は言った。この先どうするつもりじゃ?

分からないよ。少年は言った。とくに何か考えてるわけじゃないし。

まあ、若いもんにとってははじめが肝心じゃ。最近では金稼ぎのやり方もたくさんあるように見えるがな。今とは違ってわしが若いころは金を手に入れるのがおそろしくたいへんじゃった。死体を見つけてもらえる懸賞金なんてものがあってな。ノックスヴィルのある男は橋から身投げした死体を見つける名人じゃった。身投げは今もよくあるが話によればその男は誰よりも先にかけつけるんじゃが早すぎて死体がまだ息をしていたこともあったそうじゃ。おおげさな話じゃなくな。

わしがあれをやったのは金のためじゃない。わしがやったことが分かったらまた藪のなかを探すはめになるわけだし案の定そうなったわけじゃが。ちゃんとした言い分があっても金目当てだという奴はおるじゃろ。

年をとれば物がなくてもやっていけるんじゃ。老人は言った。だから若いもんのようにあれやこれやで悩む必要もなくなるんじゃ。わしはずっと働いてきたが何も持ったことはない。老人は働かなくても許されるようじゃが誰も役目を果たさないからやらなきゃならんこともあるんじゃ。人が目を背けたくなる仕事じゃな。たいしたことには見えんかもしれんがやっかいな仕事じゃ。柵のなかでウサギ狩りの犬を放ったはいいが郡のなかをさんざん駆け回っちまって気づいたらもう夜なんて具合じゃ。老人には向かん仕事じゃ。老人は椅子のなかでわずかに動き体の向きを整えた。人間はみんな心の平安を望むもんじゃ。老人は言った。年をとればとるほどその気持ちは強くなるんじゃよ。

人間はみんな死者の相手をするのが必要だと分かっておるのかもしれん。もちろんわしは金稼ぎのためにやったんじゃない。そんな馬鹿なことはない。七年間秘密にしたのだって知りもしないし顔も見たことがない男に敬意を払ったまでのことだしあそこに縁もゆかりもない奴だとしても同じことじゃ。もし魂を追い払うことができなかったらその流れをつくる男を知っていると教えてやるんじゃ。流れをつくってやってもまた戻ってくることもあるがそれでもやるしかないんじゃ。人間誰しも心の平安を望むし老人であればなおさらじゃ。

ここでは煙草を噛んでもいいの？

まあ駄目じゃろな。老人は言った。聞いてみようとも思わん。隙をみてこっそりやるまでさ。告げ口するやつもおるからな。半分頭がいかれた連中じゃよ。本当にいかれた奴らは告げ口なんかできん。わしのようにいかれてない奴は告げ口しようとは思わん。

そういう人たちはどうしてここにいるんだろう。少年は言った。

老人は筋張った細長い指を髪の毛に走らせた。それはなんとも言えん。老人は言った。ここの連中のやり方は理解できん。ところでわしの犬をみかけなかったかの？

いや、見てないよ。少年は言った。よければ僕がおじさんの家にいって探してみるよ。

じゃあ、あそこに行ったら奴の名前を大声で叫んでみてくれ。お前に奴をどうしてくれとはわしには言えんが。金がないから餌をやってくれとも言えんし歩けないほどの老いぼれ犬を射殺してやることもできんが、誰か……

見つけられたら僕が世話するよ。少年は言った。お金をくれなんて言わないよ。

そうか。老人はそう言うと膝のうえで両手をまた折り重ねた。二人が顔をあげると、掃除係がひとり几帳面な足どりで部屋を横切り消毒薬の臭いを残しながらササフラスノキの洗浄液でふかれた廊下を進み、その先では二人の黒人がお互いに背を向けながら後ろ向きにモップをかけていた。モップが壁の幅木を規則的に打つ音がドアがゆっくりと閉まる音に重なる間二人は黙って座っていた。強い日の光が部屋に差し込んでいた。

そうじゃない。彼は言う……

そうじゃなければ何ですか？　研修医が動くと首にかけられたままの聴診器のゴム管がぴくっと動いた。

猟銃さ。彼は言った。半裸で診察台のうえにおとなしく腰かけ足で床をこすりながらまっすぐに前を見据えていた――研修医は何も言わず痩せ衰えた硬化症の体を扱うように彼の体を手荒に動かし続けたのでようやく彼は小さな声で俺を殺すつもりかと訊いた。

何をしていたんですか。鳥小屋に盗みに入ったとか？

彼は答えなかった。彼はまた声に出す……

彼女がここにいるのは分かっている。

だとしてもあなたには会いたくないでしょうよ。

会わなきゃならないんだ。

それから銃身を肩のへこみに短く引き寄せ顔を銃床の方に傾け中に入っていくと、銃口から音もなくぱっと黒煙があがり銃弾が脚に食い込んだが、音はしたものの肉体に痛みはなくその同じ脚でもう一歩前に出ると穴にはまったように前のめりに体が放り出され、それから銃声が耳に入った。

山には戻るの？　少年は訊いた。もし……戻れたらだけど？

ああ、多分そうなるじゃろな。老人は言った。新しい住処の山に帰るかもしれんがどうも気が進まん。慣れないとひとりが身に染みるからな。まだ倒れずに建ってるならもとの家に戻るじゃろな。ああ。

老人は足の裏を床でこすった。その足の上に影がかかり見上げると少年が腰を上げるところだった。

帰るのか？　老人は訊いた。

うん。少年は言った。もう帰らなきゃ。

そうか。煙草をありがとな。

いや全然。

ああ。

また来るよ。

無理せんでええ。老人は言った。

絶対にくるよ。

ああ。

少年はドアのところで立ち止まり手を挙げた。老人は手を振り返し、それからまたひとりになった。

モップ掛けが戻ってきた。少しあとで付添人が老人を連れに戻ってきた。


少年はふたたび郡庁舎の前に立った。またしても暑さと硫黄色の煙霧が天蓋のように車道に立ち込め息もできないくらいだった。少年は一ドル札をポケットから取り出し両掌でしわを伸ばした。手元に残るのは二ドルと五〇セントになる。というのも動物の皮と交換に五ドル五〇セントをもらったが、シルダーに二ドルの支払いをし、今は借りがあるのかどうかも定かではないこの一ドル札を手放そうとしているからだ。少年は一ドル札を握り、通路を上ってアーチをくぐり疲れ知らずの兵士の銅像の横を通り新しい栃ノ木の木陰に入った。それから踏み減らされざらついた階段を足早に上り、玄関ホールに入り、左に曲がると背後に机が並ぶ長いカウンターにふたたびやってきた。そこには女がひとりいるだけだったが、以前にやりとりをした女ではなかった。女はタイプライターの前に座り、空っぽの部屋にカタカタという機械音をけたたましく響かせていた。少年はカウンターの前に立ち女をじっと見ていた。しばらくして咳払いをした。女は手を止め顔を上げた。何かご用？　女は言った。

はい。

女は立とうとはせず、両手を機械の上に浮かせていた。少年は女を見返した。女は両手を膝の上におろし、椅子をくるっと回し少年と向き合った。少年が何も言わないでいると女は立ち上がり眼鏡の位置を直しながら、ゆっくりとカウンターの方に歩いてきた。

何かご用かしら？　女は言った。

懸賞金のことなんですが。鷹のことで。

あら。鷹を持ってきたのね。女は少年を見下ろしていた。

いえそうじゃないんです。前に渡したことがあって。少年は手に持った一ドル札を差し出すとかすかに揺らしながら、もしかしたら値段は上がっているのかもしれないと考えた。もしよかったら買い戻せないかと思って。少年は言った。

女の眉間に小さくしわがよった。買い戻す？　女は言った。要するに売った鷹を返してほしいってこと？

そうなんです。少年は言った。もし問題がなければ。

持ってきたのはいつ？

少年は天井を見上げ、また前を見た。そうですね。少年は言った。八月だったと思いますけど九月のはじめだったかもしれません。

あらあら、それじゃもうここにはないわね。女は言った。去年の八月よね。だったら……

持ち込まれた鷹はどうなるんですか？　少年は訊いた。鷹はここに保管されていて、たとえ死んでいるとしても一ドルに見合う価値や使い道があるに違いないと漠然と考えていた。

焼却炉で焼いちゃうんじゃないかな。女は言った。ここに置いておくわけにはいかないもの。時間が経つと臭いがきつくなるでしょ。

焼く？　焼いちゃうんですか？　少年は言った。

そうだと思うけど。女は言った。

少年は周囲をぼんやりと見てから女に視線を戻したが、その間カウンターに前のめりになったり触ったりしなかった。それから皆を牢屋に入れたり鞭で打ったりするんだね。

何ですって？　女は前のめりになりながら言った。

それから老人たちを気違い病院に入れるんだ。

坊や、私は忙しいの。ほかに用がないなら……

少年は一ドル札のしわを手のなかでまた伸ばし、ためらいがちに何度か出したり引っこめたりしたが、結局カウンター越しに女の方にすべらせた。はい、これ。少年は言った。お金は返します。僕は間違ってた。あの鷹は売り物なんかじゃなかったんだ。少年は振り向きドアの方に向かって歩きはじめた。

ちょっと、あなた！　戻ってきて、こんなことされても……

しかしそこまでしか少年の耳には入らなかった。少年は早々にドアを通過し、長い廊下を大きく開いた建物正面のドアに向かって走りポスターや貼り紙が風に揺れている壁を通り過ぎると今一度白熱した五月の真昼のなかに戻っていった。

少年は男たちがノックスヴィルから足を運んだときにはすでにいなくなっていた。遺体が埋められてから七年、焼かれてから七カ月が経過していて、その年の春に雨に打たれて汚液化したその灰は再び固形化し、ひびが入り、男たちが灰をふるいにかけて見つけたのは灰そのものと同じくらいにもろい灰白色の棒状の骨や骨片の白亜、それに頭蓋骨で、頭蓋骨には虫に食われた跡の網目模様が残り、くぼみ、燃やされて軽くなった粘着性のボール紙を想わせ、歯槽には壊疽を起こした歯がぶら下がっていた。それから溶解した真鍮のジッパーがあり、つやのない緑の糊に厚く覆われていた。

見つかったのはそれだけだった。男たちはそこに四時間いた。二人の警官は検視官にうやうやしく応対し、自分たちのハンカチでほこりを拭ってから遺物を検視官に手渡し、それらを検視官は鮮やかな白のカンバス地のバックに収めた。

エラー氏は歯の先で香辛料入り噛み煙草を一片噛み、セロハンをたたみ直し、胸ポケットに戻した。頭蓋骨も見つかったんだってよ。エラー氏は言った。歯の詰め物は全部溶けてたらしい。

そう。頭蓋骨か。ジョニー・ロミネスは手を止め、半分巻いた煙草を持った左手で身振りをすると葉が漏れおちた。死体のことあいつが知っているのかどうか気になるな。ジョニー・ロミネスは言った。それがあいつの父ちゃんだって知ってるのかな。

分からんな。エラー氏は言った。あの子が知っているかどうかは聞いておらん。それにあの子が出て行ったのは五月か六月で今日は八月の四日だからもう耳には入ってるだろ。でも事情を知ってるのはあの老人だけじゃないかな。

オウィンビーおじさんのことかい？　おじさんがやったのかい？

いや、そうじゃない。エラー氏は言った。だが奴ら老人がやったことにするだろうよ。犯人を探す手間が省けるからな。

オウィンビーおじさんがそう言ったのかい？

俺が知るかぎりそういう話だ。

ジョニー・ロミネスは紙をひと舐めして煙草を巻き終えた。それで、やっぱりあの死体はその人だと思うの？　ジョニー・ロミネスは言った。

あの子の父ちゃんのことかい？　俺は裏があると思ってる。ラトナーの奥さんはあれは旦那だったっていってるけどな。それに誰か分からんが旦那をあそこに捨てたやつを追ってあの子は出ていったんだと言い張ってる。ぜんぶ夢に出てきたんだってさ——幻視って奥さんは呼んでるがな。

旦那が三つの州で指名手配されてるってのは幻視しなかったのかね。ギフォードが言った。

エラー氏は振り向いてコンスタブルを見た。いや、そうは思いませんや。エラー氏は言った。知る必要もないでしょうな。あの奥さんは善良なキリスト教徒なんでしょうがないんですよ、悪い男と結婚してたり事情を知らなかったとしても。

コンスタブルは店主を見た。

あの少年だってそうですぜ。エラー氏は付け足した。

あの坊ずのことには首を突っこまんでほしいな。ギフォードは言った。いずれにせよ俺と奴はたっぷり話をしなきゃならんからな。

だったら、まずはあの子を探さなきゃなんないですね。

いったい誰なんだろうな。ジョニー・ロミネスが言った。あれをあそこに捨てたやつのことだけど。どこかよそからやってきた奴かな？

はるばるニューヨーク市からやってきたとは思わんね。コンスタブルは言った。それからエラー氏の方に向きなおった。それと奴の高級プレートもどうなったのやら？　戦時中に頭に入れたプレートのことだが。

それがどうかしたんですかい？

まあ、とにかく見つからなかったわけさ。奥さんはそれをどう説明してくれるのかね？

奥さんはプレートのことなんか訊こうとも思わなかったんじゃないですかね。そもそもあれが旦那だって疑いもしなかったんでしょ。奴に聞かされてたとしてもプレートのことなんか知りたいとも思わなかったんでしょうな。あの小物入れみたいのに入っているのが夫でしょうか、なんて聞かないのと同じことですぜ。エラー氏は頬をふくらませて音もなく唾を吐き、唾はコンスタブルの前を横切ってコーヒー缶のなかに入った。そのことについちゃ相棒さんに話しておくべきかと思いますがね。エラー氏は言った。

誰のことを言ってるんだ？

レッグウォーターのことですよ。

あいつは俺の相棒なんかじゃない。ギフォードは言った。それに俺が話をするのはそうする価値があると思う相手だけだ。

エラー氏は飛ぶ蠅を食い入るように見つめていたが、その様子は飛行の力学がはらむ深遠な問題に想いを馳せているかのようであった。そうですな。エラー氏は納得するように言った。それがいいと思いますよ。とにかくレッグウォーターに馬鹿なことはさせないことですな。

ギフォードはいぶかし気に目を細めた。何？　何が馬鹿なことなんだ？

山でキャンプしてるんですよ。シャベルとふるいを持ってね。

咳払いが何度か聞こえた。牛乳のケースが置かれ床が軋る音がした。

ふん。ギフォードは鼻を鳴らし、平静を装ってカウンターから離れた。ギフォードは膨れたポケットから器用に煙草を何本かつまみ出した。それから言った。あいつは山で何をしてるんだ？

エラー氏はカウンター越しにマッチが飛んでいくまで待った。それからエラー氏は言った。プラチナ探しでしょうよ。灰をふるいにかけて石鹸づくりってわけでもないでしょうな。

レッグウォーターは山に三日間こもっていた。三日後に近づいてきた人物に真実を告げられ、男の頭にプラチナが入っていなかったことや自分が時間を無駄にしていること、すべて間違いだったことを知ったのだった。最初の晩レッグウォーターが熾（おこ）した火のそばに座り猟銃を木に立てかけ水筒のカップでコーヒーをすすっているとあの猟犬がふらふらと焚火の向こうの空地に入ってきて目の見えない熊のように頭を前後に振り、風が運ぶ手がかりを捕らえようと鼻先をクンクンさせた。

ハッ！　レッグウォーターは大声をあげ、コーヒーを投げ出して飛び上がった。ハッ！　レッグウォーターは繰りかえし、木に近づいて猟銃をつかんだ。だがきちんと視野に入れる前に犬は立ち去り、暗闇のなかに静かに消えていた。レッグウォーターは銃を闇に向けて水平にかまえ発射し、長い時間大きな反響音に耳を傾けていたがやがて焚火に戻り、カップを手に取って水筒からコーヒーをいっぱいにそそぐと、あぐらをかき、猟銃をひざに立てかけた。さらに耳をそばだててみたが何も聞こえてこなかった。水筒をあらかじめ円状に作っておいた石のうえに戻し熱いカップの縁に唇を近づけた。猟犬はもう姿を現さなかった。レッグウォーターはコーヒーを飲み終えると毛布を広げ、空になった銃の薬室に弾をこめて眠りの準備を整えた。

朝方までうつらうつらしていたが、さっと起き上がり周囲を見回してみた。あたりはまだ暗く焚火が消えてからずいぶん時間がたっていて、暗闇の静けさにはそれ自身が耳をそばだてているような沈黙があり、惑星が音もたてずに衝突するような聴覚の次元を完全に超えた静寂があった。レッグウォーターは耳をすました。木の枝の黒い重なりの上に真夏の空が雲ひとつなく弧を描いたように広がり星々の冷たい輝きに満ちていた。レッグウォーターはまた横になりしばらく空を見上げていたがそのうち眠りに落ちた。

目を覚ましたときには日は高く昇っていた。眠りに落ちたときのままの仰向けの姿勢で見ていると深みのない青の虚空で一羽の鷹が旋回していた。レッグウォーターは立ち上がりあたりを歩きはじめると、体がこわばりあまり休めなかったことが分かった。木立のなかを探し回り枯れ枝をどっさりと持ち帰り、足の裏で一定の長さに折るとすぐに火を熾しコーヒーを温めた。コーヒーが沸くと腰を下ろしなみなみと注いだカップに息を吹きかけながら飲み、カップが熱すぎるかひっかく必要がある蚊のさされ痕をあらたに見つけると一方の手からもう一方の手に持ちかえた。毛布のそばの木からは軍隊用のリュックサックがぶら下がっていてそのポケットから冷たいビスケットを何枚か取り出し食べた。それから仕事にとりかかった。

穴のなかの灰は一フィートを超えるくらいの厚さで地面全体に及んでいた。レッグウォーターは一日中作業を続け、シャベルで大量の灰を外にかき出しては穴から出て金属製のふるいにかけた。夕方に少年が何人か空き地にやってきてしばらくの間レッグウォーターの作業の様子を立って見ていた。レッグウォーターは灰の雲がもくもくと穴から立ち昇るなか作業を続けた。しばらくすると少年たちは何やかやと言いはじめた。レッグウォーターは少年たちを睨んだが、作業の手は止めず、灰をふるいにかけ、炭になったヒマラヤ杉の断片を調べた。ほどなく少年たちはキャッキャッと笑いはじめた。レッグウォーターは少年たちを無視し、自分は大事な御上の仕事をしているんだという雰囲気を醸し出そうと無駄な努力をした。

金歯もあったかもねえ。ひとりが歌うように言った。あははははという笑いが起きて止んだ。レッグウォーターは穴の上にあがり少年たちを睨みつけた。五人組の少年は木立をすぐ出た位置に立ち、にやにや笑いをしていた。レッグウォーターは穴のなかに戻りシャベルで作業を続けた。ときどき穴のうえに少年たちがいないか確かめていたが、三回目に頭をあげたときひとりが七面鳥の鳴き声をまね残りの少年たちからどっと笑いが起きてからは気にするのはやめ少年たちの方を見ないようにした。彼はシャベルですくう作業に集中した。しばらくすると穴の近くから物音が聞こえた。顔をあげてみたが少年たちはいなかった。それから林檎がひとつパサッと足元の灰のなかに落ちてきた。作業を中断し首を伸ばして周囲をうかがった。案の上、もうひとつ林檎が落ちてきた。レッグウォーターはその方向を見定め、穴から飛び出た勢いで猟銃をつかむと林檎が投げられた方向へ足早に歩いていった。草むらがガサガサと鳴りはじめた。それから大声があがった——みんな、走れ！　撃たれて頭皮を狩られるぞ。また別の声があがった——お前は銀歯があるから殺されたも同然だな。レッグウォーターは足をとめた。物音は遠ざかっていった。山の下の道から甲高い笑い声ややじが聞こえてきた。レッグウォーターは作業に戻った。夕暮れまでに全身が羽毛を想わせる灰色に覆われた——顔も髪の毛も衣服も単色に染まった。

レッグウォーターは灰色の縞模様の痰を吐いた。穴の近くの木々も青白く萎れはじめているように見えた。

猟犬は夜更けに戻ってきた。レッグウォーターは犬が落ち葉を踏みつけ、立ち止まり、また足を引きずりながら歩くのが聞こえた。持ってきた最後の食糧を食べ終えてしまい胃が痙攣しほとんど眠ることができないでいた。レッグウォーターは猟銃を手にし犬が火明かりのなかに入ってくるのを待った。犬は入ってこなかった。結局銃を膝の上に置きながら眠りに落ちた。レッグウォーターは心底疲れていた。

翌朝穴に入ったときに最初に目についたのは古い山羊の頭蓋骨で、なかにはアルミ箔が詰められていた。レッグウォーターは悪態をつきながら頭蓋骨を穴の外に放り投げシャベルで作業をはじめた。

夕刻になると空腹はおさまっていて灰の除去はほぼ終わっていた。穴の一端はコンクリートが剥き出しになり、名状しがたい燃焼物に黒く覆われていたがシャベルで掻くと緑色があらわれた。

シャベルを動かす手はまだふるいにかけていない残りの灰が少なくなるにつれどんどん速くなり、レッグウォーターは死物狂いになった。そのとき山をのぼってきたギフォードが息を切らしながらやってきた。レッグウォーターは作業の手を止めギフォードが狭い空き地を横切ってくるのを見ていた。ギフォードの靴は泥で重くなり、その赤ら顔は不快感を隠していなかった。ギフォードが穴までやってくるとレッグウォーターはシャベルに寄りかかり見上げた。ああ、分け前が欲しいってわけだね。レッグウォーターは言った。俺の後に……

馬鹿が。ギフォードは言い放った。救いようがない馬鹿だ。ギフォードはコンクリートの縁に立ち灰にまみれた異様な姿の痩せこけた動物保護警官を見下ろし、それから積まれた灰の山とふるい、寝袋、リュックサック、猟銃へと視線を移した。

俺が馬鹿だって言うんですかい。レッグウォーターは言いたてた。

どうしようもない馬鹿だ。奴は戦争の英雄なんかじゃなかった。遺体が奴のものだってことだって確かじゃない。仮にそうだったとしても何も——奴の頭のなかには何もありゃしなかったんだよ。

それは俺が確かめることですぜ。レッグウォーターはそう言うと、シャベルに体重をかけた。

ギフォードはレッグウォーターから目を離さずに風上に回り、粉塵をよけた。数分後にレッグウォーターは穴の上にあがりシャベルで新しい灰を網の上にすくい、ふるいにかけ前後に揺すった。その熱病に浮かされた表情は差しせまる破滅に直面した銀河全体の運命を占おうと必死になった賢人を想わせた。

コンスタブルは煙草に火をつけ木に寄りかかった。

レッグウォーターは灰をさらにふた山さらってふるいにかけてからまた穴のなかに姿を消した。シャベルで灰をすくうのではなくかき集める音が聞こえてくるとギフォードは穴に近づき中をのぞきこんだ。レッグウォーターは両手両膝をつき、削られた穴底をじっと見つめ、時おりシャベルの角であちこちを引っかいていた。だがしばらくすると手を止めて上を見た。あの小僧だましやがって。レッグウォーターは言った。自分で取ったんだろうよ、あの嘘つき小僧が。

もういいだろう、アール。

自分の父親だぞ。動物保護警官は繰り返した。

ギフォードはむかむかしながら長い歩幅で道の方に歩きだした。林檎の木立まで来たときに後ろを振り返った。頭だけが見えるレッグウォーターは穴のなかに棒立ちのまま、ぼんやりと目の前を見つめていた。

やれやれ。コンスタブルはつぶやいた。

レッグウォーターは虚空を見つめたまま反応しなかった。

おい！　ギフォードが大声を出した。

レッグウォーターは虚ろな表情をギフォードの方に向けたが、それは悲劇、災害あるいは喪失の被害者たちに共通する茫然自失の表情だった。

車に乗っていかないのか？

レッグウォーターは穴からあがりギフォードの方に歩きはじめ、それから大またになり急ぎ足でやってきた。手に持ったシャベルが後ろでずっと跳ねていた。ギフォードはレッグウォーターがそばに来るのを待って猟銃とキャンプ道具を取りに戻らせた。

二人は足元の赤い土を踏みつけながら、いっしょに果樹園の道をくだった。コンスタブルがいつもそうするように肩で風を切って歩く一方、動物保護警官はやつれた表情で、睡眠不足の黒い目を煙ったように濁らせ、かぎ爪に似た貧弱な一方の手で猟銃を、もう一方の手で鋤を引きずりながら不気味な亡霊のように歩いた。ギフォードはレッグウォーターのリュックサックと丸めた毛布を苦もなく抱えながら時おり横目でレッグウォーターの様子をうかがい、憐憫とも軽蔑ともつかぬ表情を浮かべていた。二人とも街道のすぐ近く、門を見下ろす最後の曲り角にさしかかったときにあの犬の姿を見るまでは一言もしゃべらなかった。曲り角を進み、生きている犬を見ていたのはわずかな時間だったがギフォードは犬の振舞いに大いに感銘を受けた。犬は風変りな上品さを醸し出しながら轍を歩いていたが、訓練された犬がロープにつながれているようで、鼻面が垂直になるほど頭を後ろにもたげてるので、ギフォードは恐ろしいものが落ちてくるのではないかと本能的に感じ上空に視線を移した。それからにぶいボンという音とともに道でシャベルがはね返りギフォードが後方を見たときにはすでにレッグウォーターは銃を構えていて銃声が耳にとどろくと同時にギフォードは後方に飛びのいた。ギフォードが振り向くと犬は前によろめき、それでも頭をあげたまま体を折り曲げて道の砂の上に倒れた。

数少ない小窓には尖ったガラス片が手製の窓枠の隅や横の刻み目に残るだけだった。広い屋根裏部屋の床には屋根板が畝のように横たわっていた。この家が一時の宿を提供するのは風に対してだけだった。

庭では踊り狂う落葉がガサガサと音を出しオークの木々が上下に揺れて軋り、同じ風のなかで石の煙突に挟まれたおんぼろの家屋がたわんでいるように見えた。風は戸が開け放たれた居間で舞い、台所に流れ着いた落葉にさざ波を立て窓の隅の蜘蛛の巣を揺り動かした。若者は屋根裏には行かなかった。階下の部屋はほこりまみれで味気なく見覚えのある衣服のぼろきれ以外は縁のないものばかりだった。庭に戻るとしばらくの間オークの木の下にじっと座っていた。彼は一羽の水鳥がカップ状の翼に斜光を受けながら山影の線をすれすれに飛んでいき、その翼で大きな曲線を描きながら森の上から池まで移動し、温かく黒い水面に帰還するのを眺めていた。水鳥が着水するのが見えた。耳を捕らえたものは何か？羽根がわずかにたてるいななきのような高音、通り過ぎる影、無の音。西方に暗く立ちこめた雲間から複数の光の筋が薄く差し込んでいた。乾燥した枯葉が何枚か、弱った老人のしわがれた声のような音を立て、こわばって落下した。海水のなかを沈む腐蝕した貝殻が揺れるかのように、あるいは、何のお告げも書かれていない古の羊皮紙が反り返るかのように。

若きラトナーは煙草を吸い終えると道に戻った。荷馬車が通りすぎ、高い運転席に座った年寄りの黒人がいいかげんに取りつけられた驢馬の蹄鉄が歪んだアスファルトをたたく音に合わせてうとうとしていた。荷馬車の両側で不安定な放物線を描きながら硬貨のように回転している背の高い車輪は荷馬車から分離して単なる偶然によって四つの対称図を描きながら空転しているように見えた。彼が道をわたり距離を取ってやると、荷馬車は常軌を逸した重力を受けたかのようにゆっくりと、苦しそうに方向を変えた。みじめで汚い驢馬、荷馬車、黒人の男……よろめきながら道を進んでいき、車輪の外縁がスポークの周りで耳障りな音を立て……路上の熱波のなかで揺らめき、形のくずれたおぼろな影像へと溶けていった。

彼は荷馬車が行った後をたどり、分岐道の方向に向かった。丘の頂で立ち止まり、後ろを振り返ってみると苔に覆われた深緑色の家の屋根が見え、ところどころに黒い穴が開いていた。しかしそれはどんな意味でも自分の家とは呼べなかった。

夕刻。死者は地殻の鞘におさまり地球の車輪を回す日課聖務に従事し、日食とも小惑星とも塵のような新星とも調和を乱さず、その骨はまだら模様のかびに覆われ骨髄細胞はもろい石に変質し、指には木の根の刺繍が施され、ツタンカーメンやアガメムノーンと一体化し、種やいまだ生まれぬ者たちとも一体化していた。

その碑文を読みながら、若者は、なんだか新聞に名前が書かれているようだと思った。

ミルドレッド・イヤウッド・ラトナー

一九〇六－一九四五
もしあなたが彼らを苦しめ、
彼らが私に向かって叫ぶ場合は、
わたしは必ずその叫びを聞く。
出エジプト記

その墓石はこの三年という短い年月には似合わず灰色の悠久の趣を醸し出していて、地衣類や茶色の小さなミチバシリの巣に飾られ、くしゃくしゃの変色した枯葉をつけた錆びた針金の環が斜めにもたれかかっていた。若者は墓石に手を伸ばし軽くたたいた。その仕草は、おそらく何かのイメージを喚起するためであり、ある名前やある場所への忠誠心、さまざまな顔が分かちがたく溶け合っているがそれでも不動の真実であることには変わりない幻への忠誠心を引き起こした。そんな風に彼は薪の煙の臭いや老人がつくる葡萄酒の味よりも現実味のない墓碑に触れた。もはや何が本当にあったことで何が夢だったのか区別するつもりはなかった。

ズボンは湿りくるぶしのあたりがじっとりしていた。四角い小さな大理石に腰かけ片足の靴を脱ぎ、靴下の水分を確かめ、どんな旅人でもするように休憩をとった。背の高い雑草越しにある崩壊した鉄条網の向こうから交差点の信号機がカチッと鳴る音が聞こえた。一台の車が右手の林から現れ旋回して停車した。男がひとりと女がひとり乗っていた。女は男の肩越しにこちらに視線を送ると、また男の方を向いた。それから二人そろってこちらを見た。信号機がカチッと鳴った。二人に手を振ると男は顔を背け、緑に変わった信号をみて車を発進させたが、女の卵形の白い顔はずっとこちらに向けられていた。それで女にまた手を振ってみたが、同時に車はタイヤで道路の砂塵をパッと巻き上げながら生垣の向こうへ走り去った。

若者はしばらくの間そこに座り、ひとり静かに口笛を吹きながら、ぼんやりと足をさすっていた。西の空には暗雲の帯がかかり夕暮れの到来を急かしていた。すでに蛍があたりを舞っていた。若者は靴を履き立ち上がるとフェンスの方に向かい歩きはじめ、湿った草地を抜けていった。作業員たちが木屑や木片を残して立ち去った後で、切り株の白い断面は夕刻の最後の明かりを集めていた。陽光が今一度雲の層の下から差し込んでしばしの間水が滴る木々を赤い血の色に浸し、空気そのものが葡萄酒に変わってしまったかのようにいくつもの石を透明の膜で覆った。若者はフェンスの裂け目をくぐり、壊れた鉄柵を通り抜け西側の道に出た。霧雨が依然として静かに降り徐々に暗くなる台地は王の使者のごとく炎の槍旗で一日の幕を引き、逃げ行く取り巻きたちは太陽の後を追って自分たちの影をまき散らしていた。

彼らは今はもう去ってしまった。逃亡したのか、処刑あるいは流刑になったのか、失われたのか、抹消されたのか。陸地の上では太陽と風がなお森や草地を燃やし、揺らしている。その人々の化身も、末裔も、痕跡も残ってはいない。今そこに住んでいる奇妙な人種の言葉では、彼らは神話、伝説、塵だった。

訳者あとがき・解説

本書はコーマック・マッカーシーのデビュー作『果樹園の守り手』（一九六五年）の全訳である。底本には一九九三年出版のヴィンテージのペーパーバック版を用いた。

一九六二年の春、三十二歳のマッカーシーは、生活苦のなかで執筆した『果樹園の守り手』の草稿を、名前を知る唯一の出版社であったランダムハウス社に送った。幸いなことに草稿は採用され、マッカーシーは職業作家への足掛かりを得た。さらに、ウィリアム・フォークナー、ロバート・ペン・ウォレンなどの錚々たるアメリカ作家を育てた敏腕編集者アルバート・アースキンが担当となり、以後二十年以上、アースキンから数多くの助言を得、ときには自分の主張を貫きながら、マッカーシーは自身の作風を確立し、現代アメリカを代表する作家としての地歩を固めたのである。

よく言われるように、デビュー作には作家が後に残すこととなる代表作の主題やモチーフの萌芽がさまざまな形であらわれるが、『果樹園の守り手』も例外ではない。今では（南）西部作家としてのイメージが強いマッカーシーは、当初は自身が育ったテネシー州東部の歴史、自然、風俗の素材に自分自身の実体験を織り交ぜる小説世界を志向していた。『外なる闇』『チャイルド・オブ・ゴッド』『サトゥリー』といった初期・中期作品はマッカーシーのテネシー時代の作品と呼ばれ、あるいは「南部ゴシック」というジャンルに数えられることもあるが、処女作『果樹園の守り手』は南部作家たち、とりわけ、フォークナーの作品を模範とし、「南部作家」として自立しようとした若きマッカーシーの自意識がうかがえる作品である（ウィリアム・フォークナー基金賞を受賞）。言ってみれば、『果樹園の守り手』はマッカーシーの習作だが、後の代表作（『ブラッド・メリディアン』『越境』『ザ・ロード』など）に通じる、研磨前のダイヤの原石のような場面や表現がごろごろと転がっている。

（自分自身のことをあまり語ってこなかった）マッカーシーの経歴については、黒原敏行氏による数々の訳書に付された「あとがき」や拙著『コーマック・マッカーシー――錯綜する暴力と倫理』（三修社、二〇二〇年）を参照していただくとして、ここでは、本作品（あるいはマッカーシー作品全般）の理解の一助となることを願い、『果樹園の守り手』の歴史的・文化的・政治的背景と、スタイル（視点と文体）について簡単に解説を施してみたい。

歴史的・文化的・政治的背景

『果樹園の守り手』の舞台はテネシー州東南部、アパラチア山脈南部地域であり、この舞台設定には（詳しい説明はないが）いくつかの歴史的・文化的・政治的文脈が重ね合わされている。

この地にいち早く入植したのは、スコッツ・アイリッシュと呼ばれる人々であった。その歴史はジェイムズ一世（スコットランド王としてはジェイムズ六世［在位一五六七–一六二五］）の時代にまで遡る。かつてスコットランドからアイルランド北部へ入植したプロテスタント系移民たちは、玉突き式にアイルランドのネイティヴたちに移住を強いると同時に、現地のアイルランド文化を吸収した後、今度は国王と土地の借地権をめぐり対立し、大挙してアメリカの植民地に渡った。アメリカでは当初、アパラチア山脈北部に移住したスコッツ・アイリッシュは徐々に山脈の南部にも下り、山岳地帯に移住する者も多かったという。

『果樹園の守り手』の登場人物たちは大方、その山岳民の血脈の後裔と見なしてもいいだろう。とりわけ、オウィンビーの人物造形には、（アイルランドにおけるプロテスタントとカトリックの対立は見えなくなっているものの）イングランドの侵略に対するアイルランドの抵抗運動の長きにわたる歴史が刻印されている。実際に、オウィンビーが山中を儀式的に徘徊する様子やその出で立ち（妖術の彫刻を施したヒッコリーの杖など）は古代ケルト社会の祭司ドルイドを想起させるし、権威に抵抗するその行動様式は、アイルランド独立運動の神話的・精神的支柱となった、ケルト神話の半神半人の英雄クー・フーリンを想起させる。

アメリカ史における「ウィスキー暴動」（一七九四年）も『果樹園の守り手』の背景として重要である。ウィスキー暴動とは、イギリスからの独立を達成したアメリカ連邦政府が、戦後補償と強力な中央政府樹立の資金捻出のために、議会でフロンティア住民がつくるウィスキーに対する課税法を通過させ、税の支払いを強いたことに端を発する、当時フロンティアの最前線であったペンシルヴァニア州西部の住民の反乱である。「代表なくして課税なし」という、イギリス議会制民主主義が培った保守思想に基づき革命を正当化し、独立を達成したのがアメリカという国家だったが、今度は十分に代表されているとは言えないフロンティア住民の生活の糧ウィスキーに対して課税するという、アメリカ建国史上のアイロニーが生まれたのである。当時のフロンティア住民にとって、ウィスキー製造は物々交換を主とする生活経済の中心であっただけでなく、基本的人権のようなものであった。それゆえ、ウィスキー税の専横的な法制化は、命をかけて独立戦争を戦ったフロンティア住民に対する卑劣な裏切り、非倫理的な立法であった。したがって、彼らが連邦政府からの政治的・経済的独立を求め、立ち上がったのは歴史的必然であった（圧倒的兵力差によってすぐに暴動は鎮圧された）。当時のフロンティア住民（相当数のスコッチ・アイリッシュがいたと推定される）と『果樹園の守り手』の登場人物たちとの血縁関係は分からないが、シルダーがウィスキーの密造・密売に深く関与していること、オウィンビーがバーター（物々交換）を行い店主や町の住人らもそれを受け入れていること、レッドブランチの住人や山岳地帯の住人たちが警察権力の「法」ではなく地域の古い「掟」を尊重することには、ウィスキー暴動にまで遡る不当な権力に対する「市民的反抗」の系譜や、共同体や個人への権力の介入をおしなべて「悪」とみなし過激なまでの「個人主義」を尊ぶことになった「精神風土」が投影されていると見るべきだろう。

この「精神風土」を理解する上でさらに重要なのは、南北戦争時におけるこの地域の特殊性である。南北戦争当時、アパラチア南部の山岳地帯に住んでいた人々は南軍ではなく北軍に味方した結果、南部復興期には州政府からはおろか、皮肉なことに、連邦政府からも独立戦争後の「ウィスキー暴動」に発展するような仕打ちを受けることになったという。「最も不幸なことに、連邦政府は、山岳地帯の法や秩序を回復するために介入するのではなく、忠誠心のある山岳民たちから法律の保護を奪［い］……一七九四年［ウィスキー暴動］の時と同じように、極端に重い税を彼らの主要商品に課したのである」（ホレース・ケファート）。オウィンビーが自己分裂的な人物であることはこの文脈においても理解できる。南軍の兵士として戦い、連邦政府によって土地を取り上げられたオウィンビーは、家族を養うためとはいえ、南部再建期の木材会社あるいは鉄道会社に雇われ、「森の殺戮」と呼ばれるほどの大規模な森林伐採にかかわった経験を持つ。進歩主義や近代化によって促されたこの地域の木々の伐採は、大自然や伝統の破壊、動植物の絶滅、共同体の解体、金持ち階層の創出による格差の拡大などにつながっていったが、そのことに若き日のオウィンビーは気づかず、今は深い罪意識に苛まれ続けている。そして、南北戦争後に山岳地帯の住民たちの生活様式、すなわち、連邦政府であれ州政府であれ、権力を忌避する生活、さらには近代文明と断絶した生活、自給自足の生活を実践しているのである。

このこととも関連し、『果樹園の守り手』の物語現在が、当該地域においてピューマやミンクがほとんどいなくなった一九三〇年代のニューディール期であることは偶然ではない。フランクリン・D・ルーズヴェルト（大統領在位、一九三三―四五年）政権が主導したニューディール政策は、数百万のアメリカ人が仕事を失うなかで一定の経済的成果を獲得したとされる（『果樹園の守り手』に描かれた地域でも国立公園や原子力発電所の創設につながる新事業が展開された）。しかしその官僚機構と関連法の急激な拡大のために、修復不可能な禍根をも残すこととなった。ニューディールは、ある種の人々（例えば、オウィンビーやシルダー）にとっては人心に訴えない、すぐれて合理的・功利的・利益優先の政策運動であり、その経済実験は「倫理観に欠ける」と見なされ、「米国政治史上に例を見ないほど激しい敵意」を醸成する要因のひとつともなった。ニューディール政策の恩恵からこぼれ落ち、恩恵を受けられない人々もたくさんいた。住む家が役所の記録にも登録されていないジョン・ウェスリーの一家や、存在自体が認識されていないオウィンビーはその一例に他ならない。『果樹園の守り手』はそのように社会の周縁、あるいは周縁のさらに外に存在する、見えない人間たちの生き方や精神のあり方をも描き出す（この小説の仮タイトルが『窯の労働者』（*Toilers at the Kiln*）という社会主義小説のようなものだったことや、マッカーシーの初期作品がプア・ホワイトを描く「ラフ・サウス」の文学の代表と見なされていることを考慮してもいいだろう）。

ニューディールに対する批判意識は、マッカーシーの父親がテネシー川流域開発公社（TVA）の顧問弁護士であったこととも無関係ではない。大恐慌期にニューディールの政策の中心となったTVAは、幾多の公共事業により雇用を生み出し失業者を吸収した反面、アパラチアの大自然を破壊し、山岳民の生活や文化を蹂躙した否定的な側面も大きい。現在でも、多数のダムや火力・水力発電所に加えて、三カ所で原子力発電所を持つこの公社は、幼少時代にマッカーシーが親しんだ自然や文化や共同体の破壊の主体となったわけだが、その破壊の主体を代表していたのが他ならぬ父親であったことがマッカーシーの小説世界に暗い影を落としているのである。

『果樹園の守り手』には少年期のマッカーシーの実体験や人間関係が反映されているのだが、より重要なのは、その核にある南部の自然や文化に対するマッカーシーの葛藤、自己矛盾、自己分裂であろう。父の仕事の都合でマッカーシー家が北部のロードアイランド州から南部テネシー州ノックスヴィルに移り住んだのは大恐慌期の一九三七年、コーマック・マッカーシーが四歳の時であった。友人たちの多くが貧困にあえぐプア・ホワイトの家庭の子供たちであったのに対し、マッカーシー家は複数の家政婦を雇えるくらいに裕福であった。宗派的にはプロテスタントが支配的な南部社会において、マッカーシー家がアイルランド系のカトリックであったこともあり、一家は渡り北部人（カーペットバガー）と冷たい目で見られたこともあったという。そのような複雑な家庭環境や交友関係のなかで、北部生まれの南部少年としてのマッカーシーは、「南部」への両面価値的な姿勢と「南部」のアウトサイダーとしての自身の立場を次第に醸造していったのではないだろうか。そして、ここには歴史的に南部の「内」にありながらも南部の「外」でもあったテネシー州東部地域の微妙な地政学的配置が二重写しになっているのである。そう考えると、『果樹園の守り手』は、しばしば垣間見える作者のアイルランドへの憧憬を含めて（アイルランド王にちなむ「コーマック」は「チャールズ」からの改名である）、作者自身の自己の起源の探求の物語、あるいは自己の創造の物語と解釈できるかもしれない。

『果樹園の守り手』は、ジョン・ウェスリー・ラトナーという少年が二人のメンター（指導者・庇護者）的人物（アーサー・オウィンビーとマリオン・シルダー）との出会いを通して、社会の不正義や矛盾に気づき、新たな価値観を模索していく、「成長」の物語とひとまずは言えるかもしれない。他の少年たちとの狩猟を中心とした交友、少女とのふれあいを通した性の目覚め、両親や官憲などの権威への服従と背反を経て、個人の自立への道を歩みだすさまは、アメリカ的なイニシエーション（通過儀礼）の話型に倣っているように見える。鷹を捕獲して得た報酬を返還するエピソードや、おそらく第二次世界大戦に従軍した後に帰還し、失われたものを悼む物語最後のエピソードなどは、いかにも象徴的に描かれている。

それから、マリオン・シルダーを視点人物とする「反抗」の物語がある。シルダーは、ウィスキーの密輸にかかわり、官憲の権力が完全には及ばない「緑蠅酒場」のお気に入りの放蕩息子とされる。権力の横暴に反旗を翻し、コンスタブル（町の警官）ジェファソン・ギフォードと対決するシルダーは、アメリカ的な「市民的反抗」の精神をも具現していると捉えることもできる。もっとも、マッカーシーはシルダーに絶対的な「正義」を与えているわけではない。旅行者の少女たちを教会の敷地に誘い込み半ばレイプしてしまうエピソードや、ジョン・ウェスリーの父親ケネス・ラトナーを正当防衛とはいえ殺害してしまうエピソードには、シルダーの心の奥底に住まう「悪」の側面が描かれているとも言える。それは、ジョン・ウェスリーのメンター的人物としてのシルダーの「善」の側面と対照的なのだが、

『果樹園の守り手』はそのようにひとりの人間の本質的・根源的矛盾をも描き出すのである。

ジョン・ウェスリーのメンター的人物のもうひとり、アーサー・オウィンビーの物語は「保守」の物語として整理できるだろう（もちろん、タイトルの「果樹園の守り手」とは一義的にはオウィンビーを指す）。南北戦争を戦った経験を持つ、九〇歳を超えるこの老人は、今は悠久の自然のサイクルに殉じようとする人物として表象されている。朽ちた森を徘徊し、正体不明の死体を保管し、その魂を浄化しようとする行為は、古代ケルト社会のドルイド（祭司にして宗教的・政治的指導者）を想わせるが、それと同時に、自分のみならず、人間そのものに対して深い後悔と諦念に憑かれた、メランコリックな人物がオウィンビーなのである。また、ニューディールの金属タンクに銃弾を撃ち込む謎めいた行為は、政治的権威や近代化に徹底抗戦する姿勢を端的にあらわしている。保安官らとの銃撃戦の末、精神病院に入れられてしまう結末は、シルダー以上に「市民的反抗」を実践しているようにも映り、性格的には優れて温厚なオウィンビーの「保守」性がいかに過激なものなのかが逆説的に示されているのである。

こうして『果樹園の守り手』では、「成長」「反抗」「保守」という三つの物語が、それぞれジョン・ウェスリー、シルダー、オウィンビーという三人の人物の視点から語られ、ひとりの視点人物は別の視点人物が語る物語のなかでは脇役となる。複層的に絡み合い、お互いがお互いの物語を相対化し合う関係でもある。また、視点が特定の人物にあるのではなく、語りの主体が「自然」であるかのような場面も散見される。現代の脱人間中心主義を謳うエコクリティカルな小説を先取りするような語りの仕掛けと言えるかもしれない。

さらに注意すべきなのは、各エピソードの独立性とランダムな関連であろう。この点、ひとつのエピソードを別のエピソードとの関連で理解しようとする読者は、やがて作品の全体性を捉えきれずに狐につままれた思いをするかもしれない。例えば、シルダーに殺されるケネス・ラトナーがジョン・ウェスリーの父親であることの意味が物語的に深掘りされることはないし、オウィンビーはその死体を儀礼的に葬るがそのことがあとの二人の心理的葛藤と結び付けられることはない。つまり、読者はひとつのエピソードと別のエピソードを因果律（原因と結果）の枠組みで理解し、物語全体の意味を把握することを最後まではぐらかされる。そのため、物語の道徳的メッセージが不明瞭化するのだが、この点にこそ人間主体の世界観の相対化を企図するマッカーシー作品の本質があるとも言えるのである。マッカーシー作品においては、事物も時間も人間なるものも等価であり、人間中心の目的や意味づけは巧妙に避けられる。

そのような作者の企図は文体からも明らかだ。現在では大衆作家としてのイメージもあるが、晦渋な語句、暗澹とした哲学的主題、会話に引用符を用いない独特な文体（訳出においては、「〜と言った」という表現はあえて避け、句点で区切る方針をとった）からか、マッカーシーは長らく作家のための作家であったと言われる。すでに指摘したように、ここには偉大な先達フォークナーの影響があり、『果樹園の守り手』には、若きマッカーシーがフォークナーに倣いながらも、その技巧を自家薬籠中の物にし、あわよくば乗り越えようとする意志すら感じられる。

そのひとつが嗅覚的表現である。フォークナーの小説においても特徴的だが、マッカーシーの小説においては驚くほど多用される。密造酒の甘く黴臭い「臭い」が漂う蒸留小屋、ある日突如として出現する春の「匂い」、麝香に似た「におい」を放つマスクラットなど枚挙にいとまがない（訳文では文脈に沿って「匂い」「におい」「臭い」と訳し分けた）。

嗅覚的表現にも当てはまるが、本書を通読された読者は、「〜のような」「〜を想わせる」「〜のごとく」といった比喩表現が不自然なまでに溢れていることにお気づきだろう。英語の原文では、これらの比喩表現は“like……”（〜のような）や“as if……”（まるで〜のような）などの副詞的表現とともに使われる。過剰さをいとわずに、あるいは、過剰さによってもたらされる効果を期待して、それらの的確かつ魅力的な比喩表現がもたらすのは、詩的・絵画的効果ともいうべきものだろう。とりわけ、印象的な比喩表現が文末に置かれる場合、読者の脳裏には詩的な余韻が残り、絵画的なイメージが留まることになる（例えば、オウィンビーを描写する「古い鋸やすりからつくった柄のない大きなナイフを手に持ち、前かがみでよろめきながら小さな木々のなかに消えていくその幻影は、クリスマスの季節に出現した奇妙な暗殺者のようだった」という表現）。通常、文末に述語が用いられる日本語の場合は、英語における文末の比喩表現は文中に置くことになってしまうので、マッカーシーの文章が意図する効果をどの程度、翻訳できているのか心もとないのだが、いくらかでもお伝えできていたら幸いである。

さらに分かりやすいフォークナーからの（あるいはモダニズム文学からの）影響は「意識の流れ」の手法である。原文では基本的にイタリックで書かれた箇所がそれにあたり、当該部分は拙訳でゴチックとした。「意識の流れ」の手法は人物の内面を描写するものであるが、支離滅裂で捉えどころのない人間の思考を小説的に組み替えたり整理したりした形で表現するのではなく、飛躍や断絶をともなうその流れのままに表現する。それゆえに、登場人物の意識や理性が統御できない無意識の欲望を表現したり、本人が意識せずに囚われているイデオロギー（「国家」「家族」「社会」といった個人の思考・行動様式を束縛し、規定してしまう観念）を暴露したり、矛盾に満ちた人間の自己をありのままに表出するのに有効な手法である。マッカーシーもこの手法を用いることによって、主要登場人物三人の矛盾に引き裂かれた生のあり方や価値観を露わにしている。オウィンビーが完全に善なる存在でないし、シルダーとギルフォードの関係においても、どちらが正義でどちらが悪なのかも実は判然とはしない。というよりも、二人は同じコインの裏表の関係にあるとも言える。

こうして、内容を見ても文体を見ても、『果樹園の守り手』は小説的な論理やメッセージ性よりも、印象やイメージを前景化する、脱人間中心主義的な作品に仕上がっていると言えるだろう。ただひとつ、物語の終わりにおいて、ジョン・ウェスリーのその後に関してだけは読者にその意味を考えさせる仕掛けになっていることには留意すべきだろう。つまり、失われてしまった「神話」「伝説」「塵」に惜別の情を抱きつつも、それらにこだわりながら現在を生きていくのか、それとも新たな価値を創造しながら生きていくのかの選択をジョン・ウェスリーは迫られている。この問いは執筆当時のマッカーシーに対してだけでなく、現代の読者に対しても切迫感をもって突き付けられている普遍的な問いに他ならない。

本書の訳出にはスペイン語訳（訳者Luis Murillo Fort, スペイン語題*El guardián del vergel*）も参考にさせていただいたが、誤訳・誤植などはすべて当方の責任である。また、以前に春風社より出版していただいた編書に続き、今回も岡田幸一さんに編集を担当していただいた。多大なご尽力に心より感謝申し上げる。

二〇二二年盛夏　山口和彦

二刷にあたり、句読点の付け方を大幅に変更し、適宜、文言の修正を施した。

二〇二四年春　山口和彦

本書の出版にあたり、上智大学より二〇二二年度個人研究成果発信奨励費の助成を受けた。

本作品中、今日の観点からみると差別的ととられかねない表現が散見しますが、作品自体のもつ文学性ならびに歴史性（原作は一九六五年に発表）に鑑み、そのままとしました。

【著者】コーマック・マッカーシー（Cormac McCarthy）
一九三三年、ロードアイランド州プロヴィデンス生まれ。二〇二三年、死去。現代アメリカ文学を代表する作家のひとり。代表作に『すべての美しい馬』『越境』『平原の町』から成る「国境三部作」、『ブラッド・メリディアン』、『ザ・ロード』、『チャイルド・オブ・ゴッド』（いずれも早川書房より黒原敏行訳で刊行）など。

【訳者】山口和彦（やまぐち・かずひこ）
上智大学文学部英文学科教授。一九七一年山梨県生まれ。ペンシルヴァニア州立大学大学院博士課程修了（Ph. D.）。著書に『コーマック・マッカーシー——錯綜する暴力と倫理』（三修社、二〇二〇年）、共編著に『揺れ動く〈保守〉——現代アメリカ文学と社会』（春風社、二〇一八年）、『アメリカ文学入門』（三修社、二〇一三年）、『アメリカン・ロマンスの系譜形成』（二〇一二年、金星堂）など。

果樹園の守り手

二〇二二年九月五日 初版発行
二〇二四年四月六日 二刷発行

著者 コーマック・マッカーシー
訳者 山口和彦 やまぐち かずひこ

発行者 三浦衛
発行所 春風社 Shumpusha Publishing Co., Ltd.
横浜市西区紅葉ヶ丘五三 横浜市教育会館三階
〈電話〉〇四五・二六一・三一六八 〈FAX〉〇四五・二六一・三一六九
〈振替〉〇〇二〇〇・一・三七五二四
http://www.shumpu.com ✉ info@shumpu.com

装丁 斉藤啓
印刷・製本 シナノ書籍印刷株式会社

乱丁・落丁本は送料小社負担でお取り替えいたします。

ISBN 978-4-86110-832-7 C0097 ¥2500E

アウター・ダーク
外の闇
コーマック・マッカーシー
訳 山口和彦
Outer Dark
Cormac McCarthy
春風社